民國閨秀集

捌

徐燕婷 吴平 編著

上海古籍出版社

第八册

陳翠娜 撰

翠樓吟草

民國三十年（一九四一）刊本

提要

陳翠娜《緑夢詞》《緑夢詞續》

《緑夢詞》一卷、《緑夢詞續》一卷，陳翠娜撰，詞附《翠樓吟草》刊刻，民國三十年（一九四一）重刻本，上海圖書館、華東師範大學圖書館、復旦大學圖書館等有藏。民國三十年（一九四一）重刻本爲一九二七年初編本一至六卷和民國二十九年（一九四〇）二編七至十三卷合刊。集前有丁卯年陳栩序。卷六爲《緑夢詞》，卷十二爲《緑夢詞續》。

陳翠娜（一九〇二—一九六八），又名小翠、璻，別署翠吟樓主，浙江杭州人，著名的畫家、詩詞曲家，實業家陳栩之女，浙江省督軍湯壽潛之孫湯彦耆室。陳栩（一八七九—一九四〇），字栩園，號蝶仙，別號天虚我生。母親朱恕（一八七八—一九四四），亦擅詩詞，有《懶雲樓詩鈔》。陳家一門風雅，陳翠娜長兄陳蘧（一八九七—一九八七），字小蝶、蝶野，四十歲後改字定山，是我國著名的實業家、小説家、詩人、書畫家；弟弟陳翬（一九〇五—一九四八），字次蝶，亦有才情。陳翠娜婚姻生活頗爲不順，二十六歲嫁給湯彦耆，第二年生下女兒翠雛後，因感情不睦，自此長久分居。在中華人民共和國成立前後，其夫湯彦耆赴臺灣。「文革」開始後，陳翠娜遭到批鬥，於一九六八年七月一日在上海家中引煤氣自盡。陳翠娜作品頗豐，涉及題材廣泛。除《翠樓吟草》外，還著有《黛玉葬花》《夢游月宫曲》《除夕祭詩》《自由花》《護花幡》五部雜劇和《焚琴記》《靈鶼影》傳奇，另外還有《法蘭西之魂》《情天劫》《自殺堂》《望夫樓》等小説若干。

《緑夢詞》是陳翠娜青少年時期的作品，與中年時期的詞作在詞境上有較大的不同，主要在於前後生存環境不同所致。二十世紀一二十年代，儘管軍閥紛争不斷，各方勢力拉鋸、混戰，但陳家在此期間未受到很大衝擊，家族企業不斷擴大，所以這時期的陳翠娜生活殷實、平順，並無衣食之虞。這一時期的作品主要以抒發閑情或閑愁爲主，明快、閑雅。《緑夢詞》中還有許多詠物詞，以物構境，遣詞造句十分精緻、淡雅。《緑夢詞續》可視爲陳翠娜的中期作品。此際由於家國發生了巨變，經歷了抗日戰争，家族企業也因戰争而内遷，早已不復當年的盛況。其個人也經歷了成家、隨後與丈夫長久分居，心態已然發生了極大的變化。這一時期陳翠娜的詞藝逐漸成熟，作品也開始放眼家國，融入個人身世感懷，雖然詠物、題畫等作仍較多，但已出現部分關注時政的作品，如《摸魚兒・九月十日亂中送别》《大江東去・十一月十二日上海失守》等作，基調感傷而蒼涼。

翠樓吟草序

吾女嫁於□□中乃有萬千感想竟莫能措一辭適涂君筱垣排印翠樓吟草已成一卷擬即裝訂成帙用助嫁奩屬予爲序予因回想二十五年以前吾女誕生之日吾婦嬾雲方二十五歲吾母猶健在命名曰璟以吾力僅能筆耕無能贍養妻女乃命吾婦自爲乳哺時琪兒已六歲方讀□□□擕襁抱之責悉惟吾婦一人任之於是勤劬辛苦遂成貧血症一榻雙雛恆與藥爐相伴而閨房樂事遂無些子可言蓋吾婦心情惟專屬於兒女間矣且以生齒增繁爲人生自取之苦惱因而言笑不苟相見直如賓客二十年而後始生阿寶時璟已

五歲矣舜在孩提中頗穎慧惟予所處環境日趨困難絕無心緒以課兒女但任吾婦爲之教養鐙盞四聲何時能辨予亦未嘗前知淸宣末年予自平昌幕中歸挈我妻女卜宅於七里瀧間始知吾女已能屬對時年九歲越三年予客蛟門吾婦來函多爲吾女代筆函尾綴以小詩婉孌可誦予初以爲吾婦口占而吾女筆之於書及後挈眷來署始知左家嬌女亦已能文嗣予僑居海上以譯著小說爲生涯輒命分譯一編頗能稱事所爲詩漸近長吉予爲改竄數字輒不認爲滿意潛復自存其原稿然至重抄時則又刪棄過半今所存者不過十之一耳居恆好靜絕少朋儔往往受書不報

蓋以寒暄語爲非由衷不善爲酬應辭也然與人辨論古今得失則又滔滔莫之能禦庭幃瑣屑大甚置意日惟獨處一室潛心書畫用謀自立之方其毋嘗曰吾家豢一書蠹不問米鹽他日爲人婦何以奉尊章殆將以丫角終耶舉則笑曰從來婦女自儕厮養遂使習爲竈下婢夫豈修齊之道乃在米鹽中耶毋無以難則惟任之但奉毋命維謹前年予病危毋命夜起禱天茹素三月雖不信有鬼神事顧亦奉行罔懈蓋其心正意誠有足多也予生平寡交遊不喜酬酢向晚歸來每於燈邊酒畔拈詞鬬韻以消鬱悶而可與言詩者則惟吾女一人予素健忘視吾女爲立地書櫥今將離我而

去正不知來日光陰如何排遣予心中有萬千感想而不能措一辭以視河梁握手朋友分襟其情狀爲何如耶女子生而願爲有家固爲父母者所當然特不審昔人嫁女何以自聊予蓋百思而不得一解慰之方惟此一卷或於酒酣耳熱之時用破岑寂使老懷抑塞之際添月夜遙憐之什將於吾女歸甯時一較奚囊誰重藉作破涕笑歟丁卯十月天虛我生識於香雪樓

翠樓吟草卷之一

杭縣陳翠娜小翠著

銀箏集 乙卯年始詩十

消夏詞

銀箏雁柱數華年樓上湘簾卷暮烟薰了爐香停了繡鴛鴦雖好不如仙

飛花飛絮任風吹夏日初長睡起遲胡蝶不來春又去玉階閒煞雪猧兒

仙人樓閣面山開天際餘霞落酒杯一片竹陰涼似水夜深和月送詩來

透薄紗幃繡月華水晶窗裏剖銀瓜憑誰點綴丹青筆開遍一池紅藕花

半臂鮫綃襲嫩涼月明時節愛憑廊玉手新撲蓮房粉難怪薔薇花不香

半畝芳塘雨過時莓苔沿綠上疎籬蜘蛛獨自添晴網一半聰明一半癡

面池亭內罷棋枰女伴開簾放月明十丈平橋低壓水畫船三五起簫聲

萬軸書籤記象牙冰盆注水夜浮瓜雛鬟索寫新團扇一面題詩一面花

小園散步

抱水迴廊宛轉通垂楊垂柳影重重紅橋六曲風簾外人立桃花細雨中

劉莊題壁

屈戌玻窗掩夕陽畫簷低處吸波光薰風匝地無
人管紅白藕花開滿塘
珠簾寶屜暗生塵燕子重來覓主人凄絕望山樓
上望荼蘼花落不成春

江樓

玲瓏小閣背春江三面垂楊四面窗撩亂近來心
底事波光如繭撲紗幢

冬閨

萬梅潮擁望湖樓天半風簾響玉鈎雪壓闌干花
壓雪最高山閣獨梳頭

春日吟

錫簫吹困春風天湖光鏡裏搖青煙細雨如絲剪

不斷秋魂啼入鴛鴦絃夢裏騎雲入幽處滿院緋桃墜紅雨嫩寒和夢嵌銀屏一夜芭蕉作愁語

秋宵吟

星河歷歷生涼波嬌雲抱月顰青蛾簾中美人擁秋坐小顆流螢隔花墮粉窗咽香凝空青相思薰透芙蓉屏疎桐辭枝趁風舞幽素花魂夢中語

病懷

簟榻宵寒細細生薄帷孤枕睡難成燈花責夢顫幽碧落葉打窗聞雨聲一縷柔魂吹欲斷十年前事憶難清風簾不障愁來路丸月窺人故故明

東風二首

沒情春也解思家昨夜蟲聲透碧紗滿地落紅吹

不起東風無處避殘花

綠楊陰護竹籬笆小隊筠籠唱採茶底事東風欠
公道春愁偏送到兒家

病起和倩華

拂拂簾櫳柳帶長夢痕多半滯匡床舊題詩處苔
生綠新落花時水盡香慰我病懷憐燕子描人瘦
影惱斜陽吟魂一片渾無着風曳爐香出畫廊

即景

紅窗臨水嵌玻璃小卷離騷到處攜知了一聲天
地綠楊花吹滿釣魚磯

十年

十年詩酒半消磨彈指流光感逝波舉目河山愁

欲絕贅身天地恨如何黃金散盡親朋少白眼看人鬼魅多熱血千今無用處拔刀空唱木蘭歌

十年人莫悔蹉跎滿地干戈待若何詩似美人惟淡好花如良友不嫌多招來明月涼千水拍碎紅牙哭當歌獨有閒情消未得滿身香雪弄鸚哥

偶成

簾卷西風罷晚妝綠鬟人影恰憑廊四圍山色烟催暝千樹梅花月正黃小閣扃寒燈語倦故園飛夢笛聲長滿天詩思無人管啼過瀟湘雁一行

初秋

秋來容易損纖腰小睡初醒酒未消滿地月華涼化水四山虫語落如潮銀床冰簟清無夢玉宇瓊

樓夜有簫卷起碧緗簾一幅要他花影伴岑寥

春閨

滿天香雪落珠幾隣院簫聲隔紫薇十二樓臺春似海紅燈簇處美人歸

絡蘇簾卷畫堂東曲曲紅闌面面通自覺晚來春氣暖羅衫薰透牡丹風

六幅簾波一桁斜夕陽如夢入窗紗匡床睡起無人語牆外一聲喚賣瓜

銀燈珠箔逗晴光寶鼎濃薰麝腦香閒煞小鬟無个事水晶屏背捉迷藏

暮春

簾幕無聲細雨斜爐烟扶夢出窗紗春陰幾日寒

兼暖老却一庭紅杏花

擬香奩體

屏山曲處漏斜曛簌簌簷花靜裏聞繡被薰香濃似酒畫簾吹絮暖干雲嘔心長吉吟偏苦唾袖昭儀體自芬一度沉吟一惆悵不須重檢石榴裙

山居

思入青天渺渺時冰鬟凝露結珠璣孤山月滿花如雪吹徹瓊簫鶴未知

小閣窗扉壓水開一年春意視莓苔山家莫道無人到時有流雲入座來

七夕詞 己未

女虫啼損璇宮秋織雲四卷河無舟銀釭絮語怨

遙夕爐烟裊瘦仙魂幽晚風弄影簾波動花底流
螢照秋夢鴛杼無聲玉宇清精禽補滿情天縫銀
浦如情瀲灩深天鷄啼後萬星沉金風玉露年年
約碧海青天夜夜心蔚藍倒瀉天如紙歲歲相思
不如死嫠蟾夜半照人間灑遍梧桐淚如水

冬日

曉妝鴛鏡揭重紗晴日簾波拂地斜怪道夜來香
夢透膽瓶梅蕊盡開花

湖樓

向晚餘涼遣扇招嫩晴天氣換輕綃湖樓小立無
人見檻外垂楊綠萬條
水晶簾卷近銀河帆影時從鏡裏過橋外漁船剛

起網落花紅比白魚多

暮春

錫簫吹暖賣花天薜荔牆陰出仰泉滿地苔痕經雨活一春詩思爲花姸銀鉤小字書團扇寶枕微香熨翠鈿盡日清閒了無事不妨奇夢學遊仙

絶句

柳色濛濛碧桃花寂寂紅風簾吹不起人在綠烟中

題疑雨集

衆裏相逢眼倍明眉峯無計諱多情謝鯤甘折投梭齒郭璞難求役豆兵赤鳳故言來爲姊綠熊何可座無卿如何絶代消魂筆不似周南雅頌聲

翠樓吟草卷之二

杭縣陳翠娜著

天風集

吳江夜泊

吳江明月一千里，夢入龍潭斬龍子。雲影幢幢飛滿河，神光忽閃萬山紫。斷厓古木號山風，神妃踏魚歸海宮。千年狐魅老不死，笑聲夜出秋墳中。

永貞寺

徑迴蟬響忽然寂，夾路衆陰成綠天。古佛當門僧入定，好花臨水鳥談禪。睨人瘦鶴傲無語，揖客老松疑有緣。我欲攜家傍林壑，抱琴常對白雲眠。

醉歌

歸乎歸乎塵世倦兮其歸休雲霓明滅天盡頭上有煙霞縹緲之仙洲風爲裳兮雲爲馬獨遊戲兮山之下雷公大笑開電光風雨暝晦天茫茫不求玄黃却老方一任鬢絲飄拂如秋霜上書玉皇帝願化東海成酒池掀髯鯨飲不知止醉捉明月騎之飛胡爲蟄處此塵俗使我不得開雙眉嗟嗟乎塵世倦矣胡不歸

讀海山仙館感懷詩

風雨年年斷客魂空談深悔舌猶存家因親老難爲別人到途窮易感恩阮籍生平惟慟哭劉伶孤憤寄清樽傷心二十年前事襟上長留舊酒痕

題畏廬先生說部璣司小傳

佯嗔薄怒每相侵誰識痴情漸漸深一片冰心原似水豈容調笑路旁金

密意須防小妹知平時相見倍矜持無心流露深情處只在迴眸一盼時

抛却前春繇線針隔簾愁聽茂陵琴芳心嚴密無窺處祇覺顰眉漸漸深

艱難親藥避情台邢尹迷藏莫漫猜儂自憐才甘不嫁不求郎詠白頭來

鼉鼓驚回夢裏春家山千里隔烽塵薄魂已自難爲主况有高堂八十親

刁斗無聲夜已闌暝雲如海壓前山天低月黑鬼燈出照見隱娘孤劍寒

抽刀殺賊尋常事豈獨殘唐謝小娥我是前身桓
子野不堪重聽懊儂歌

隱居

余每見荒僻之境輒起幻想以爲得隱居
此間與靈鬼山狐談玄理于風清月白時
亦一樂也

不是淮南舊釣台古池無水但生苔浮雲終日掃
不去好句有時還自來老屋奇文蝸作篆小園生
意筍驚雷牆陰一徑無人到讓與藤花隨意開

夢中題人詩集

從無刻苦能佳句未有名人解率真千古風流陶
學士百三年後見斯人

題畫

長板橋頭賸暮煙一行雁字落遙天當年江令歸
何處秋在亂山黃葉邊

長兄小蝶花燭之夜寄此奉賀戲不署名
云試猜我爲誰兄答云敢把絳帷稱弟子
替君收个女門生又云祇有謝庭堪壓倒
儂家小妹是詩仙

人間第一驕人事絕世才華傾國姿綺閣月來窗
四面瓊筵春到燭雙枝珠簾試卷花爲笑眉樣偷
描月未知他日紅閨傳韵事不妨夫婿自爲師

偶占

把卷自悠然空庭人跡少日午花影重癡鷄發長

笑

弄琴

忽作泠然水瑟聲四圍山翠落空靈孤音不用鍾
期解彈與梅花明月聽

夜坐吟

洞房秋思深古簾霑暗雨朱火不照人獨自抱愁
語我當二十心已朽華容愁謝如衰柳洞庭秋雨
葬神仙一夕巫咸成白首

午夜書懷

年來失意感頻仍枯寂真同入定僧雨歇簷牙鈴
作語風來窗隙鬼吹燈才能壽世何妨死貧尚驕
人信可憎自笑孤高成底事天涯潦倒女陳登

夏夜

茉莉花開香滿庭鮫絲小罩障銀燈紗幮今夜涼干水玖聽經音鬟有聲

戲贈

輕干雛燕嫩于鶯玻琬茗華記小名別樣心腸工懊惱尋常言語盡聰明嚼餘青果燒銀蠟（以橄欖核就燭燒之則幻爲奇花如蘭似菊頗復美觀）笑唾紅絨啐玉鸚却要傍人詳解釋世間何物是多情

嬌憨雖我見猶憐凝雪衣衫削玉肩櫻顆每因私語小梨渦常現笑痕圓喜調螺子開金鏡寵抱狸奴上玳筵聞道烟波風景好要人端整五湖船

小拍紅牙五組琴梅花明月盡知音情如宛轉千

絲藕心似玲瓏九孔針眉影攢時猜雅謎口香散
處起長吟靈犀一寸淸于雪不許塵埃半點侵
入時眉態膩于烟鏡裏相偎仔細憐不分心腸因
汝軟可知詩思爲卿姸銀絲壓臂雙鸞重珠絡垂
鬟小鳳偏倚向綠梅花下立定教猜作蕚華仙
珠箔飄燈顫影斜藥爐烟裏掩窗紗奇方誰贈三
年艾小病人如四月花消瘦身材宜倚竹纖慵指
爪尙塗鴉憐伊病後嬌慵渴親瀹銀瓶爲煑茶
浣紗人住苧蘿村拂檻垂楊記月痕聽到杜鵑甘
冷落夢爲胡蝶總溫存紅樓怯雨常垂幔翠袖驚
風悄掩門不是傷春非病酒落花時節易消魂
晶窗四面拓空明寶屜銀屏畫成水暖池塘春

放鴨木香庭院夜調鶯冰壺同釀櫻桃酒雪椀分嘗枇杷羹清福料應消不盡未妨汝我約他生

題士猷西溪話舊圖

衆響忽然寂峯巒意外開曲闌抱流水古壁長莓苔舊侶平原約新樽樂令杯披圖羨彭澤高隱此山隈

歷刼

歷刼歡場二十年夢魂飛絮落禪邊名心淡似烟中柳詩思衰于秋後蟬已分此生竟飄泊何堪愁病尚纏綿豪情不逐華年改瘦盡形骸肯自憐

感賦

滄海橫流倒入荒眼看歧路竟亡羊過江名士嗤

周顗夾袋人材笑孟嘗不信秋雲能作雨更無東海易成桑跳梁跋扈今猶昔越膽年來已厭嘗

漆室吟成恨有餘故家庭院已全墟療民誰具三年艾治國難憑半卷書周室無人爭逐鹿衡門有客善歌魚料緣人滿防成患聊與中原作大屠

滿目瘡痍感不禁漫天烽火鬱重陰經霜垂柳淒涼色過雨秋虫得意吟豈有禮緣驕士設從來患爲摸稜深賈生慟哭成何濟治國難尋砭骨鍼

桐陰曲題汪夫人桐陰集

吾聞江淹有錦澳五色失之千年尋不得英靈蘊結不肯死化作曹昭手中筆漫云巾幗無奇士君不見道蘊緹縈皆女子吳山峨峨漢水長鍾鬱千

年乃有此桐花宛轉揚清芬桃潭千尺無纖塵門牆鬱鬱生桃李絳帷重見宣文君從來備女工奇字豈獨班家能續史正音琅琅筆如鐵一片丹心照天地滄海量胸蘊智珠歛環典去盡藏書且看女作門楣日羞煞嬰嬰備子夫桐陰廣被東南畝八百孤寒開笑口遺愛多于召伯棠高名更比靈椿壽文星睒睒大如斗罡風吹落天東頭泰山夜裂水倒流鵰鳥下集聲啾啾騎箕行矣不可留天帝初成白玉樓人生此恨嗟何極我誦遺言長歎息醫國良謀苦未酬人間空重遺芳集焦桐枯死秋魂單奚囊古綠生晚寒么鳳無聲斷消息月華來照紅闌干蠻烟恨雨三千尺芳草無言蝕詩骨

影堂夜靜如有人秋風小苑蘭芳歇大地光沉現衆魔人何寥落鬼何多算來我亦悲時客忍讀遺篇和薤歌

夢中作

胡蝶莊周事豈真仙家從不解傷春一生私淑陶彭澤錢醉閒吟老此身

題畫

不許遊人着屐踪最高山閣白雲封野僧睨客傲于鶴老樹生鱗將化龍急瀑散珠晴亦雨危闌穿鑿斷仍通何當小飲攜樽俎來領披裘六月風

春曉曲

東風揉碎漫天絮十二重樓隔春霧翠幕鶯迴柳

葉風銀奩飛滿桃花雨昨宵醉墮滄浪烟水晶紅
夢春人眠花枝窺夢作嬌笑銀屏倒吸晴藍天流
雲一尺春魂軟曉風吹去和愁斷鬟角釵飛玉燕
斜眉間地斂青螺短妝成顧影自含羞一笑嗔人
迴鳳眼

續戲贈

好風吹雨濕羅襦柳外湖樓倚碧虛蟾鏡倒開生
色畫蝸牆橫寫象形書爪兜細勻芙蓉粉鬟角斜
挑茉莉珠不怪垂楊眉黛好春來常傍玉人居
簟紋印皺石榴裙睡起長蛾故故顰裹手慵挼雙
眼纈墮鬟鬆墜一窩雲畫眉鏡窄妨鴛影曳地衣
寬散麝芬乞取盥餘珠皂水戲吹明月亂斜曛

一春詩史記銀屏家有奇書夢亦清繡枕壓花春病酒畫樓聽雨夜停箏醫潮惱妹描嬌態耳熱猜人喚小名絕不相干偏有我偶然相見總憐卿

杞憂和蘧兄

將何痛淚洗神州眼底關山五百洲彈鋏不堪長作客枕書何必夢封侯牽絲作戰原如戲緣木而漁未可求一笑勸君輸一着達觀終勝杞人憂

湖濱公園

苔花扶綠上虛牆磴石餘溫不肯涼向晚遊船歸去盡滿湖水眼閃斜陽

銀房

銀房絳燭照惺惺藻鏡迴光萬點星寶扇乍開花

欲笑錦屏香逗夢微醒吹殘艷曲鵝笙老畫斷羞
蛾麝墨凝簾隙春寒遮不住唾壺紅淚已成冰

冬夜

疎籬一折水之涯時有幽香透碧紗輸與東風饒
畫筆晚窗濡月寫梅花

返里車中作

遶路伸腰去似蛇倒迴天地入征車黯然各有還
鄉夢顫瘦銀瓶一揣花
門草雙丫事已非十年衣布此重歸一聲長嘯劃
然住兩岸雲山皆倒飛

湖樓

晶窗四面拓空明鏡檻波光瀲灩生樓上東風樓

下水衣香如霧不曾晴
綠楊樓閣女兒家一帶紅闌抱水斜照影春波人
似玉繡襟新綴白山茶

山遊雜紀

日色淡于水江風入暮遒山浮天地外雲入大荒
流石壁潤如雨泉聲冷帶秋懔然不可住怪鳥夜
啾啾
登高極目盡荒榛壞盡長城此水濱萬里風濤尙
如此我來不見射潮人
凌虛山路滑于苔足底灘聲瀉急雷人與瀑流爭
一線兩山如斧劃然開
大江風健山如馬小艇帆輕客似鷗如此江山誰

與主浩然天地不勝秋
小隊藍輿下水濱浪花吹雨濺衣巾危厓險極不
可渡一路江濤來捲人
萬竿修竹上雲棲夾道梵音誦善詞我與神靈無
所涉不相崇信不相欺
大野風聲虎力迴萬松掠地起風雷危巖欲墮未
曾墮千丈藤蘿花倒開
古寺無人盡綠苔石陰和影暫徘徊上方鐘磬悠
然寂萬壑風聲暮雨來
灘流似雪淺仍急好景如詩險始佳我愛雄奇勝
幽媚此來原不爲桃花

西谿

奇峯倒插不到地春水如雲綠上天一種桃花學
人面隔籬偷覰酒人船

田家人罕見衣冠稚子驚呼立釣灘我自羨渠渠
羨我兩邊都當畫圖看

草長江南燕子飛蝶痕黃似美人衣鄉村別有新
詩料春筍初長野菜肥

策杖閑行意渺然綠陰茅舍起炊煙郊田日暖無
人跡一路菜花黃上天

閱盡荒蕪意若何野遊休唱懊儂歌西谿兩岸陳
人墓新鬼年年年比舊多

嗜好雄奇各有偏我于人世頗爲仙何當分作東
西宅各領名山五百年蓮兄悅西谿而予愛理安故云

江樓

山瀑凌喧仰屋聞小樓橫占大江濱夜深剪燭不
能睡自起開窗照白雲

濕意吹空月倒飛萬雲如馬逐旌旗前山欲雨後
山黑秋氣滿窗燈火微

偶成

綠楊天影淨無塵小扇籠紗寫洛神簾外桃花三
月雨鏡中春色六朝人夢因思亂難爲主眉覺吟
多總帶顰一弄晶窗半臨水柳花吹滿畫床裀

蟻遊鼻山歌

癸亥既秋殘暑猶逼余移榻室外以受晚來
之風不覺入睡朦朧間見一蟻緣辮上行亦

不措意久之忽嚏而醒則蟻從鼻孔中盤旋

飛墮爲之失笑戲作蟻遊鼻山歌

平居忽不樂思作泰山遊穴壁窈且長出門無車舟石門秋色一千里黃葉叢林不知止忽然奇景當前開隆隆隱瀑奔輕雷悚神却立不敢前萬條鐵鍊垂晴天神工鬼斧不可測朱繩鐵索一一相鉤連始皇之城秦之塞無此鐵橋之長長且堅仙人墮龍不肯死化作天橋夭嬌難窮邊人生所貴重意氣豈能目逃神索難其艱不學阮籍哭窮爲劉敲顛行行繭足不知處極目天表無人烟但覺暝爲夜明爲晝月寒日暖來相煎既不知鐵橋之長路幾千又不知晨昏甲子今何年元駒疲矣志

益堅豁然一旦登其巔噫嘻嚱乎危乎高哉吾身
嘗至崑崙墟崑崙輸此奇且姸白石皚皚三萬里
深川黑樹殊人間中原一峯尤險極天外巍巍作
孤立萬古瓊瑤凍不消無人敢印遊山屐博羅山
洞神怪窟六月西風寒徹骨蔓草離離高隱人陰
森似有龍蛇蟄明珠九曲非其倫磨旋而入纔通
人積霧濃凝鍾乳濕黨壁幻怪如相嗔逾深逾入
逾幽險咫尺迷濛不相見忽聞壑底奔雷聲沙飛
雨走天爲驚心慌意亂欲相避蔓草截路如奇兵
欲退不得欲留不可忽然奇風一陣挾之直作空
中行瞬息萬里衣泠泠目搖下視秋空高性命飄
曵輕鴻毛失勢一落不可招欲墮不墮聞哀號吾

生安居土室豈不樂胡爲緣牆附壁相勞勞要之奇山大川天所祕帝之怒兮將焉逃嗟吾有美室欄錡爲高樓嗟吾富時術兼弱能爲謀己焉哉神山縹緲不可求吾身止兮吾生休山神聞言忽大笑厥聲磔磔如鵂鶹高處由來風雨多自招之患將誰尤且爾自鏡誰之儔乃敢高據天東頭一朝失足墮空冥得寸尋尺災之媒人生到處須知止極智窮思天所忌君不見漢家淮南分土王殊死身無葬身地又不見秦皇蠶吞虎視八百洲返璧遺懲勞鬼使人生似此知何限爾蟻區區寗足計

翠樓吟草卷之三

杭縣陳翠娜著

心絃集

擬古

泰山有孤竹霜雪淩其姿一生自孤直落落無旁支豈無勁風節狷潔世所遺念之傷素心泣下常沾衣

月色下林薄流光驚宿鳥豈無百歲心勞生常草草幽谷悽以風商音發林杪入世即網羅憂心長悄悄種蕉莫近窗栽蘭莫當道不見西郊木無材得長保

茫茫者大地渺渺者蒼天我從何處來忽然蝨其

間杞人抱古愁苦吟凋朱顔荒村二三月十里無苔錢飛霜斷人骨出戶皆危巖豈是樂幽獨近郊多烽烟黄雲蔽白日饑鷹相盤旋下有垂死人戰血猶猩斑今歲戰塞北明歲收桑乾即此彈丸地無令寸草安思之令人老歎息謝塵喧願隨白雲去遨遊南山巔逝水一何急青山長獨閒舉杯松石下一醉自頹然即此可終古何必蓬萊仙

罡風

罡風力大起春寒滿眼狂花未忍看塵海飄搖雙鬢短天涯風雨袷衣單生能殉國談何易骨未成灰死亦難無限牢騷一杯酒更無餘語祝平安

夜闌曲

觀卡爾登跳舞作

仙人宫裏擒蟾蜍，珍珠絡月垂流蘇。雙成倚醉弄琤琮，丁丁搗碎紅珊瑚。曲闌複殿深千轉，鸞鴉點地無聲軟。放出情天蝶萬雙，蹁躚舞影花陰亂。碧城窈窕園春風，燭奴十二騎銅龍。滄海倒立神斧工，麗人笑鏡迴青瞳。玉階一夜車如水，香風夾道生芙蓉。

司香曲

蟾宫玉杵聲丁丁，花房夢透紅水晶。銀罌汲露貯花魄，仙袖颭風鳴珮瓔。情天嫩碧如有痕，明星掛住釵梁塵。月中一夜霓裳舞，衣香散作蘭苕春。

漫書

甘向書城老此身偶彈古瑟起秋塵春來莫種垂楊樹飛絮顛狂太惱人

嗣宗醉眼向誰青掛壁龍泉夜有聲自是名心忘不了苦將蹇態傲公卿

題蘧兄仙山樓閣圖

夢裏仙山幻有無琴聲認得茂陵居叢臺夜靜繁霜重大海雲歸皓月孤爲有性靈難學佛偶耽奇僻愛談狐胸中塊壘知多少灑作蓬萊避世圖

古琴銘

振翼高崗有時而墮浮魚九仞有時而沉嵇康有琴泠泠其音可以解憂可以寫心淡然人世山高水深

擬古

客從海上來遺我明月珠餘光持照夜白室生空虛云是蛟龍宮織綃成珊瑚明月偶然墮龍爪相紛拏海鬼不敢收獻之西國坊漂零今百世夜夜勞天吳持此區區意祝子得所如却謝不敢受宛轉前致詞哲人自有寶所寶不在玆寒燈啼絡緯織素十二時步搖非不好村女無所施吾願安吾素新奇良禍基去去莫相涴夷夏異趨馳

日出東南隅

日出東南隅照彼陌上桑盈盈大隄女顧盼生輝光頭上金步搖袿葉垂明璫蛾眉蜷連秀蟬鬢生秋涼艷絕不可睹胡爲來道旁人言亦可畏觸之

生膚芒蘭芳不自葆隨風且飄揚不見吳宮裏荊棘生重廊西施不肯老兩鬢成秋霜華顏只如此墮落總堪傷

閉戶

萑符滿地不勝勑且讀今生未盡書陋巷車過時震屋低房雨積欲生魚久無花木忘春夏賸有琴樽伴起居却憶故鄉風日好丹楓如火繞吟廬

陋室

陋室秋何早莓苔徧處生日長嫌事少寒重覺衣輕欲雨地先濕將風窗自鳴敗垣如老女皴粉自縱橫

雨昏深巷一燈明人坐危樓第幾更鄰院簫聲淒

子夜故鄉詩思愴今生小時綺語多成悔來日光陰大可驚原是瑤台舊仙吏更何人識董雙成長憶定公矜一語不將此骨媚公卿數間老屋撐風雨萬卷殘書壯几生自覺心空求妙想翻因病久得身輕寒虫心事無人識何必逢秋訴不平

憶平昌道中

莫到平昌去平昌多墓田天隨朔風老山枕大江眠冷雨三城戍鄉心萬里船從來雁飛處只在洛陽邊

西風不識路芳草自然黃幼客無秋思高原多夕陽深潭聚落葉古堡下牛羊行過横山下偶聞清磬長

村市喧鷄犬停船問夕陽岸隨春水曲帆比遠山長冰碎河流窄天低落日黄去鄉知愈遠人語雜殊方

遊仙詞

宫女如花盡羽衣淮南輦道御香微神鷄獨解西來意不着天衣獨自飛

銅花籥柱細于塵殿角繁星妬玉人一曲雲和天欲笑新聲錯譜愛之神

駕虎來遊兜率宫三生塵夢有無中桃花絶似胭脂淚點上銖衣格外紅

花外無人洞籥響碧天如水夜雲輕月娥不預蟠桃宴自挽銀弓射遠星

艷體

麻姑指爪病餘長曲本偷藏蝶蜕黄小字溫馨猜荳蔻迴文宛轉認鴛鴦春陰連日花如夢月色前宵瓦有霜燕子不來人寂寂簾前閒煞雪衣娘

北山

北山猿鶴笑愚公草草櫻花十日紅破曉寒砧思婦淚入關衰草大王風臣心未必長如水蛇影無端總誤弓莫道蓬萊天樣遠濤聲都在海之東

苦吟至深夜未寐

不因烏鵲感無依亂世頭顱我不奇萬戶雞聲半牆月一天秋色幾年詩童心未退常爭勝好句能來不礙遲荇藻滿階松柏影此時清景菊花知

滿江

滿江風雨怯登樓空對南冠泣楚囚舉世滔滔誰可語岐途冥冥我何求及身恩怨難迴避兒女言談不自由縱有寸丹何所用讓他狐猾復狐謀

雪

曉起出蓬戶雪花飛不歇風重氣候寒瞬息高數尺街深車轍多泥痕滿輪鐵傷此瑩素姿乃被塵滓積東去有孤山梅花浩如雪月明洞簫響山深少人跡胡為來塵市飄零不自惜有客驚素絲對之長歎息

讀項羽本紀

莫將一髮答千鈞亞父何如項伯親疏直未防高

祖笑英雄不作婦人仁細濱驟雨孤龍走壁上崩
雲萬馬屯學得芒碭三尺劍先從虎帳斬冠（借作平）軍
覆手能翻萬世秦英雄血性近乎仁也能憂樂先
天下肯把頭顱贈故人大度已容劉季干窄懷偏
殺楚君臣鴻溝不抵長城險垓下哀歌動鬼神
漢帳朝飛萬騎塵烏江月黑夜迷津及身恩怨兩
亭長到死孤忠一婦人壯士由來恥獨活奇謀畢
竟誤因循男兒自覓收場地勝被冠旒老此身

項王 消寒集復拈得此題

芒碭劍影下孤城黃竹歌聲動地驚家國碎於雙
斗酒興亡先定一杯羹千年霸氣餘秦火百里奇
忠屬魯生聞道艮雖終不逝錦衣常在夢中行

湖上閒居

湖風吹冷欲添衣畫閣烟昏燕子飛隔水人歸看不見晚燈紅過柳邊隄

盡日看微雨春寒不堪熨薑中淺水清小魚長一寸

南屏山色日濛濛向曉微聞渡水鐘一幅紅帘隔春雨提壺人在杏花中

江南小女畫眉彎茉莉如珠簇兩鬟却怪船娘太粗莽蘭橈盪破月華圓

細雨無聲三月暮小樓重到一年餘卷簾十日清閒甚坐看雲山卧看書

月落溪邊淺水明樹陰微雨不聞聲是誰裙幅飄

風影獨向秦亭嶺上行

樹外長江樹杪亭入春台榭草青青空山明月無
人在石上焦琴滴雨聲

春田三月雨潺潺手種園蔬已可餐翻喜泥牆經
雨缺閉門終日見南山

西谿

昨夜得微雨山中千澗鳴柳陰雙槳綠花外一峯
青靜坐得詩意開門聞鳥聲西谿一彎水到此自
然清

山行

絕壁峨峨萬丈開靈山風雨滌塵懷橋頭老樹如
相識今歲花開我又來

積雨逢晴草怒生荒厓四月暑相尋前山斜日三千里竹外一聲彈古琴

野草方田萬里青千峯起伏走崢嶸海風吹墮天邊影人比青山高一層

小樓窗檻俯羣山海上仙舟縹緲間古佛不知人世事一龕日影自酣眠

洞黑不見底微聞流水聲雲深山齒滑燈暗佛顏青冷樹有秋意石厓生小瘦老僧久圓寂山鳥自談經

山頂來尋訪古車蠶叢一徑入棲霞綠陰城郭千家雨大道牛羊一線沙足底羣峯蹲虎豹天邊萬木起龍蛇秦皇死後封禪絕山鬼年年塋翠華

石級倒盤千嶺上，藍輿迴出萬山行。晚來驟覺衣裳薄，密樹遮天聞雨聲。

惆悵

芳草正得意，孤雲還未還。獨攜雙屐雨，來上早行船。客久生白髮，病多愁晚寒。淵明舊高士，辛苦戀微官。

烏夜啼

城上有烏鳴鳴，其雛雛則何知，受恩孔多。露下中夜，月色流波，山阿有鬼，披風帶蘿。采彼蘭芷，雪涕成珠，豈不爾思，思當奈何。

彈琴

願爲爨下桐，無作雍門琴。彈琴山谷裏，衆草起秋

陰下有嗚咽水上有楓樹林流哀不能達心苦若
爲音皎潔鳳凰志凄惶梁甫吟絕絃一長歎千古
爲傷心

甲子秋雜感

山路茫茫鬼一車天荒龍血染丹砂西風尚有閒
情緒開到秋江蘆荻花
胸中哀豔雜滄桑偶散珠璣到下方詩意如雲滿
宮殿公然來作萬花王
論詩不薄魏武帝負氣誰如周亞夫三尺龍泉無
恙在人間恩怨已模糊
簾幕無聲雨一樓凄涼身世問吳鉤微禽自覺桑
榆遠大盜陰生竊國謀天上桃花忘魏晉驪山烽

火笑諸侯荒城入暮行人少禾黍西風相對愁

感懷

蘭生蓬澤苦難分偶讀離騷有淚痕孔雀東南勞
窈綢高樓西北有浮雲匡時雄略三分國媚世詞
章九錫文莫問淵明舊詩宅壞牆風雨繡苔紋

題機絲夜月圖

荒城吹角天欲明殘寒吹落鮫絲屏風幃羅紋紀
幽夢阿環鈿盒珍珠凍天風浩浩河無舟龍梭織
雨鳴高樓迴文淚蝕三年字美人冷抱紅心死古
壁寒燈貼蟢錢遼陽夢遠但如烟無情最怨天涯
月忍照流黃錦字邊

讀畏廬詩存感書

秋高白帝不聞砧極目中原暮氣聲灞上軍容稚子戲故陵風雨老臣心寒松拙性違天地大海橫流慟古今聞道杜陵垂暮日江湖行坐白頭吟

彭澤襟懷絕點塵文章高處見天真開書常下無名淚（予幼好讀長盧文每至誠摯處輒爲淚下）煮豆新添一輩人十步竟看芳草歇百年幾見白頭新虛堂寂寂風兼雨手掩殘書一愴神

偶書

旗亭來續大風歌海嶽如雲出塞多太息中原豪傑盡雨中立馬望黃河

垂老雄心不自持陳橋功罪至今疑朱梁竊據紛狐鼠始信王敦是可兒

瀟湘引

楚冠切雲高嵯峨洞庭絲雨飛涼波期不來兮發微歌月出皎兮山之阿飛荷蓋兮踏文魚洪波阻兮帝之居牛頭守闕千丈餘啄害下人角嶷嶷日暮兮銜風貝闕兮龍宫蘆爲樑兮葦爲棟南山老死柏與松徘徊六合無所從蛾眉玄鬢成飛蓬

海國

海國芙蓉細雨寒千山紅葉獨憑闌白頭射虎將軍李赤手屠龍太子丹入世豈宜分涇渭與人無奈異鹽酸百年生氣寥寥盡閒煞龍門舊史官

題畫四首

椒殿陰陰濕粉黄暗塵和雨滿空廊生憎楊柳無

情思一日春來一日長

九龍移鼎歸遼海萬馬屯雲會孟津莫把興亡問鸚鵡雄才千古雨金輪

腰間寶玦泣王孫避債無臺甑有塵難忘匡山風雨後中原從此廢君臣

縹緲雲旗指帝城謁陵人去草猶青高原夜黑無螢火風雨蕭蕭石馬鳴

初八夜大雪晨起始知喜而賦此

冰稜四射龍鱗堂晨曦散綵來洞房大漠雲荒白魚死夢中墮入寒潭水複檻雕廊十二樓玲瓏粉墨生雙鈎花霧濛濛天不曉背取珍珠擲飛鳥仙人夜掃南山雲湘絃彈月迎春神瓊林琪樹重重

開梅花環抱銀樓台珠瑺玉珮墮如雨紛紛素女
騎龍來
對酒歌
樓上卷簾雪千里遼風驟雲撲天地二十五絃動
天紫南山峨峨爲君死黄河倒瀉玻璃鍾匣劍夜
深吟古龍人生二十不得意拂衣欲去如奔虹蓬
萊一水通仙槎千山萬山懸月華月中素女顔如
花招我五雲縹緲之鸞車後車載酒三萬斛飄然
一笑凌紫霞
題昌谷詩
有人抱月泣山阿九死名心豈易磨一寸蟲肝雕
易盡百年駒隙病中過燒書君竟逢秦始抱玉誰

能識卞和十幅荒唐神女賦可憐中有淚痕多
秋墳焚毀鮑家辭亂世文章哭已癡若有人兮風
過樹恍聞雨歇鬼談詩如君落魄生何味誤汝虛
名死不知慟哭千秋知己淚一生孤直誤陳思

感諷二首

灼灼蓮蔄花臨波何皎潔美人盪槳來容華麗朝
日𩓥之芙蓉裳薦之玉臺側玉臺非不榮所傷淸
節折旁有孤生松見之長太息至德貴韜隱何須
盛容色

朝陽何熠耀到處生微塵明月澹無語靜覺萬態
淳張湯昔才士以察傷其身黃老云無爲斯言誠
可珍井水濯不淸海水濯不渾奈何今君子察及

淵下鱗

西湖

淡月鵝黃向夕生蘭橈桂楫未分明消魂十里桃花水中有竹枝三兩聲

蠣石迴廊駕水開蒼茫攜酒獨登臺浮雲昨夜卷山去又被曉風吹送回

六橋倒影都成畫一路看山勝讀書日日綠楊春水路酒船來訪宋家魚

鬢絲禪榻感滄桑夢醒瓊樓花不香涼極不知天正雨一燈如月隔窗黃

明月

明月上山來照見下山路寒江寂無人空濛數聲

櫓

遊山戲占

平生不識山忽到棲霞洞千樹共盤旋萬嶺若相送危石上欲墮窄徑下豁縫攀草草不牢踏石石先動嶕雲齒俱寒捫壁指爲腫欲前力已疲囘顧心欲悚艱難緣木魚危怖病時夢行行不半里濕汗沾毛孔天風忽然來平地眼前湧宛如難讀書一旦豁然懂立身抑何高萬山如丘壠平素亦岸兀至此齊環拱伏地不敢仰一碧深如甕裙袂皆飄揚九州堪掌捧不知軀殼輕但覺詩思重安得攜鐵笛臨風一長弄

旅懷和素瓊

獵獵征衣冷化煙，青山猶枕亂雲眠離人上馬月在水遠寺打鐘霜滿天入海有人懷破甑渡江幾輩慶彈冠南山容易滄桑變勸買秦皇舊日船感時淸淚爲君彈話到興亡徹骨酸周犢豈能辭且角楚猴眞似沐而冠家貧作客原非易世亂思歸亦大難無限傷心倚修竹爲誰辛苦報平安

秋日和蘧兄

長驅二千里一夕破咸陽落日孤城閉平沙大漠黃誰知數營卒猶費萬家糧莫勒燕山石徒教見者傷

歸鴉向空盡余亦掩柴扉生死兩神劍江湖一布衣干戈天地隘亂世立言微且共覆杯酒蟹螯秋

正肥

題讀書圖

肺腑醰醰鬱古春一燈相對入周秦爾來四萬八千歲流品如君第幾人

也知斯世異炎涼閉戶甘爲著述郎不喜南朝陳學士未能高潔豈容狂

殘菊病秋開漸小青山如友不能疎起來一笑天將午晴日滿床來曝書

閒居

樹影滿茅屋春日方遲遲仰首睇碧天悠然忘所思櫻葉圓似扇春風和且微長廊紙窗暖靜聽黄蜂飛

翠樓吟草卷之四

杭縣陳翠娜著

香海集

新居題壁

家庭工業社新屋落成余所莞化合室景最幽蒨綠陰如幄晶窗四圍而香雪四時尤饒奇趣寵之以詩

鏡裏穠花媚晚春銀屏罨畫搨香塵綠楊樓閣春人笑招取流鶯作比隣

別院風飄千點絮窺窗人隔兩重紗錯疑夢醒菰蘆岸吹滿一身香雪花

頭銜舊署司香令小閣新開咏雪樓一笑臨池寫

新句天花如雨撲簾鉤

半淞園偶占

滿眼狂花花媚晚春十年憔悴苦吟身日中野馬忙于我得意夭桃冷笑人自是清談開兩晉苦將眉黛學東鄰吳淞縱有千尋水難浣胸頭爾許塵

戲跅靈君

芥珀相投信有之雲居游跡繫人思何當小住桃花海賭唱平原十日詩

名言何必去其陳理學千年自有真一語每教君見笑願爲列女傳中人

細雨

細雨來何處瀟瀟隔樹聞松風吹不斷化作滿山

雲

天陰催日短雨久清溪深好詩如幽客悠然來相尋

驪山

海上霓裳曲未終已教歌舞誤玄宗西施一樣工顰笑功罪千秋竟不同

寄春弟惠山

白雲在天末之子去何之木落三秋盡天高一雁遲謀生憐弟小少賤賴親慈應憶柴門日相攜讀舊詩

題貯雲樓詩

寶弟近來頗能成詩書此勉之

道心終不敵童心落紙風雷萬馬喑羞煞相如才八斗彈琴只作鄭中音
眼底雕虫盡可憐文章妙手本天然謝家子弟皆清俊畢竟天真數惠連
不將才氣眩清新斗室能藏四海春莫怪三年常默默一鳴從此足驚人

甲子歲暮感懷和青璐

韶光流水感蹉跎塊壘于今百倍多垂老文章哀杜甫及時功業陋蕭何隆中誰定三分策垓下時聞四面歌祇恐西山薇蕨盡解嘲還復到烟蘿
莫將妙語慰蹉跎人在江南涕淚多斗酒未妨追李白鼎烹直欲到隨何麻姑滄海驚三變屈子牢

騷托九歌至竟歲寒誰與共梅花修竹與松蘿
層樓皓雪發高歌萬樹寒梅月一梭東面是山西
面塔南山有鳥北山羅論交似竹何妨少得句如
花不厭多擬向山中栽遠志蒼生消息近如何
相如倚劍叱秦歌浩氣凌雲故不磨知死未妨生
亂世固窮何必感蹉跎染絲我亦悲楊子抱玉誰
能識卞和殘雪關河驚歲晚短衣匹馬獨經過

偶占

淵明昔不遇把菊歸南山三旬九遇食十年着一
冠鷄鳴深樹裏草長堂坳間仰首視太空怡然時
解顏青青園中松修榦何巖巖自無君子德何由
至歲寒

開門聞水聲清流遶茅屋涼風悠然至竹細水俱綠晴天如玻璃倒貼遙岑薄鷄啼午飯香焦麥黃初熟借問隱者誰非仙亦非俗不知采丹藥時復取書讀恰恰一千載其人顏如玉

美人在天末仙袂從風揚遺世不一顧冰雪塡肝腸下視黃河水濁流何湯湯世無神禹功念之徒感傷

我有秦時鏡窈窕鸞鳳文三日不拂拭宛轉生微塵塵亦不在多蔽亦不在昏點塵誤空潔微意傷天真明月何皎皎對之思古人

李伊行

山阿有梧桐鳳鳥不能棲直上自千尺落落無傍

枝嚴霜下中夜風籟常淒淒上有夜烏泣下有幽
女啼居者聞此聲獨坐生愁思行者聞此聲却步
心躑躅問女何所悲問女何所思嗚咽不能答掩
面淚如絲女眉蜷連秀神光何陸離女衣鶉百結
黝漆生膚肌雖則漆膚肌淸奇復淸奇自言江南
人自名爲李伊李伊生無父孤弱將何依衆女眩
容飾瓊佩雜珠璣阿伊亦好飾經史盈書笥飾心
不飾貌難爲俗士妻況有老母瞽家貧賴支持喞
喞機上錦重重指上臀朝出東華門五馬何崔巍
夕出西華門香車垂琉璃黃金絡馬頭夭矯如龍
驪不羨富貴榮但爲老母悲阿伊無長兄老母無
大兒秋風下庭樹釜空難爲炊慚彼甘旨缺日夕

理殘機織布日一疋鬢邊生素絲安得將身化蠶子吐絲奉母無寒飢是年甲子七八月天狗墮地光輝輝十室九流亡荒灶生蒺藜熊羆化爲人入城相嬉戲女家有瞽母寸步不能移母悲啼向天無爲累我兒含淚語阿母母語毋太悲天幸賜兒毋富貴不易茲阿伊尚有目能爲老母窺阿伊尚有手能爲老母持老母幸無悲毋啼兒心摧月黑山風高熊羆來窺籬見此幽素姿拊掌大驚奇驚奇仍譃笑三五集庭墀軍營夜吹角明朝當出師汝家有少女宜去爲辦衣長跪告長官弱女母所恃軍氣貴振揚安用婦人爲哀哀不成語淚落如連絲軍吏怒不止此豈汝所知去去勿復遲軍令

誰當違孔雀在深山一旦勞網施寶刀光霍霍迫之生別離淒淒復淒淒阿母來牽衣不惜身麋碎但恐老母危含淚謝阿母兒去復何詞生長蓬門裏身幸識書詩生當復來歸死當長相思懷我機上剪結我身上衣躑躅出門去天地共淒迷從軍萬里行風雪裂膚肌誰論絕代姿供役如奴廝前有猛虎岡後有毒龍溪一心秉金石履險復何疑大軍如秋風到處生荊杞阿伊憂不寐徬徨中夜起瘦馬秣敗草天寒雨不止此時念阿母歲寒誰爲衣今夜黃山下昨日黑水湄軍戰良不苦炮火掠天飛但燬民廬舍不擊敵帥渠擊之亦何爲彼亦父母軀萬籟夜入寐一騎雨中馳去去勿復顧

甯死亦當歸死生久不念天地亦可遺但念天地內中有老母棲天寒入函谷月黑萬鷄啼宛轉者傋壑倉皇歸故里女昔去里時瓊姿如濯脂今日復來歸膚裂皺如龜如龜誰復論但念老母慈見兒當悲喜問兒何瘦癯去里日已近女心日以驚荒村烏雀稀黃蘆北風冷一片瓦礫場荒涼千里近故廬在何所乃在瓦礫中蓬蒿生其巔野草沒其東入室呼阿母但聞狐鳴鼠竄聲喁喁出室覓阿母但見戰場白骨相横縱顧此崩摧心膽裂人生到此天何說坐哭寒灰萬念沉旋風繞屋生悽惻故廬在何所乃在北山側萬木皆悲風孝女啼不息虎豹搖尾來悽惶不能食千年萬年母不歸

坐哭化爲山上石海亦有時枯石亦有時滅孝女哭聲無斷絶吁嗟乎世間乃有無毋兒不敢凝思涕如雪

南園

南園一夜雨芳草滿汀洲怪石立當戶遠山青上樓風多花作態雲破月迴眸余亦能高詠偶然生古愁

開閣面池沼水光揺滿床屋因栽樹小人爲讀書忙明月久相識寒花多異香東山垂翅客持此謝炎涼

山行

日暮閒行望翠微水西時有子規啼偶然落葉迴

風起錯認滿山胡蝶飛

題士歡畫花卉

畫工隨意見天機日暖南園胡蝶飛一樣春風分厚薄杜鵑開瘦牡丹肥

秋思

大漠遙通漢長城不護秦乾坤雙淚眼江海幾閒人雨久魚蝦賤山空鳥雀貧此心灰未久秋至忽沾襟

偶成

暮色全吞野濤聲欲上樓月臨千嶂出風逼滿城秋獨客懷歸思起看江水流瀟瀟蘆葉響應有未眠鷗

舟中

風急浪冥冥魚龍吹古腥一舟横海去千樹隔潮生鄉夢劃然斷漁榔時一鳴起來清不寐霜月撲簾旌

山居漫興

掃跡衡門古木荒小樓三面納朝陽能詩終是閒人累不食真成却病方竹裏晚歸孤逕白殊方日落大河黄人間鷗鷺離羣久禮讓何當一例忘

落葉

漢帝哀蟬舊夢寒誤書真覺校猶難三千廢殿虫聲厚一片空林鳥宇寬雨後頓成秋世界畫中曾見古衣冠西風已共情天老飛出相思字字乾

半向西飛半向東飄零猶借大王風飢窗漏月生
虛白鴛瓦堆霜點落紅舊日濃陰曾礙燕暮年身
世愧雕虫車塵夾道無人問一任添薪野寺中
八公草木盡秋聲烏鵲投枝夜數驚月黑荒村聞
鬼語風來曠野逐人行山疑遠客歸天外樹似文
章見老成幾日山僮忘却掃苔階漸與曲闌平
明知秋日宜蕭索可奈臨軒總涕流無處不隨孤
客槳有時還打酒人頭西風作意欺衰樹胡蝶忽
然飛滿樓天地荒涼勞悵望不堪還抱采薪憂

再咏落葉

老樹臨江日日輕飛來秋信滿嚴城斜陽古木添
鴉影盡夜風窗作雨聲三五偶然成聚落萬千何

敢薇空明等閒莫逐扁舟去流到洞庭波又生
廣廈清陰豈夢思江南無樹不空枝殘書脱線因
風亂野灶添薪帶雨遲滿地黃于陶令菊一峯寒
入孟郊詩秋來幾兩平生屐試問蒼苔總不知
萬里蕭蕭下遠天楓橋吹送早行船燕肢雨透黏
林少羊角風旋貼地圓拾翠客來荒徑響題紅人
去故宮遷迴黃轉綠君休問關塞飄零又一年

山居

晚來新月上門掩萬株松足力因山健詩情到枕
工天寒花有待風峭酒無功寄問采薇子心期同
不同

春日

垂柳追綠遍江南人影雲天嵌嫩藍簾外花風春廿四鏡中眉樣月初三繡坦停燭窺銀鹿鈿盒分香篆錦蠶寄問詩情深幾許莫教題滿藕花衫

偶占

綠陰深處月鵝黃微有吟聲度碧窗隔着重簾看不見好風吹送媚梨香

畫箑占題

欄干九曲是迴腸欲捲湘簾怯嫩涼吩咐門前一溪水替儂流夢到橫塘

翠樓吟草卷之五

杭縣陳翠娜著

滄洲集

感書

鳳鳥感文章，來自華山岑。三年不得所，翩然還舊林。仰視浮雲翔，感激傷我心。浮雲豈無意，飄風爲浮沉。夏后棄大海，夸父爲鄧林。哀哉參與商，干戈日相尋。胡爲自珍逵，獨世揚清音。嗟嗟梁甫吟，念之涕沾襟。

雞鳴滄海裏，魚躍崑崙巔。日月共大化，世事如飄煙。聖人知其然，委運聽諸天。蒼天不可必，四海安能一。志士豈秋草，旋生復旋滅。坐抱萬言書，含憂

不能說

行舟謠

小舟涉大海浩淼千里波彼岸不可望日暮颶風多乘此落日光急行毋迷途司者有二人船婦呼其夫一云東西利一將南北圖停舟久不發各坐相紛拏小舟失所主轉風如旋螺一舟一舵尚可爲一舟兩舵將奈何

韜光

落葉空山滿夕陽豈宜重問駱賓王九天詞檄驚鸚鵡萬古高原對鳳凰大地倒看存縮本亂山迴勢截長江愔愔僧院無人語竹裏開門春筍香

山行偶紀

裂壑崩厓大石黃奔湍如箭雜松篁湘靈終古無
人見縹緲琴聲下大荒

細澗倒生胡蝶草滿山都是杜鵑花茅簷老姥曾
相識來喚雲英替煮茶

雙髻鬔鬆白練裙自攜孤影入重雲山厓舊刻題
名竹又比去年高幾分

湖濱雜興寄呈家君

斗酒長星禍已成人間何地許躬耕慣經離亂翻
無淚傳到文章不算名茅店酒香櫻顆熟麥田風
暖稻花輕晚來未定歸何處行過竹西聞水聲

西泠橋上一徘徊鼓枻雙鬟入畫來樹影暗隨流
水曲樓居齊傍好山開西園花事空金谷南國詞

章陋玉臺莫問繁華十年事闌干何處不生苔
雲母屏風拓洛神望湖樓上月如銀水邊一樹忽
聞雨鏡裏落花來媚人玉版裁詩嫌紙窄金釵沽
酒量家貧一燈擁被寒於水布穀聲中旅病新
香雪樓前寂寂春可堪佳節倍思親峭寒每在花
生日臘墨聊爲竹寫真馬足關河空有夢蛾眉謠
諑豈無人舉家龐老清如此願向煙波理釣綸
三月三日天氣新游絲劇藕欲生塵乍晴紈扇多
於蝶傍午花枝醉似人楊柳隄長橫水脊薜蘿洞
窄入山唇湖邊荇藻濃於墨下有神魚生碧鱗
小亭前後總臨湖野菜花黃路欲無出寺鐘聲先
送暝敲門詩債怕催租綠楊雙屐閑沽雨新月一

鈎來鈎魚客裏寒溫數行字慳心第一是家書

湖上閒居

淡雨微煙楊柳村小家兒女賣初蓴停船愛浣纖纖手落日下山湖水溫

銀鈎十里畫簾開處處迷樓燕子猜楊柳讓風花讓路紅塵一騎美人來（杭州女兒近好騎馬每當夕陽西下素手吟鞭掩映於綠楊陰裏較油壁香車尤饒畫意）

日夕長吟酒半卮未妨閏得少年時東風不入江郎夢木筆庭前開一枝

翠華南幸柳千絲夾道豐碑紀御詩不是嚴家舊高士鈎台雖在少人知（蔓草中有石臺舟人云

是乾隆壬午劉寔）

白梅

凍雲漠漠護瑤臺臨水晶窗一扇開裘杵凌霜仙子笑程門立雪美人來空山種玉寧無樹香國調羹別有才霧縠冰綃三百朵是他姑射手親裁

月地雲階空色相高山流水澹相思滿窗疎影人初靜三徑濃霜鶴未知祇分肝腸同鐵石不將顏色誤胭脂相逢一笑悄無語竹外忽開三兩枝

偶成

清麗纏綿不自知玉階風露夢歸遲上清自讀瑯嬛記删盡銀箏集裏詩

江樓

危厓萬丈響松湍小閣扃燈覺夢單夜起開簾放
山色一天星斗大江寒

偶成

杭州小住六七日盡日惟聞流水聲律細豈宜參
死句道高原不外人情拙鳩預識天晴雨野老偏
知花姓名我是閒雲忘去住偶來梵宇話無生

湖樓

曲曲紅闌抱水斜宮燈臨鏡不遮紗曼聲玉笛秦
娥月小字銀鈎僃女花葉底流鶯詩作語春來胡
蝶夢爲家雲天綺習消難盡一抹長空有暮霞
仙人樓閣俯斜曛來往湖船曳水紋娟娟秋風君
子竹亭亭華蓋美人雲魚虫解識南朝字猿鶴空

移北地文恰倚高寒看山月晚風吹卷墨華裙

古寺

古寺經年到荒涼似昔時水空魚入定果熟鳥先知落月來相照亂虫疑說詩山僧無所事雙鬢亦成絲

一雨收殘暑秋光明上樓煙消山競出石斷水爭流豈有蒼生望徒懷天下憂輸他林下叟垂釣坐溪頭

瓊樓

瓊樓明月小于丸碧海青天耐薄寒未識美人恨何事爪痕如雪嵌闌干

嘲蠶

經綸得吐果何時三起三眠瘦不支絕似開元杜
工部一生心力盡干詩

秋夜

落葉瀟瀟秋滿庭月中鼓角動嚴城文章氣運關
天地骨肉深情共死生永夜酒醒空對影歧途歌
哭總無名傷心嚴助東歸日兩字中興寫不成

揚雄

玄想清談不可尋至今江蜀重遺音井田空有新
民意辜負當年作頌心

秋雨

秋雨不到地白雲吹滿天日光抱紅濕猶在南山
巔獨立有詩意微風吹澹然何時故園樹重見米

家船

硯詞（中秋後三日青琦吟友爲刻硯銘並寄四絕索和占此奉答）

麝墨磨乾古硯凹美人親試錯金刀小年患難曾相共（予年十有一居毀于火抱此硯逃出）背世眉稜豈易描纖手勞卿奏金石新詩何以報瓊瑤書窗夜課慈親笑歷歷童心不肯消

小扇泥金砑錦紋爲君珍重寫靈均（青以金扇索寫山鬼）禪心澹似秋來月詩思忙于雨後雲嶺上寒梅驚歲晚堂前雛燕感離羣自知語乏林泉氣豈是臨川夢裏人

紅樓

掃逕莫除當路草插花須檢耐寒枝危樓十二天

風冷半夜月明人不知

輕寒和夢滯簾鈎道是無愁似有愁一角紅樓容割據綠陰分拜小諸侯

詠絮

虛牆低護讀書堂散盡天花不見香早識升沉關定分本無才思敢輕狂楚腰尚解迴風舞潘鬢先驚隔夜霜祗怪春魂無管束又黏詩雨墮横塘

戲作新游仙詩

歷歷雷聲走鈿車天河一道玉繩斜傳來織女消魂信他字于今盡作牠（新文化凡屬于物之他作牠）

瑤臺

晨餐珍饌怯珠璣嶺上寒梅始着緋神女來貽青
玉佩天孫親織縷金衣百年哀樂方今始一種清
閒自此稀爲問來迎雙白鶴瑤台鳳去幾時歸

感紀

空山駐滿七香車樹杪樓臺認謝家一樣高懷寄
芳芷滿天風雪聘梅花鏡臺宵見蛾眉月銀甕春
分雀舌茶阿母卻愁癡點慣如何鴻案對秦嘉
輕紗曳地掃香塵小隊司花盡美人綺閣銀燈開
夜晏玉階仙仗擁飈輪擬收鳳紙書佳語安得銀
弓鑄愛神心緒茫茫難自解淚華如雪忽沾巾
慈宮紅袖隔簾多女伴窺人笑語和未敢乍逢呼
小字偶然迴首礙橫波北宮釵瑱丁年夢南國詞

章子夜歌請授奇書二三萬卷不須眉樣問如何
阿毋劬勞鬢欲絲手持團扇付義之歸來乳燕屏
相識生小慈烏怕別離鏡檻迴燈三面影瓊筵擲
筆萬言詩左家自分無才思流水高山負所知
綺語高懷一例刪照人肝膽共悲歡裝成阿閣巢
雙鳳鑄就金根迓小鸞玉茗堂深懷舊夢翠吟樓
適怯新寒山家別具調羹手雪水梅花供早餐
椎髻荆釵最可人孟光身世愛清貧百年家室原
爲累兩字悲歡辨不真門茗迴廊烹細雨敲棋樓
閣落星辰此生不作封侯想自向銀河看月輪
古絃不是茂陵琴珍重齊梁靜女吟馬帳傳經千
載事鹿門偕隱百年心興亡家國吾何有去住蒼

茫感不禁珍重身衣慈毋線天涯回首白雲深

風籟

獨夜聞雨聲瀟瀟入庭戶起視不見人涼月在高樹

子夜變歌

采蓮復采蓮莫采青蓮子同房各一心含苦空自知

送青瑤

別思不可道況值秋風時城闉餘落日天末挂虹霓生死存肝膽乾坤信別離草堂鷄黍在莫負故山期

養痾

閉門無所事，長嘯復微吟作字花生眼梳頭髮滿
襟日光簾影薄蟬語樹陰深獨坐看雲意彌生清
淨心

闕題

手摘芙蓉下大荒山阿有客芰爲裳一灣流水去
何處直到門前惟綠楊把酒忽聞幽鳥語卷簾時
帶落花香眼前詩意添多少紅蓼一枝開野塘

遣興

林間殘暑盡天上白雲多況復人蹤絕臨軒自嘯
歌幽禽窺影去低柳礙船過玉殿秋風冷疎星欲
渡河

夏日

天地干戈處處同將何閒地着漁翁風來忽帶雨幾點雲起又添山一峯屬國數須同紇馬諸君惟好葉公龍不堪關塞蕭條日屢見胡笳出漢宮

偶占

湖月欲出山化烟水波不動如藍田輕舟單槳不知暑安得移家水底眠荷衣涼極不相顧翠羽金旗隔雲舞蟾宮銀闕光有無青天歷歷垂明珠夢驅長風過大海連弩射殺芝罘魚生不羨安期生羨門徒茹芝鍊石徒拘拘有錢得酒但飲之人生千歲胡爲乎

翠樓吟草卷之六

杭縣陳翠娜著

綠夢詞

洞仙歌

芙蓉池館有畫紈人凭瘦蝶眠花抱秋冷愛羅襟如繡花影如潮祗覺得人比月華還艶　銀鈎和夢語小展屏山畫取輕雯入鴛鏡鸚鵡悄無聲短笛惺忪却剛把醉魂吹醒拚月落參橫獨尋詩任漏盡銅壺香銷金鼎

前調

春山鏡裏共雙蛾顰皺綠遍樓前萬絲柳鎮房櫳悶雨窗幙扃寒平白地過了踏青時候　晚燈初

上了簾隙窺人新月纖纖爲誰瘦一夜故園心小夢依稀還只在曲屏風後記絡索秋千海棠陰問采伴鸚哥盼儂來否

蝶戀花

鏡檻臨湖花似繡如繭波光撲得緗簾皺曲曲迴廊穿細柳麝蘭香息紗窗透　落盡殘紅春樹瘦簾外鸚哥偷把東風咒小婢搴幃開笑口銀瓶捧進櫻桃酒

南歌子

香篆消金鼎更籌轉玉龍峭寒和雨濕簾櫳小朵燈花瘦得可憐紅　怯冷添重幔留春怕曉鐘簾鈎隔夢響丁東吩咐屏山遮住落花風

清平樂

鶯愁蝶怨捱過三春半滿院綠陰簾不捲人比斜陽還嬾　消魂時節清明一番微雨初晴睡起憑闌無語隔牆吹過簫聲

如夢令

淒損桃花無主落盡楊花春去夢影不分明都被屏山遮住詩句詩句成在杜鵑啼處

蝶戀花

四面荷亭涼似水如雨流螢點皺波紋細翠蓋無風鴛夢膩誰家冷笛紅樓裏　小卷風簾人未寐卸了明妝還向妝臺倚移過鏤銀奩盒子篆香印個迴文字

蝶戀花　病中作

花影當窗人未寐無賴銀蟾偷覷文鴛被小夢載愁飛不起和煙墮入蠻荒裏　如豆燈花紅欲死坐起還眠睡也無滋味漾皺羅幃風影細糢糊幻作蠶眠字

虞美人

綠波吹皺春人影薄醉些兒醒萬株修竹夾梧桐六扇晶窗反映月如弓　晚妝羞注沉檀顆一任鬟雲墮憑欄無語鎮凝凝說與鸚哥料也不能知

浣谿紗　戲擬閨情

小顆櫻唇點墨華銀彄光動玉叅差新詞愛譜浣谿紗　襟上痕留紺碧唾枕邊香墮媚梨花宵來

幽夢記此二此二

一笑梨渦暈絳霞鸞衫繡滿析枝花綠烟新髻綰靈蛇　薇帳垂雲春撰夢銀瓶汲月夜烹茶東風長駐莫愁家

珠箔飄燈聽雨眠墮鬟花朵半枝蔫爲誰憔悴勝前年　鏡裏芙蓉嬌欲語夢中蝴蝶淡成烟一春心事有無間

菩薩蠻　題仕女畫

殘燈淚眼愁生纈冰弦彈落相思月銀甲苦相敳秋聲曳夢飛　商音涼似雨恩怨憑誰訴憔悴鬢邊雲空留月一痕

浣谿紗　又

催醒花陰一枕眠綠槐無語鳥無言嬾風吹皺碧雲天　廿四番風花墮劫十三年紀月將圓歸帆時繫夢魂邊

洞仙歌　又

銀屏摺夢逗纖纖鵝月滿院緗桃墜晴雪恰花梢過雨簾幕扃寒輕輕替掩過羅衾一頁　掌珠孽雪玉雛鳳嬌鶯畫枕銀床罷調舌小夢忒蘧蘧飛入花間定宛轉化爲胡蝶待臨去低徊又沉吟替熄了銀釭更番憐惜

如夢令　又

睡起春魂縹緲抱膝偶然微笑心事不分明偏被夢痕知道人悄人悄花外一聲啼鳥

紫蘭花慢 題紫蘭盦懷舊圖

放蝶花邊呵雲鏡裏畫簾曾見春神驗錦帊題詩銀屏揾淚舊夢無痕休論扨蘭勑蕙算難忘第一美人恩惆悵蘭香去後人天冷落秋魂 樓前啼瘦杜宇倩迴廊六曲挂住蛛塵便情天嫩碧也都愁老何況靈均蘭因倩誰證取賸月中花影夢中人一夜玉簫吹裂蔆蟾猶學嬌顰

沁園春 新美人髮

色染金鵝撩亂情絲低遮黛蛾愛勝他豐韵迴盤墮馬傳伊心事宛轉旋螺花纈籠春銀箝炙曉熨貼春雲覆粉渦花陰午見水晶簾底窣地纖波 麗華丰態如何算我見猶憐況老奴正及笄年紀

春愁較少傾城時節詩意偏多纖就蛛絲噴來鋼墨小字羞將愛喚他（新式署名愛斯）亭亭處有下風香送小扇輕羅

沁園春 新美人裙

嬉帶量春抱月飄烟濃香細生怕娉婷礙步莫遮鴉襪迴旋小舞逗響鸞鈴細處疑蜂飄來似蝶一摺春波一寸情留仙態愛東風小拂愈覺輕盈年時竹葉裁成喚女伴同前趁踏青記雕鞍斜坐薄雲低罨玉梯將下纖手微擎怕姊呵腰惱郎題字未覺旁人拜倒卿華燈裏訝花開似纈綴滿明星

沁園春 新美人手

玉節生渦小握柔荑人前乍逢愛琴聲如雨隨他上下粉痕調水遣汝搓融鴛海環盟紅綃鏡約都在纖纖反覆中嬌憨處向隔花拋吻揮送飛鴻軟衣小襟玲瓏怕幾日春寒凍玉葱記睡餘挼眼燈花生纈憨時摺紙人物如弓掬月無痕搯花留恨剪盡年前鳳爪紅珍憐甚更香薰荳蔻色染芙蓉

高陽臺 雨夜

帶眼移春琴心瘦雨等閒負了花陰影亂風燈小樓簾幕寒侵惱人春夢多干草繞朦朧夢又相尋縠沉吟幾度驚回溜却釵簪 關山眼底磨旋過信天涯未達只在鸞衾羈旅飄零十年猶作書蟫

淒涼莫厭梧桐語替離人訴盡秋心最難禁一夜簾纖小院苔深

高陽臺 遊仙

海角霞荒雲邊月老情天幾度秋風螢火星星近來飛入璇宮夢魂祗識銀河路怕淒涼又到雲中鎮匆匆舞破霓裳環珮無踪 淚珠凝露銅仙老縱桃花無恙也減微紅艷刼難銷相思冷化芙蓉倩魂夜抱枯禪泣是闌干都被苔封漫惺忪消息人天一點歸鴻

慶春澤 白梅

鶴夢驚寒風枝墜雪冷香吹遍孤村倚樹無眠點來粉額無痕情天萬古難爲老借瓊簫吹轉春魂

亂黃昏老屋燈幽龍影飛鱗　冷雲破月三更後有白衣幽女照影溪濱竹外無人亂山凹處留雲粉蛾冷抱春前淚誤癯仙畢竟天真問前身夢到羅浮縞袂生塵

前調　紅梅

翠羽餐霞凝妝照水陳宮艷曲吹殘絳淚彈潮相思飛上闌干東風不識江南路被桃花賺入孤山水雲邊莫逐幽香流到人間　海天龍背湘神影甚絳衣春小環佩珊珊一笑人天冷紅先破春慳空山昨夜羣仙醉點蒼苔蠟淚泬瀾認斑斑月地雲階湘竹千竿

浣谿紗　元夜

百級瓊樓響玉梯衣香如霧瑞烟迷風燈絡索動珠璣　畫枕鮫魚吹短夢錦籠香獸護春衣生憎鸚鵡隔花啼

繡幕風敲押蒜銀千條紅燭煑穠春華筵初進鯉魚唇　騎蝶花天春夢小繫燈屏角晚烟昏蠟花閒污石榴裙

齊天樂　水仙

花魂夜半呼難醒鵝笙暗中淒梗高士才華美人風格除却幽蘭誰並芳心自冷照淡月湘波珊珊仙影欲往從之一川秋水晚烟暝　愁苗暗抽寒雨塹湘皐日暮冷雲吹盡綺語禪根香幽色淡孅却女兒心性翠虬眠穩有淺影窺窗淡妝端正擘

瘦銅槃淚華和露凝

浣谿紗

月殿虛開窈窕雲銀河私語靜中聞滿天詩思化星辰　紅藕花香簾外雨銀床涼逼夢中人起來秋氣潤苔痕

高陽臺 家君詠蟹命和囑當細膩不得作橫行語

湖海胸襟珠璣咳唾一樽同醉重陽左手攜來憐伊鳥爪逾長文園病後心禪定臏伊人深嵌桃瓤喚漁娘絡索蓬窗篝火菱塘　漢宮艷虎輕黃頰記銀燈親剔爲汝題王小時好剪紙貼蟹殼兼作虎頭嬉子來時茶璫初沸山薑酒邊夜話魚龍氣笑沉沙怒戟猶張漫評量司馬文章叔寶肝腸

齊天樂 詠蟹

斷籬漁舍星星火乘潮乍來秋浦多病文君秣陵秋到常是爲君停箸橫行何苦算率海之濱莫非王土解甲歸休萬家鼎鑊待烹煑 珠璣怒吹香雪算奇才縛煞來伴樽俎東海塵沙諸天妙想心上些些留住平生都誤只酒畔紅衣芙蓉休妬骨出飛龍斷腸終爲汝

鎖窗寒 題紅梵詞

遼海黃龍江天烏鵲壯懷都左末路文章寄到秣陵眉嫵裊秋魂琴絃自淒淚痕一尺桃花雨是銅駝荊棘離騷香草佳人遲暮 庭戶愁來處問幾樹垂楊尚餘飛絮禪心綺習濃艷竟看如許料淒

涼吹瘦玉簫任人聽作消魂語漫付他商女無愁
唱到隔江去

寒夜曲

屏山斷夢愔然碧濕烟飄墮蘭缸欹簾外更無人
但半庭殘雪　凝寒漠漠珠幃隙落花飛上衣裳
滅永夜抱冰清向雲中間立

洞仙歌

夜窗聽雨逗微寒如線一緒櫻花抱愁顫便冷紅
吹盡嫩綠生陰祗覺得春比夢魂還短　石華生
廣袖龍腦香多疊向閒床一年半涼纈暗燈花雨
冷煙荒算此味年來嘗慣聽簾外瀟瀟更無人對
六曲屏山水遙天遠

前調

荷葉十萬擁孤亭如島寸寸蓮心綠房小對紅闌枕水翠檻圍山却偏被涼月一彎尋到　捲簾人悄悄吹罷瑤笙一縷秋魂月中裊仙骨不知寒倚冷瓊樓只覺得衣裳縹緲待手挽銀河洗干戈傍十二頹欄星危風峭

醉太平

疎簾月痕春風鬢雲一庭花霧氤氳近紅窗有人　櫻桃酒樽梨花夢魂宵來容易微醺又三分兩分

采桑子

濛濛積雨生秋草水閣調箏珠落飄燈紫電尋人

入畫屏　紅菱細栗烹蓮子小碗調羹小扇題名
閒聽涼蛙作水聲

蝶戀花

排闥青山剛對鏡六曲紅闌背立春人影花外斜
陽樓上暝柳絲烟雨淸明近　愁到眉山低一寸
攬鏡憐花減了年時俊指上螺紋心上印舊情是
夢都難醒

唱火令

繫領芙蓉纈堆鬟茉莉珠綠陰深處閉門居記得
個儂生小嫮𡚱十三餘　待月栽新竹延秋種碧
梧小紅樓上上燈初記得隔重燈影卷流蘇記得
流蘇簾底相對譯新書

金縷曲　題佛影叢稿

顧況詩中佛有無邊羅胸奇字盈箱怪筆騎象鳩摩看渡海掌上乾坤盈尺看不出滄桑今昔南國相思紅豆雨比西天禪夢桃花雪空與色二而一　醉來忽向蒼虬叱怪漫天狂風驟雨蠻箋嫌窄李白千年仙不去畢竟塵懷難釋因綺語者番重謫斷髮一絲青女淚負殘書千卷黃公石莫比做子由瑟

洞仙歌

迴廊蟲靜有幽人私語四面花陰下如雨恰眉痕畫了小扇同攜渾未料檻外垂楊偷妬　月華涼似霧一抹遙山隱約烟鬟未容數却下水晶簾纖

手金蟾剛添上沉香半炷鎮加蓋羅衣未歸眠怕深夜東風落花無主

載春船小恰春人雙個坐近緗裙並肩可把羅襟兜月玉笛吹煙風催放鬢角素馨一朵　四圍山睡盡瞞却鴛鴦滿載閒雲過南浦樹影暗成村如水羅衣有幾點流螢飄墮聽落葉蕭蕭下長隄恰淺笑迴眸問人寒麽

前調　病中作

空庭暗雨似三更將過小顆缸花抱烟墮裏重衾嫌熱推了還寒猜不準定要怎般方可　房櫳闃碎響落葉敲窗幾度猜疑有人麽索性不成眠藥氣愔愔猶賸有薰籠餘火待起剔銀燈寫新詞又

驀地驚人影兒一個

綺羅香 櫻桃

翠籠分珠瑛盤貯月春醉昨宵微雨搓就胭脂吻啣采香人數倚銀屏紅豆羞拈臨晚鏡沉檀偷注細看來絕似珊瑚膽瓶天竹綴新乳 樽邊苦憶樊素恍見小唇怯酒盈盈如許逭暑紗廚應被荔奴偷妬恰嚌殘上苑鶯兒莫飼與茜窗鸚毋愛連枝團膩堆香噙來猶帶露

前調 乾荔支

衣脆龍紋面皺蠶繭惆悵嶺南人老一騎紅塵往事莫談天寶記長生殿上填詞定曾見玉妃嬌笑漫思量玉露天漿胭脂顏色已枯槁 絳珠幽恨

獨抱羞見香山畫裏櫻娘嬌小比到溫柔何似黑甜鄉好儘由他色褪香銷難忘汝冰肌玉貌縱蘇髯不到羅浮者同應啖飽

東風第一枝 梅子

煑酒襟懷調鹽風味東園綠樹成纖黛蛾欲摘還攢瓠犀未嘗先軟冰盤脆綠且莫被茂陵人見怕文園渴病經年芳唾爲伊頻嚥 剛夏果竹廚初薦又早市筠籠傳遍祇宜漬蜜和羹伴儂晚來蔬飯齒芬猶濺笑杜牧揚州夢短甚無端細雨家家悶煞夕陽池館

綠意 蓮蓬

銀塘細雨正紅褪翠驕打槳船去涼夜無人偷卸

霓裳嫩髮半飄金縷雲廊水殿西風冷漸添了蜂房無數問爲誰顛倒芳心禁得者般清苦　記否綠衣黃裏玉纖親剝取來伴樽俎留櫝爲杯擲絮成絨打疊俊懷憐汝翠槃一寸嬌孽掌便化做明珠能舞更替拭宿硯苔痕索取酒邊詞賦

洞仙歌 題李母八徵圖存五

萱堂春曉漏風簾花氣貼鏡晴天綠膏膩記鸞篦繞髮蘭甲煎香奉盥櫛心比鬢絲還細　晚燈篝火坐手線身衣略替劬勞總如意寒燠久相忘不許桑榆更解識頃憂滋味怎　一葉音書故園遲便松柏心明蓼莪詩廢 侍櫛寢初

疎花病榻共藥爐相守　一線茶烟比人瘦痛琴調

別鶴鏡破歎鸞空贏得血淚尙沾衣袖　屏山堆
冷夢昌谷秋深王母雲旂下清晝魚目泫燈花潦
草微軀願換取一家長壽似勁節貞松歲寒時便
月苦霜濃也都禁受　病榻服勞
滄溟水淺有鯨魚夜泣十日堯時一齊出看中原
地赤泰華雲焦數不盡困臥蹄涔枯鯽　瓊漿原
一滴杯水車薪拯手齊民萬之一喬木故園陰俠
膽禪心盡說是鬚眉巾幗歎醫國良謀苦難酬只
誤盡蒼生困危猶昔　振廩捍侮
絃歌滿邑認三遷舊里雅訓常聞過庭鯉更千間
廣厦庇盡孤寒有多少立雪程門高弟　誨人長
不倦黃卷青燈辛苦丸熊廿年意玉樹遍瑤階夏

雨恩多更種取千株桃李但圖畫家家拜宣文勝劉向傳名龍門史記 創學惠鄉

森森峭壁有盲魚無數木魅千年夢中語更天低駭浪港黑瞞舟猜不透千里海波如霧 危崖吹冷雨仙姥歸時手摘明星掛高樹蜃氣現樓臺隔水懸燈便指與征夫前路算塵世年來更昏沉仗魯殿靈光東方微曙 然燈照海

高陽臺

病柳驚風凝蟬噤雨夢雲堆滿銀屏藥灶茶烟愔愔綠透簾旌瓶花冷抱嬌寒瘦怪年來忘了秋晴漫忪惺玉宇瓊樓何處吹笙 霓裳散後姮娥老甚淚華彈指都化春星錦瑟華年無端誤汝聰明

銀河水淺公毋渡是桃花一例飄零舊園亭歇了歌鶯散了流螢

綺羅香 微雪

天凸垂雲山凹吐月冷雪瞞人偷下卷起簾鉤萬木噤寒都啞料謝娘詩思凄迷定嵌在誰家鴛瓦訝牆陰十二璇窗黄昏明白轉如畫　素娥梳洗纔罷應是蟾宫落粉餘香盈把飄泊人天未許緇塵俱化儘教他地老天荒待洗出翠嬌紅冶任藍關獨客吟愁凍雲低礙馬

蝶戀花 題畫

薄日微雲山弄影楊柳因風綠到無人境小艇吴娃鴛袖冷蘭橈盪破琉璃鏡　家住西泠橋畔近

千點桃花一尺銀魚嫩燕子殷勤來問訊渡頭可有官奴等

金縷曲 綠梅

誰倚迴廊曲驀天邊萬花吹雨袖羅嫌薄錯道尋芳來較晚已是濃陰成幄縱雪裏芭蕉猶俗疎影小名猜綠意數蘭心蕙想同幽獨知己感笑君復萼華身世羞金屋寄根株空山流水久忘榮辱翠羽飛來無尋處小小枝頭團宿合寫入碧紗橫幅不是歲寒偏有約論高寒一例松和竹看冷月月如玉

高陽臺 懷中粉鏡

魚纈迴燈鮫綃揾酒有人深嵌桃瓤生怕花間蝶

衣褪了微黄墮懷明月開鈿盒倩葱尖薄蘸玄霜
細商量醫暈宜殷眉意宜長　蘭娘隨處相攜慣
笑菱花太小半面偷將樽畔迴身鉛華未肯拋荒
六朝剩據餘金粉縱飄零猶滯奚囊遣收藏一點
圓冰一寸衣香

洞仙歌

東風樓外散柳絲如線一種桃花學人面甚爪痕
嵌雪棋局拋珠空賸有六曲迴廊相伴　斜陽猶
在樹梅雨些些時蛙鼓池塘已傳遍別去未經年千
遍思量記不起梨渦深淺但一榻南窗漸生塵共
深夜追涼月明天遠
濃陰做暝落蟬聲如雨鏡裏芙蓉作嬌語恰枕痕

綠夢集

熨月綃帳鈎烟平白地印皺幾分眉嫵　傍簾吹柳絮閒靜些些時花外流鶯又相妬簫眼但凝塵玉指參差記曾傍宮牆偷度任熄盡荷燈不須歸指樓上秋河繁星無數

斜陽滿地濾一重簾影茉莉釵頭向人艷正飛泉噀雪鏡檻敲冰悄悄地深院日長人靜　天鵝銀扇小搖動春葱喚起秋風白雲冷鴻雁渺長空不信相忘難道是歸期漸近念水國連朝雜陰晴莫孤艇尋愁單衣催病

浣谿紗

曲彔欄干柳線多錯疑樓外即銀河隔簾時見白雲過　夜氣照窗星有角薰風掠地草生波攜家

龐老意如何

滿庭芳 仙人爪

蘭甲籠香葱尖裹粉半窗疎影青幽素娥妝罷纖指卷簾鈎誰向花房擘裂夢染猩紅一點痕留任搯瘦銀箏絃索三十六天秋　溪流凝嫩碧倩伊搯破新月如眸愛蒨似菖蒲豔似庭榴莫是麻姑病後惜纖纖幾度慵修偷量取銀河深淺花底盼牵牛

滿庭芳 硯池

片石凝雲空奩貯月卷簾飛入楊花唾華紺碧留住一些些曾照交妃眉影無人處獨自塗鴉輕拈取象床銀杓蟹眼細分茶　窗紗飄暗雨幾分添

了春水橫斜似白馬驕行淺印平沙雕盡鴛心小小算畢竟誤汝才華空誰念十年詩臼磨淚漸成窪

南北曲附

南仙呂戲擬閨情

步步嬌

六曲銀房花如繡絡索珠燈逗紅帘卷玉鉤藻鏡迴光萬點星如豆人影小窗幽有麝蘭香息微微透

山坡羊

一絲絲是淡黃楊柳一重重是畫簾疏牖一彎兒新月迴眸滿庭花影和風走涼雨收羅衫薄薄兜

把連環細印細印薰香獸掩了紗幬添將銀漏悠悠錦年華似水流休休古杭州天盡頭

江兒水

枕膩芙蓉粉襟兜茉莉球一春心事和花剖一樓詩夢和烟瘦一簾風絮和鸚守着甚來由平白地添些些僝僽

玉交枝

湖山前後忘不了珠奩玉篝波光如繭撲妝樓便曉夢梨雲都皺綠楊陰裏美人舟桃花陌上雕鞍驟怕思量年時舊游越思量年時舊游

園林好

乍相逢情投意投未相逢魂愁夢愁冷廝侵寃人

敢負歡笑也没根由煩惱也没根由

僥僥令

畫鸞辭破鏡箏雁泣銀弫門外羊車歸來否贏得啼鴂哭不休

尾聲

縱教心似玲瓏藕也難禁你手挽情絲日夕抽俺則索醉倒中山千日酒

南南吕 聘貓曲

梧桐樹

蘭階麗日長柳線風吹颺幾兩吴鹽迎到桃根槳銀魚貯滿筐彈鋏卿休唱禪榻茶煙從此相偎傍鎮琅琅佛號心頭想

前腔

花陰捕蝶忙鴛瓦行霜響偏愛梳妝珠唾嬌黏掌

長吟口角香勞汝先誇獎妙也佳乎也算鍾期賞

耳邊瑲鏧得紅絲兩

前腔

紗囊麝腦香寶纈鮫綃絳坐慣人懷不許輕輕放

寒燈剪尺涼繞膝頻來往逗汝嬌憨縩線因風漾

做迷藏鼠踏空梁響

尾聲

口頭禪語原來誑莫遣雙鬟唱添描半額王封作

書城將祇不要嚇壞了簾前娀媚娘

南仙宮入雙調哀東京

步步嬌

天似人心原難料戾氣憑誰召奇災不可逃地裂天鳴山崩海嘯鬼火炸僬僥做一鍋雜碎零星烤

醉扶歸

暢好是山明水秀蓬萊島倒做了三月咸陽宮殿燒亂烘烘海沸巨鯨焦天心振怒容如罩一迷價鬼哭更神號颶風兒挾燄把繁華掃

皂羅袍

慘兀兀風狂雨小旱青天如血抹上朱標地傾西北不堅牢萬千廬舍齊聲倒茫茫千里沙焦土焦淒淒千衆頭焦額焦還有那自家製就的無情砲

好姐姐

蕭條極目鬼多人少朦月痕夜深相吊路隅掩泣
有多少哀燕尋巢悲還惱仁心惘汝三年糴辣手
難忘念一條

尾聲

想從前雄謀壯略知多少吳越相關忍汝嘲況一
樣的人禍天災何日了

南仙呂入雙調 病中遣懷

步步嬌

風雨滿樓挑燈坐夢逐芭蕉破人影漾簾波獨自
生愁起來較可往事細如螺向心頭眼底磨旋過

醉扶歸

還記得花天曲晏催齋鼓隔水紅樓柳綫拖馱春

蝶翅薄於羅有明珠勸酒花雙朵玉指調笙鳳一窠卻便似夢鈞天不許風吹墮

皂羅袍

簾際斜陽未殘伴詞仙雙髻盡日吟哦光陰全被墨消磨爐煙熨貼詩魂妥篋中清句羅敷豔歌樓中歲月蟾宮玉梭不信道人生衹是黃金做

好姐姐

蹉跎於今值什麼算完了人生一課五湖舊志負他雨笠煙蓑心相左秋風搖落雙聲樹密雨催殘並蒂荷

尾聲

只待向人天證卻三生果碧海青天自嘯歌怕只只

怕俺這病困的僵蠶無法蛻

南仙呂入雙調　敝裘曲

步步嬌

陋巷沉沉餘音杳人瘦微風峭危樓雨雪驕客散車遙天寒睡早擁一領敝羊羔遣殘燈寫一幅窮愁照

醉扶歸

分明似蘇秦落魄在長安道有葉葉垂楊肘後飄纖塵摺處細干描俺不羨五陵年少誇風調只愁月黑過楓橋當墟換酒無人要

皂羅袍

幾處破紋顛倒似風吹蘆絮雨打芭蕉誰憐范叔

忒牢騷人間但有侏儒飽襟痕草草詩邀酒邀淚
痕小小魂招賦招猛思量舊事都來到

前腔

記得蘇堤春曉遶山冷翠飛上眉梢船窗四面嵌
鮫綃錦屏人隔芙蓉笑水邊荇藻風牽翠絲林間
豔雨花霑步搖映文波越顯得人嬌小

好姐姐

避塵囂嚴陵意自豪也曾向江邊垂釣受了些霜
侵雪耗便頹唐改盡丰標休相誚俺可是人情冷
暖閒方覺你可是松柏青黃歲後凋

前腔

明朝料春來染樹梢應被那東風偷惱怎陌頭柳

寵更夾着堤上花嬌笙簧巧杏黃衣換雛鶯俏甚
窮酸獨擁着牛衣自解嘲

尾聲

再休提王恭雪裏精神好鶴氅翻成蛾蝨巢俺則
索學一個不怯冷的寒虫吟到曉

南仙呂春球曲

醉扶歸

午雞花外停嬌唱恰浴罷斂綃鏡檻涼繡球開遍
不聞香象床筠管剛剛放檀黃和露搗玄霜倩東
風吹出團圓樣

醉歸花月渡

輕羅小扇風飄漾有隊隊明珠出畫廊吹來猶帶

口脂香想翠槃一寸嬌孽掌鶲翔樓臺五色藏綠楊明窗四拓迴夕陽映入玻球看綵霧晶晶亮更勝他屏風上仕女描周昉似冉冉姮娥啓鏡光把大地山河倒影裝

醉羅歌

這不似吴江捉月詩人莽也不似漢殿懸燈四角張提防他鶯梢燕掠忒輕狂怕綵雲脆薄玻璃散風團柳絮時時繞梁春隨蝴蝶紛紛過牆有多少粉蛾貼死在雕楹上櫻唇綻金釧響漫當作盈車瓜果擲檀郎

尾聲

一刹那曇花泡影添惆悵却下晶簾日正長空費

你碧海青天三日想

南仙呂夕佳亭消寒曲

嬾畫眉

四面青山起重烟小閣窗楹樹杪間亂鴉啼煞晚來天說宵寒一縷濃于綫不許你獨向匡床聽雨眠

前腔

排比銀燈綴層簷春在朱帷笑語邊又何須雪濃花聚斂華筵只紅爐火活屠蘇滿雪樣銀魚不值錢

楚江情

閒庭翠袖寒修篁幾竿苔痕滿地微雨乾恰月明

霜重畫逋仙也把柴門自掩豪情自憐一任他塵世浮雲幾變遷俺可也幕燕梁間看得滄桑賤有幾個冰鬢帶露偏有幾個霞裾隔水颭風吹下綵雲片

大雅歌

朱顏帶酒鮮參軍俊逸開府芊綿羊欣裙褶都題遍待新詩唱和到明年吩咐梅花不許殘

翠樓吟草附文稿

杭縣陳翠娜著

邃園感舊圖記

邃園在寶月山下曩爲清季某公讀書之所佔地十笏結廬三楹紅欄曲折繞以花木雖不廣大幽深而邃故名邃園余以乙卯夏始巾車來游盤藤瑮門長松揖客落花在地裙屐爲香槐陰墮空衫袂忽古蟬聲入夢如聞清吟之聲蝸痕上牆別成奇字之格幽花媚風展輔欲語瘦鶴憎客側目向人余愛其幽靜爰攜畫具掃東舍而居焉於是裁箋補窗展蕉作榻松陰蔽屋雖午而常陰濤聲入戶當晴而亦雨紅欄臨水涼生屐邊白藕作花秋

在簾外余乃展鏡臨窗以當畫譜引流入砌用代鳴琴幽月能詩每伴人于清夜亂星解弈輒布局于明漪顧陳諸子時相過從清談解頤吟詩悅魄登高懷古畫蘚壁以斂痕開筵坐花覆匏尊而茗醉當斯之時蓋自以蘭亭之會不足專美于前竹林之游無能學步于後矣曾不數旬余遂以事赴滬忽忽五年重來尋夢則已池水就涸蓬蒿雜生瘞鶴無銘山石皺其苦面野花非種蛛絲冪其愁顏絕似漁父重來認迷離之雲樹自笑麻姑未老已飽歷夫滄桑嗟乎世局雲移杞憂逾曲詩朋雨散淚眼難晴問同游諸子渺若曙後之星顧孑然一身自疑遼左之鶴況復濕雨霑簾寒燈煮夢當

此窮夜補作舊圖余誠不知涕泗之何從也

西谿歸隱圖記

嘗聞靈均殁怨伯牙絕絃竊以爲惑焉夫古之君子修身養氣爲己非爲人也惟有遺世之行乃蘊殊俗之美使人知之何補靈修不知豈傷盛德此所以淵明閉戶雖貧勿顧子陵釣江至死不悔者也吾杭有西谿者其猶古之隱君子乎武林名勝以西湖著西谿地處鄉僻景獨幽蒨里人不知游旅客不知名焉而谿亦以是保其幽當夫玄鳥既來春波始綠拙蝶上林新筝抽竹三里四里時見畫橋一間二間偶露茅屋漁舟盪槳尋幽人獨映文波兮素衣訪美人于空谷雖淵明之桃源猶將

判其塵俗若乃炎帝施令午峯蒸翠溪雲忽陰涼颸徐起紅藕作花近在舵尾汀洲既晚明月如洗銀雲織天鐵笛在水蘆荻數叢先秋作響一虫自吟宵深未已雖子瞻之赤壁或亦遜其幽僻又或商風戒律玉露始零水村蘆花浩如白雲漁舟釣雪飛絮滿身鷺鷥飛來杳然無痕恍夢醒乎羅浮有水鳥之啾鳴及乎霜風漸凝苦水生稜孤舟鄰笛一聲兩聲古寺寒鐘將鳴未鳴寒山羈客對此傷情嘅百卉兮零落感孤松之獨青殘雪壓瓦夢墮層冰風過窗響寒逼燈青乃棹短艇放乎山陰梅花開未暗香可尋慨塵海之洄洑願寄命乎孤舲幽矣隱矣無得稱焉求仁得仁又何怨乎小舟

一葉殘書半榼可以讀畫可以窮經他之日塵網可越浮生既閒鷦鷯求一枝之托勞魚得蹄涔之安舍此吾將安歸乃自作小圖以言素志硯有餘墨遂爲之記

半松園夜泛圖記

滬南有半松園者爲春秋修禊勝地紅橋幾曲間以柳絲春水半舸時聞簫管故鄉風物若或見之維時六月既望三日吾鄉例有泛湖之舉家君既以事不克歸乃集佳賓宴于斯園將因曲水之觴而謀漁父之楫借南國新樹暫作詩巢以古處衣冠成茲圖畫小亭背水波紋織簾綠槐蔽天露下成雨鳴蟬匝樹如聞無絃之琴幽鳥唱花疑是有

聲之晝薰風入牖時聞草馨涼雲過窗都含雨氣新芽素藕細實蓮蓬節鼓始催詩簡厚于叢葉銀榼既罄果核散爲繁星于是元英既冥餘景就畢綃衣如雲少長咸集訪明月于水湄歌采蓮于江渚絲桐鍊響餘音墜波菱舟三五載簫管以東來蓮燈萬千逐鳧鷗而西下波光蜃市迴廊開遍芙蓉人影虹橋團扇多于蛺蝶花神之院則香霧結紺酒人之船而荷衣皆紫流螢萬點㒞于赤壁之遊絲柳萬行夢入黃河之塞秦歌無激楚之聲韓詩有風雲之氣蓋至宵露沐髮涼風薄衣既秉燭以忘歸願泛家以爲宅矣夫桃源鷄犬淵明徒託寓言水國蓴鱸張翰猶思故里以視洛濱高會覺

曠達之足歡蓋與吳質同遊自徜徉而足喜魚還溟北負青天以自勞蟻涉堂坳芥舟而彌適大游小游豈必不及載沉載浮亦固其所同遊者凡三十二人皆家君至友也此夕德星日下定聚天文于一隅他年盛事吳中且盡畫放翁于團扇是爲記

碧雲仙館遺稿序

慨自渥蘭飲水既絕響于藝林漱玉斷腸孰追蹤夫詞苑蓋生爲女子力學殊難身類樊禽高談何易况議惟酒肉職僅蘋蘩而欲其爲超今逸古之思作邁俗空前之論不亦難哉是亦鮮矣吾邑山廻吳峯之奇水浥西湖之淥靈秀所鍾乃生才俊

篛仙女士者以草窗名媛爲竹垞詩裔咀嚼古芬博覽今藝清談霏玉能施道藴之屏逸思雕華欲奪機雲之席挼花作餌吹息皆蘭鏤月成心唾談屑玉詞凡二卷命曰碧雲眇意匿芬迥秀邁俗意境所趨文情獨茂吹春雲而作絮摟冰麝以成塵白鷗江上之帆芳草横塘之路綠楊臨水紅樓有人水蘋照屏落花來媚金懸屈戍捉蟾月以代燈繡展氍毹釀鵑花而爲酒莫不飲詩醉魄説劍動魂是堪發綺以媚豪流哀而淒魄者矣然而簪花鸞鏡眉有斷蛾搵淚驗裙腰同病燕秋聲一室簷溜作花人影隔燈青虫網戶春魂苦短眉態何長相見其腸如綰帶時復縈迴心似流波每聞嗚咽

嗟夫何茹而吐何蘊而宣乃使人鬱氣迴腸不能自已也夫人惟不幸始生長于閨闈事至無聊乃寄情于筆墨離騷費解中含屈子之魂漆室哀吟誰識魯姬之淚比美人于香草豈其初心得盛名于文章尤非素志宜乎嘔心促壽玉樓之召不回作賦自傷鵩鳥之祥如此嗟乎惜哉是可傷矣予也識方于于身後徒企慕之已遲夢班惠之生平恍婉孌兮可見況復梅花病榻臥輒經旬風瀟瀟以入室雨淅淅而夜寒殘燭無影危樓有霜當是時也手此一卷又安得不感慨交集涕淚兼之爰誌數語于卷端非敢自許為弁言也

時維九月序屬三秋感氣候之屢遷夢素楚之生
鬢秋聲撼枕起瞻星漢于時涼星在樹素月流天
古院苔多秋痕生綠深潭藻靜魚唼有聲霜鐘聞
而心動木葉下兮袂涼夫宋玉悲秋離騷實言愁
之祖江淹賦恨錦字盡變徵之聲而況梧桐運厄
生挾秋氣以俱來鴻雁音哀魂逐孤音而共遠世
務阻隔長自絕其何言親友凋零歸故鄉而如寄
言尋月色驅車古原白楊蕭蕭鬼影窺客荒塚纍
纍夜烏咒人過金人于灞上能言茂陵訪南宋之
故都乃惟荊棘醜石黝黑風雨暴其殘骸蒲柳衰
黃夜露沐其短髮燐燐鬼火疑舞殿之宫燈沉沉
劫灰是阿房之餘燼此又蕪城之賦鮑照歌而心

驚雍門之琴孟嘗聞而涕下者也嗟嗟淵明松菊喜賦歸來張翰蓴鱸恆思故里余獨何心而遂異是來煩憂于中夕感清怨于百年此蓋傷弓之鳥恐聞絃而長驚識字之蟫既垂僵而復悔者也願超北海顧螳臂以自傷返縱西岸與桃梗其何異身如苦竹徹夜自吟心是蟪蛄逢秋輒感又豈獨登高隕涕羊子有身後之悲倚柱哀吟漆女來停梭之嘆哉

賦

鏡賦

向曉鴉啼金谷春銅龍鱗甲鎖青塵房中柳色鏡疑畫鏡裏花光豔過人開銀屏于小玉下飛燕之

六

蘭宮玉鈎半起烟斜霧濃流星細落鈿綴金蟲髻重疑霧腰輕倚風隔花自語仙影芙蓉呵烟雲于止水畫金雀于屏風映日則菱壁生波照影而水洴生賦釧疊連環釵鐫鳳字銀絲繫月側映鬢尾脂重甲煎膏凝香細庾信賦而自愁樂昌碎而難棄孤鸞欲舞駢花媚春灸翠染眉黛穿珠貼領巾妝成未去豔極自疑繫殘絨于鳳扉拭烟痕于春衣輕紗障月姤甘后之玉人粉蝶撲影誤離魂于倩女阿房之宮九重漢殿之花七出莫不含光耀豔晶雪比潔青女捧冰來鮫人抱珠泣鏡何代而無人人何鏡而留痕華年一去不如飛塵況復陳宮弱質左思嬌女抱靈修之信芳畫蛾眉以自異

懷恍惚兮若傷忽掩抑而橫涕秋風起于堂下秋草生兮鏡裏已矣哉月可奔兮袂可絕悶愁源源不能竭池臺黯綠生暮涼秋水寒光澹顏色

燈賦

曲臺烟暝漢殿珠昏綃幃重重望之若雲窗藏明于戶扇月返影于銀屏乃有九枝連樹百蕊同生銀燃細線光雜流螢金槃承露之仙蓮菂銅奴之燭其驟桀也燿若明珠麗深淵其揚輝也皎若扶陽出幽谷水精比之無色飛蛾顧而羞縮汲明月于轆轤扃紫電于華屋絡纓搖而影多翡翠護而光綠酒泉一池石欄干曲扇底星移鏡中月落于是魏宮淑女洛水麗神輕盈如燕溫婉若春動蘭

風于桂苑步繁響于仙鈞聳輕軀其驚蝶曳霧縠
而翔雲若往若還若媚若嗔舞衣金縷仙人成羣
燿明璫于蟾魄曳修影于廊巡秋燈絡緯勿復道
素鶴鯨魚何足論舉塵集羽今古不同凝神悽魄
感而爲諷歌曰長星光落青融融石家臺榭生秋
風四角夜光嫌不亮爲君更築金芙蓉曉星沒蓮
漏敧南園胡蝶草朝露澹無色鮫宮簾幙自通明
晨曦抱光不敢入

雨賦

峨峨斷峯鬱鬱古春浮雲千仭上有美人望水天
之無極耿千載其誰語恍予心之不怡忽白日之
已暮散清淚于九天乃扇風而成雨于是山阿風

湧巖壑應響初淅瀝以成珠復橫傾而生涼感氣既殊雨不一狀若乃川原始綠麥田風溫斜陽半嶺渴彼萬民崩雲始作山日忽沉沛然下降天地皆新珠玉傾秋田登陳王于以色喜歐陽以之名亭至于明妃塞外秋日多陰胡馬鳴而泣下木葉振而心驚龍蛇生于敗壁池沼盈乎空庭凝聽絕響極視無形感玄霧之四塞傷天地之晦冥俄而瀟瀟入幕淅淅向晨忽素絲之生髮傷風流之已陳若夫永巷才女閒宮麗人鎖銅蠡兮晝靜罷搏素兮身輕珍珠簾幕翡翠廊迴散香塵兮氤氳漾樓臺于極春幽花始展烟柳自顰但有苔生更無飛絮乍驚風以跳波復斜行而入戶飛颸傳燭複

道晝昏濃陰漲㵝緑蝙蝠嚇人玉簫凊極不能御琴瑟虛張誰與陳鷩紫電而掩鏡剪素紙以掃晴驄蕭條之盈耳感寂寞而傷神至于靈均去時心懷故國迍迫迦而不前馬猶疑而不發巫山暮兮神曳烟踏風波兮還未還瞻行潦之皆遍抱素志以自憐非漏天兮能補非滄海兮可填乃抽琴命絃而爲歌曰沐予髮兮大荒濯予足以迷陽期不信兮輕絕洪流阻兮帝傍聲音清裂徬徨自傷又爲歌曰芳草既已歇華髮亦已白源源千尺絲引之無斷絶落葉聞而亂下飛鳥悲而戢翼横風忽吹千里俱白茫茫大川蓬蓬烟澤浩焉渺焉忽不知其所極

翠樓吟草卷之七

杭縣陳翠娜著

湖山集辛未年始

自題湖山集

門前古柳不知春，一夕東風萬綠新。我亦三三年生氣盡，湖山湖水自招魂。

車中偶占

一弄晶窗展晚晴，菜花多處夕陽明。春風似識江南路，芳草如煙綠進城。

門前

門前小港似羊腸，兩岸濃陰壓水涼。剛許小船行得過，高槐分翠滿衣裳。

猩色屏風一桁斜，吳綿熨體簟於紗。催涼十日瀟

瀟雨秋在門前紅藕花
竹林雨後新抽筍荷葉香時好裹魚中有香山女
居士綠天深處著奇書
廿載元龍氣漸醇自將流水洗詩魂孤篷載雨歸
來晚一路青山送到門

題畫

仙山樓閣雨霏霏十二闌干燕子飛三月風光曲
江曲桃花更比鱖魚肥
渡江昨夜有微霜秋到人間萬木黃奇福平生夢
中事滿山紅葉看斜陽
奇峯到眼不知名雲影隨人盡日行衹有杖藜渾
記得上山身重下山輕

鶴 賸次弟

吾家有孤鶴，皎若南山雲。清響諒自悅，寧須天下聞。無求原近道，性僻愛離羣。化鳥思丁令，籠鵝笑右軍。佳人矜獨立，處士謝乘輪。笑指孤山樹，花開應爲君。

雪

瑤琴靜不張，四山作寒色。詩意欲來時，疎林墜微雪。

戲譯家君自滄洲來書

滄洲別後長莓苔，楊柳樓窗久不開。笑我未能遺世去，願兒常寄好詩來。謝庭風絮詞千疊，水國春寒酒一杯。猶是牽絲作傀儡，人間難煞賀方回。

莫干山山居 辛未春

峭壁無梯白日陰羊腸一線隔花尋清溪過雨虎留跡修竹有風龍夜吟人在天邊難得老事除詩外不關心靈山蘭息清於水人靜偶然聞磬音

山中老竹幾千竿冷夢驚迴覺被寬半夜瀑聲疑是雨一天星斗大於丸白雲破曉都成水大地全沉但見山修到蔚藍天上住瓊樓還怯五更寒

莫干山看日出

山中夜起煙重重蛾眉冷月懸雕弓白雲浩浩化爲海數峯澹浸青芙蓉萬古人跡不到處黛色遙與洪荒通天門俯視忽奇絕劃然一髮開鴻濛伏羲試筆女媧死情天有缺無人縫美人如花隔雲

起流蘇半卷燈微紅羿弓飛彈光苒苒羲輪出海聲隆隆鱗甲純金畫秋水卷天而上皆魚龍下視塵寰猶悄然千里萬里無人蹤赤城霞氣胭脂濃遍山有樹皆丹楓浮雲飄然隨遠風吾將逝矣尋赤松

宿莫干山中

滿山修竹何龍鍾切切私語鳴微風仙山樓閣不可見煙中微有疎燈紅春筝高於五尺童夜半離立山坳中坐久天語若可通蔚藍一色開圓穹明星歷歷瞬青瞳黃姑咫尺如相逢悄然欲寐不敢慵瀑聲萬壑疑奔龍

佳日

一色晴藍過雨天高樓吹笛柳成煙畫船載酒邀詩侶鴛鏡迷花感盛年難得月明桃葉渡不妨人喚柘枝顛他年留取風鬟影乞向叢祠伴水仙

仙山樓閣謫仙才面面簾櫳壓水開雙屐落花聽雨去滿身嵐翠看山回賦成開府千年樹夢入梁園一片苔惆悵牡丹花落後綠陰胡蝶又飛來

雨中獨行

芳草綠已遍田家猶掩關雨聲全在水雲氣欲浮山得句時獨笑看花仍未還寒鷗不相識來伴釣魚竿

偶占

高閣過微雨山光開嫩晴柳陰分水綠花氣渡湖

輕翡翠千竿竹珊瑚滿樹櫻晚來無所事臥聽早蛙鳴

偶過孤山路見曼殊上人墓

維摩短偈麗於花一鉢曾浮四海槎躍馬河山看戰氣彈箏樓閣感年華世當離亂多狂士詩忌纖穠落小家想見墓門花底住胭脂如雨點袈裟

柳邊春水路三叉細草遙通處士家挾策豈同姚廣孝損年竟似賈長沙春來燕子原如客開到垂楊不算花恰對錢塘蘇小小綠陰時見美人車

丁丁樵響隔山谿踏翠人來讀斷碑薜荔路荒山鬼喜蒹葭水冷白鷗知扶桑海角櫻千樹春雨樓頭笛一枝寄問千秋誰得似石濤畫筆浪仙詩

題小桃源圖家君營生壙於桃源嶺傍有隙地云留爲予埋骨之所感占兩首

蒼松何鬱鬱中有古佳城以我還天地何須問死生江從山脊見帆在樹梢行獨立動歸思長空一雁聲

翁仲何朝物看花又一秋已無天可問寧有地埋憂冷樹和鴉瘦寒潮帶月流豈知千載後吾骨遣誰收

夜雨

蜎蜎春風皺綠波斜匡嵌屋小十螺空山夜雨無人見燈影一痕長瀉河

長夏

長夏陰陰綠樹涼小樓相對盡開窗蟬聲忽住雨

聲起一半高槐猶夕陽

題陳君詩集

大雅文壇久寂寥，羣烏白項正嘈嘈。孤音獨弄無人解，松影上衣山月高。

舉目湖山萬事哀，忍將離亂供詩材。滄桑萬古揚塵地，除却看花眼倦開。

噫氣都成五色雲，驥南一顧久空羣。何當冰雪深千尺，倚馬長城草檄文。

憂時豈獨杜陵工，末世源流每異同。願作詩壇陳仲子，絕無依傍是英雄。

大道如詩忌小成，萬重憂患淬心靈。黃河無際白雲遠，更上瓊樓第幾層。

旗幟何須一例新分唐別宋又何人近來媚語君休笑詩厭推敲只要真

漫興

細雨看不見微波生暈圓尋花得幽徑隔岸喚漁船入世非吾意琢詩宜自然還勞慈母望茅舍起炊煙

年年春草綠長傍岳王祠水暖魚先覺巢高鳥不知有山皆入畫無客可談詩去去勿復道白雲無盡期

湖上黃梅

一曲紅橋柳四周小㯶臨水卷簾鈎黃梅雨過苔生壁白藕風來香上樓野客樂山兼樂水好詩能

遇不能求行雲一朶無人管移過東南天盡頭
小樓疎雨賣花聲午倦人如酒未醒湖上青山時隱現梅邊天氣半陰晴東南大計能傾國中外微言諱用兵慚愧岳家墳畔住却將斗酒聽黃鶯
青天碧海日迢迢大野雲歸月更高量淺自斟金谷酒夜深誰擫玉樓簫鏡臺顧曲芙蓉鳥籐榻眠書玳瑁貓一雨池塘新綠怒蛙聲如鼓水如潮

邊軍

邊軍戰甲半成灰破釜沉舟萬古哀今夜漢家營裏月不應還照李陵臺
易水蕭蕭誓不還中原一望幾汍瀾分明不是邯鄲道按甲都從壁上觀

何人慷慨乞長纓願向龍沙絕塞行四十萬人同
日死勝他扶淚泣新亭

絕塞孤軍奈爾何矢窮援絕一悲歌雲臺列將皆
塵土第一英雄馬伏波

鐵騎橫江水不波夜聞狂雨淚滂沱敬塘甘作兒
皇帝奈此邊疆萬里何

縹緲神山不可求仙家密約枕中抽奇書一例橫
行慣竊國何妨萬戶侯

辛未秋感

世人涉東海一釣連六鼇仙蓬失所據十萬隨風
飄雕梁與玉棟流轉如浮瓢弱者委逝川強者爲
餓殍支持登屋脊雲近雨瀟瀟但覺天如墨不知

暮與朝天心亦如人殺戮不用刀鳴蛙滿荒竈游魚眠樹梢極目唯淼淼不見船與橋宛在水中央安得五石瓠秋高下鷹隼月黑聞鵂鶹自恨不如鳥天邊猶有巢

蒼蒼櫟社樹異枝同一根聖人言胞與異氣同一身誰能如吳越肝膽不相親哀鴻號廣野濁流浩無垠死者長已矣生者難自存獨居念四海感歎久酸辛安得千間廈盡庇孤與貧思裁萬丈裘徧覆無衣氓力薄意徒厚區區勿復陳我豈漆室女嘯傲驚四鄰

圍城中寄青瑤

半壁寒燈絡古塵亂中書卷倍相親死生在我原

如寄患難論交得幾人風雪至今懷道韞桃潭終古屬汪倫何時百尺高樓上却對青梅一細論

寄懷次第日本

滄桑幾度海生塵久客思家倍可親春草池塘連夜雨綠楊樓閣隔簾人夢迴關塞青楓老病起江湖白髮新莫忘垂髫十年事士龍板屋共清貧

又

遙憐幼客滯他邦故國恩仇豈易忘夢裏慈親雙鬢雪一行相對話家常

菖蒲交劍閤門香豔虎釵頭顫嫩黃斜霧橫煙飛不斷故園今日又端陽

離愁無計惜分陰廿載同懷寸草心寄與畫紈遲

未達到時天氣料秋深

感遇

鳴蟬在高樹生涯清且醇朝飲金莖露夕抱明月
輪花間微雨至落紅吹滿身胡爲自鳴高嘵嘵何
所陳一叟聞聲來掇之如墮塵筐負入城去易得
四五文播弄夕已死清吟誰見珍寄語高隱者多
言艮禍根

楊花

長隄盡日逐吟鞭到處飄零不自憐老眼錯看花
是霧小名宜喚步非煙斜陽庭院傷春地近水樓
臺釀夢天五里春雲三里雪垂髫時節已如仙

白酒佳夕亭拈題得此

春江壓酒化爲雲貯入冰壺澹不分一種風懷誰得似當壚只合屬文君

玻盞空靈瀲灧深在山泉水美人心只愁燈燼離筵散襟上餘痕沒處尋

遣懷

十年聚散等浮萍又上河樓聽水聲落落江湖秋蟹健寥寥風雨夜雞鳴入關豈有三章約曳甲同悲百步兵寂寞千秋萬年事莫抛心力貿才名

紀夢

我昔有敝廬乃在城西門小樓煜黄日悄悄疑無人髫年矜奇慧肺腑清且醇奇字走蝌斗麗句鐫春魂終日無一語無語亦欣欣有時詞源發瀉地

皆水銀立身白雲外堯舜何足云如何三四年此意遂漸湮魑魅相揶揄胸膈鬱微塵平日夢兒時斗室生奇温故物如故人一一來相親理我壁上琴傾我舊時樽須臾慈父來欣笑頰生紋歡躍捉之坐爲我講魯論醒來一惝怳清淚忽盈巾人生如四時爛縵惟濃春何如綰雙髻長作夢中人

翠樓吟草卷七下

掃眉集丁壬之間續稿

杭縣陳翠娜著

丁卯九月廿四日次弟結婚于新惠中予以病不克起賀爰寄小詩以博雙笑

特地催妝費隽才妝成猶自傍妝台天孫莫與姮娥似不到黃昏不肯來

未容平視笑劉楨霧縠冰綃掩映成多恐衣香吹隔座兩行環佩列銀屏

繞壇花海萬黃金珍重柔情海樣深夢裏愛神清似玉挽弓來射美人心

畫舫記逢紅雨路甲子春寶弟與新婦曾相見于西泠瓊樓分占綠楊城雙心近日知何似百鍊銀軀鑄小名

閨詞 嫁前

客來避面畫簾深，一炷爐香獨自吟。不解比來緣底事，關伊言語倍留心。

九張機影散秋烟，欲試新裝一惘然。也識在家時漸少，阿娘珍惜倍從前。

道韞詞鋒宛轉清，每因玄想話無生。如何一句閒言語，累汝終宵想到明。

無爲兒女一沾巾，此是慈親寵愛身。願作堂前雙燕子，莫教去作別家人。

曉起生憎玉釧寒，一枝梅蕊入闌干。雲鬟乍挽同心髻，笑遣傍人不許看。

瑤台

下闕

題仕女圖

綺懷詩思雨氤氳一寸長眉篆古顰盡日芸窗尋畫稿不知身是畫中人

瓊簫聲歇夜冥冥獨上瓊樓弟幾層風露滿身涼不管看雲看月到天明

竹氣遠連千嶂雨松聲寒接海門潮仙山樓閣無人見夜夜月明聞洞簫

自題仕女圖擬趙松雪本蔽衣玉顏捧一長卷殊有奇氣

巾幗有君子胸懷四海春讀書破萬卷了不異常人衣飾日以蔽容光日以新人生如匹帛可卷亦可伸展之彌宇宙卷之不盈分豈如史魚直鄙哉徒硜硜

上闕

閨病

樓上無人月似梳風鬟雲鬢望中虛選詞莫唱迴心院織錦難爲變體書病柳向人猶展黛秋風如夢已全疎枕凹細照鴛鴦鏡檀頰分明有淚珠

玉手晶盤擘荔支太真濃笑入簾時贈來芍藥休嫌少采到蘼蕪亦太癡蠟炬兩行金谷酒蠶書千尺玉谿詩綠窗夜靜聞嗚咽病骨禁寒祇自知

門外金環冷夕陽柳絲烟雨夢橫塘放嬌紫鳳啣斂顫解意銀鸞踏臂涼漢土豈能知國色昭儀惟是妬奇香伶倫吹徹孤生竹一夜梧桐葉盡黃

干卿何事一酸辛出骨飛龍竟體芬寶枕垂雲前夜夢金泥簇蝶嫁時裙煢煢白兔誰相顧寂寂青

鸞竟不聞怕憶雙鬟樓上住綠楊低拜倚闌人

藥爐烟篆兩氤氳盡日無言澹化雲有限才華詩作祟無心風雨水生紋裁花作骨應生蠹搗麝成塵抵死芬安得寒梅三百樹他年親署女兒墳

瑣記

小樓人散一燈青敲折瓊釵數去程輪鐵輾冰三百里料扶殘夢過嘉興

歛綃掩淚鬱金香末世難求刮目方記否冥冥花霧裏自將蟬蛻作羹湯蟬蛻作湯可以洗目

珠奩寶屜掩濃春白楝花開細作塵胡蝶一雙詩不見畫樓簾幕悄無人

羅箋淡墨太模糊來去飛鴻自揣摹料得綠窗紅

燭底背人開讀背人書

別意

昨夢送君行睡中已嗚咽況茲當分袂含意不能說人生苟相知天涯如咫尺豈必兒女恩相守在晨夕望盡似猶見樓高久憑立思爲路傍草千里印車轍歸來入虛房惻惻萬感集心亦不能哀淚亦不能熱何物塡肝臟毋乃冰與鐵

長歌續短歌

長歌續短歌悲來心悄悄人言蘭蕙花不如路旁草攬衣下苔階蟋蟀鳴何早一身抱百憂焉得不速老

遷居 夢中作寄彥書

槿籬門外日遲遲過盡芳菲蝶未知待種芭蕉三兩樹半聽春雨半鈔詩

陋室無人盡綠苔一琴一榻自安排劇憐辛苦營巢燕啣盡香泥待汝來

擬去婦吟

紅裾欲絕尚遲遲回首空堂淚萬絲檢點衣箱分一半要他寒暖自家知

一鏡當窗證鬢絲百年心事少人知爲防隱語傷忠厚删盡終風幾首詩

譬如昨日死和家君

譬如昨日死翶翔恣逵游人生豈無情惟情招衆尤心曲語形影何苦如楚囚豁然懸忽解馳神遍

九州安知我非魚一以己爲牛大道本無我吾乃師莊周

太湖紀游 壬申秋

出郭纔三里丹楓紅上天人煙河巷小風帆偏樓近花臨水橋低柳拂船尋源何處是遮莫問張騫

亦有拔山力寧輸治水功如何項王廟翻作禹皇宮苔蘚山門古龍蛇野殿空獨山如釣叟閒坐蓼花風 項王廟今改禹皇廟

傑閣横空起虛廊夕照邊山圍千樹直天壓太湖圓離亂人將老烟波客未還何當一樽酒高臥白雲端 淩霄閣

飛鳥去不歇片雲空自還仍攜故園酒來上五湖船密樹分斜照叢蘆擘亂綿遠帆如不動移過碧山邊

小樓題流雲新居

楊柳蒹葭各自秋柴門不正抱溪流一聲柔櫓曳歸夢七十二峯青上樓

李鴻章祠今改爲慧山公園

生當季世才何用死傍名山願已奢刼後園林多易姓亂餘神鬼亦無家斜陽動水開鱗眼秋雨上牆生蘚花曲徑荒涼秋不到更無人種故侯瓜

偶占

秋蛇緣樹上荒臺雲起樓高繡綠苔獨有聽松亭

畔石至今猶盼翠華來雲起樓

小窗風窗入望遙遠帆千點逐歸潮日光動水開鱗眼雲氣刷天如鳳毛凌霄閣

遠村阡陌斷人行數點松花落有聲曉色朦朧雙袖雨隔烟時聽一鷄鳴太湖飯店

歸後瓊姊問游踪所之占此示略

明湖秋水憶蒹葭十日清游住若耶六柱船窗花入座四廂燈影月爲家未能遺世因親老曾見名山對客誇聞道武陵人似鯽至今無地種桃花

憶四宜樓寄呈家君

門外寒潮拍岸迴高樓有客正銜杯小溪得雨魚爭上空谷無人花自開儘有山川供畫本料無富

貴逼人來烟波處處堪偕隱何事萊衣未剪裁

代家書 壬申冬家君客苕湖阿母述意命作家書爲譯成五古四首

北風撼庭樹落葉歸其根胡云天涯子獨客久不還寒衣去年製短小不掩幹爲君寄新裘文綺四五端莫惜狐裘裂但恐心上寒願君如嚴光嘯傲七里灘

體衰畏早寒黃日暖於綿獨坐意寂寂歲寒誰與言憶昔少小時零仃失椿萱自從歸君日始知恩與憐中間困顛沛貧病長相煎飢來驅汝去終歲始言旋細數別離感平生殆半焉何當賦偕隱茅舍三四間青青園中草涓涓階下泉茶香飯復熟孝孫坐庭前庭前有老樹日高衆鳥喧掃我煩惱

去驅我真氣還豈非淮南王舉宅皆神仙

天寒夜欲雪彤雲吹滿空望盡雲中雁不見書半封想君獨爲客爐火慘不紅墨凍誰與呵指僵雙眼重何如掩衾臥歸夢猶相逢夢中相勞苦絮語何喁喁肝膽朗相照所言無不同攜手或偕遊山水無不通一日廿四時一半在夢中心靈所感應有如洛山鐘但得邯鄲枕何必傳書鴻

殷勤掃敝廬早梅共晚菊經霜蟹逾肥雙螯美於玉君如早歸來猶足供口福何以迎歸客家釀三五斛磨墨六七升裁箋亦百軸備君醉時歡放筆爲直幅

夢中得句醒憶頸聯兩句夜起足成之

久病身如一葉輕夢中歷歷御風行潮來海國添
寒氣月落紗窗聞雨聲籬菊乍開秋有信遠書不
到雁無情寫詩未盡爐香盡殘角一聲天大明

夢中題人詩集

天地有珍秘奇才奈爾何不愁詩意少但恨古人
多廢寢瓢兒菜秋風狗子歌淵明慕高義慷慨說
荊軻

夢故廬舊作

不羨遷喬出谷鶯十年老屋讀書聲人生似水思
來處世事如雲少定型園叟尚傳栽樹訣亂虫能
說葬花銘城西一本垂楊樹曾見垂髫漸長成
滿窗晴日寫新詩記得雙丫放學遲無可追尋惟

昔夢最難忘却是兒時畫樓人散千絲雨禪榻香消一局棋我是重來王謝燕烏衣門巷不勝思童心自笑未能無十載深情夢故廬藻井有聲悽病燕鏡奩無恙篆靈蛛庭心漸長忘憂草牆角留題記事珠幸是凝塵猶滿地印來雙屐未糢糊

春日雜憶

南山燕子北山巢故壘歸來粉半銷少个雙鬟人讀畫紅樓依舊出花梢 綰洲別墅

辛夷花發占濃春曾向風簾見笑顰今日一枝開似雪不知誰是倚樓人 皮市巷老屋

半畝春泥種野蔬竹籬茅舍有人無風光見慣終堪愛恰似兒時讀過書 半畝園

翠樓吟草卷之八

丹青集甲戌

杭縣陳翠娜著

流星 爆仗之一，俗稱九龍，紅紙裹硫黄，盈寸，尾長二三尺，燃之直上雲霄，流光如星。甲戌元宵翠樓燈宴，分詠得此，戲擬定庵艷體

排闥蛟龍去不迴（夜半風大，家君伏門後燃流星縱之），袖中古箭亦仙材。神光忽閃天爲笑，知是投壺玉女來。

應有驂鸞縹緲行，春空簇簇擁珠燈。起看西北高樓外，除却黄姑別有星。

一龍上天一龍死，照徹神光大地金。却憶荷塘人悄悄，風螢涼入藕花心。

丹砂餌盡許飛昇，烽火人天又用兵。夜半蕭蕭驚屋瓦，罡風吹墮美人星。

爛爛春星搖古烟美人才氣本飛仙凌雲不惜紅羅裂化作曼陀花滿天

絳扎珍封一箭馳羽書飛報過銀河人生點悟當如是如電如花一刹那

眼前幾百丈星辰別有風雷起雹神仰首萬人齊破膽九天咳唾亦驚人

新柳

玉樓詩種擅相思清麗纏綿信有之月上梢頭初見影風來雨脚欲成絲青溪最小應呼妹綠髮纔長未及笄一片迴廊人不見茶香初展學春旗

畫展小紀

甲戌春四月創女子書畫展覽會于海上一時巾幗儁才不期而集者凡一百二十一人可謂盛矣爲詩紀之以留鴻爪

月殿雲廊邐迤開佩環簇簇盡仙才此間真與蟾宮似中畫山河萬里來

楚水吳山寫性靈滿堂荒綠起秋聲登壇筆陣千人敵小隊蛾眉子弟兵

玉尺更番費我持昭容樓上是吾師夜珠明月難分別各有千秋筆一支

自擬金閨九錫文美人才氣亦淩雲中興畫史三千卷先策蛾眉第一勳蹈瑪文鳳

鮑家令妹自工詩餘技丹青四海知夜雨空山消息遠爲君重寫水仙詞顧飛近歸里久無消息當吟社初見飛拈題得水仙

間氣經旬聚玉台颷輪萬里走風雷披圖莫怪涼千水攜得溫州片雨來余靜芝來自溫州

萬古濃嵐氣不乾倚香樓閣想高寒調脂殺粉嫌多事潑墨如雲畫遠山贈楊雪玖

海內人才夾袋空蛾眉絕學繼宗風夫人大有劉樊意咒得桃花爾許紅丁筠碧伉儷善畫有桃花老屋讀書圖

飛來秋氣語泠泠漱玉詞章一樣清畫出李夫人意態幾竿修竹想平生李秋君畫易安居士象

偶來飯顆話平生芥珀相逢眼最青我視顧君同骨肉髫年馬帳共傳經贈顧青瑤

眼中寥落孰仙才文字真疑入代衰一事蹉跎差可慰每逢風雨故人來

擊碎珊瑚淚滿襟萬千珍重廣陵琴比來頗覺中年近哀樂無端處處深即席占示瓊枝

唐冠玉女士以金箑索繪爲寫背面美人戲占題

小院春風放玉蘭傾城遙立態珊珊祗愁誤殺毛延壽塵世文章正面難

夏日

風急雲昏起暮愁打窗松竹響颼颼須臾雨過天還早依舊驕陽滿閣樓

畫南瓜助賑占題

田家惟賸竹籬笆絡緯啼殘滿架花畫與農村充一飽莫將身世比匏瓜

送馮文鳳姊爲親壽返粤即席賦贈

驪筵相對漫沾襟南國雲山助壯吟四海論文才

子氣百年歸養女兒心天涯親舍如雲遠潭水人
情抵海深明歲扁舟尋舊約莫辭風雨到山陰
詩朋忽似風雲聚風散雲歸不可尋與爾莫爲蕭
瑟語贈君惟有故人心地分夷夏干戈際天作炎
荒水火深一别天涯知己少杜門從此廢長吟
流水高山孰解音萬千珍重廣陵琴樓頭玉尺開
文運灞上金人感陸沉不敢門庭題鳳字未防書
價重雞林歸來倚杖慈親笑一襲萊衣抵萬金
奇心縹緲恣雕鎪不作尋常少婦愁窗外籐枝能
學篆庭前萱草自忘憂心愁吾道成南渡手障狂
川使北流閒坐低頭檢青史誰家兒女有千秋

寄顧飛

夜雨春燈對讀詩十年初見已嫌遲近來苦憶君
知否到處逢人問顧飛

五色詩

紅

絕塞烽烟亂火鴉旌旗滿地向中華秦樓夢醒三
竿日趙壁兵移一夜笳誤汝胭脂同辱井惱人顏
色是櫻花斜陽絕似英雄血抹上城頭作斷霞

黄

大漠平沙落日光長城衰草已全荒漫將蠟色誇
同種羞見葵心媚太陽亂後頭顱皆岌岌中央名
號自堂堂龍旗衮服渾兒戲皇帝何如石敬塘

綠　憶昔游也

池塘草長亂蛙聲五百垂楊住碧城萬點嵐光驢背重一江春水鴨頭輕山巔樓閣看微雨鏡裏雲天媚早晴分得黛螺無用處他生留寫妙蓮經

青　懷故里也

春風鬢影惜惺惺竹院茶烟分外青湖雨晴時天一色麥田風過浪千層開樽阮藉垂星眼上冢馮娘記小名長憶柳陰芳草地艾泥團粉過清明

黑　傷今日也

塗鴉草草常嫌淡華髮茎茎染不濃幕後牽絲都近墨雪中送炭豈能紅鰂魚噀液逃身易鬼蜮含沙射影工不見不聞非易事睡鄉蟻夢尚重重

將進酒

瑤臺夜晏燈煌煌龍頭瀉霧聞酒香美人嬌慵舞無力迴眸一笑斷君腸邊關鐵騎起風雨萬里軍書飛白羽羽書飛報到樽前將軍猶抱如花舞露似珍珠月似紘芙蓉鴛帳困春眠不聞垓下歌虞兮甘把傾城付小憐沙場大雪邊關裏夕下齊城七十二黑水全沉鼓角聲白山又見風雲氣中原從此失邊關釜破舟沉再不還北望三軍齊慟哭覆巢遺卵幾人完遺民白骨横沙漠橐駝東下河流濁有子真同劉景升何人不憶嫖姚霍南朝半壁尙繁華斷送英雄又幾家山鬼不知明歲事女兒都唱後庭花嗟嗟乎江南自古多佳麗未必美

人皆禍水君不見宮中月落城烏起越王警醒吳王醉

論詩有謝

欲謁龍門又却廻謝家小女本凡材清談何補蒼生事步障青紗況未裁

海鷗不下意生嫌唐突題詩紀阿男未必漁洋耽綺語春秋責備請從嚴

古今中外小縱橫學府蒐羅集大成翠櫟何勞再三顧此材于世百無能

商也何勞塵起予久拚狂簡老樵漁歌成大笑過門去請向紅閨恕接輿

偶占

尋常哀樂亦矜持却曲迷陽怕坐馳却笑義山才
地弱上天下地說相思

率筆

莊以仁義爲桎梏孔以女子爲小人千秋可語者
誰子飄然大笑遺乾坤

施孝女行

吾聞趙智伯渴飲仇人頭預讓感知己誓死報其
仇殺身古橋下河水爲不流傷哉事不成其志亦
千秋如何弱女子孝勇復有謀喋血酬親恩毋乃
秦女休施家有奇女自名爲蘭谷十歲讀詩書德
容粹如玉二十抱奇冤吞聲暗中哭三十行報仇
高名動南北女家在桐城阿父列戎行民國十四

年干戈起蕭牆南北開對壘殺氣滿邊疆萬戶爭
寸地旂旗何飄揚借問主帥誰討赤孫傳芳殺敵
盈萬千江水爲之黄可憐好子弟戰死非國殤豈
有千秋志徒爲八口糧阿女當戶織老僕來登堂
主人戰不勝被俘今殺傷阿母得聞之驚踣呼蒼
蒼阿女得聞之長慟摧肝腸舉頭告阿母此仇終
不忘願爲秦女休灑血報高堂阿母大搖掌此語
勿再詳寄問仇人誰五省聯軍長出入千鐵騎照
耀白日光強弱勢不敵石卵安可當阿母語切切
阿女起徬徨南山有猛虎孝女有楊香猛虎萬人
敵揚香年十四隨父并持虎頸虎逃去又仰天地有
正氣結之爲精誠懷我手中劍更我世上名女改名劍翹

十年相蹤跡自魯還如京道逢一老僧喋喋多語
言爲言故將軍解甲今歸田每來居士林聽講上
乘禪阿女得聞之心動無一言歸去鎖深房開我
縷金箱中有三寸鐵拂拭爛生光長跪淚如雨兒
今行報仇先靈如有知人天幸相佑平旦出門去
細雨天地秋陰陰居士林松栢何幽幽將軍車在
前孝女車在後隱隱復闐闐俱會大殿口大師上
頭坐將軍坐其左比邱三百衆合掌說因果忽聞
獅子吼雷音起烟霧左座應聲倒流血濺五步僧
衆大驚惶驚惶如奔鹿盈盈誰家女獨立聲如玉
吾今行報仇觀衆勿驚縮殺人敢不死吾當自詣
獄法官坐堂皇女辭侃侃陳琅璫入犴獄慷慨別

交親旁觀皆垂涕女意轉悲欣是日大陰晦萬里垂重雲天地爲感泣鐵窗當晝昏嚙指爲遺書作别兒與夫二十爲君婦夙志在報父米鹽職不終愧君自吩咐幼兒纔兩歲慚爲妻與母立碑不須銘但曰施女墓墓門在何處願葬西湖側左傍岳王祠右見精忠栢墓前無惡木樹上有慈烏烏鳴何啞啞虫吟亦唧唧唧唧木蘭詩瀟瀟易水歌人生有血性兒女亦荆軻後世有述者于此意如何

詩成于女入獄時後女蒙特赦未爲戮

翠樓吟草卷之九

倚柱集乙亥丙子　　杭縣陳翠娜著

三夫人廟迎神曲

髑髏夜哭百草死地下古釵斷龍尾嬋媛訴天雲九重鬱鬱芳馨聞上帝陰風吹雪月墮地星娥避愁入湖底蛇籐壞綠縛松骨門外銅駝淚如洗天門雷動開風雲巫陽散髮呼真神深篁密菁迷不歸徑苔萬里空無人翠華搖搖拂若木宮女攀天抱龍哭羿弓射日墜如雨妖烏呀呀作人語碧雲日暮吹參差與君期兮南山陲天傾地圻不得語懷芳抱潔無所歸鳳凰失伍羞羣雞衆女謠詠輕蛾眉風雲縹緲吾將行遺天地兮外死生龍

駕車兮虎鼓瑟樂千歲兮康且甯

西臺弔謝翶

落日荒臺萬象危古人忠愛死爲期茫茫慟哭存亡際地老天荒一布衣

岩下長江空白波獨憐晞髮向陽阿誰知謝客西臺慟亦是文山正氣歌

悲西臺

冒雨訪謝翶墓水天無人悲風四來感亡宋往跡爲悲西臺

長江白浪何崔巍上與天漢相縈洄崖山龍骨安在哉昆池萬刦飛寒灰文山白旗向天揮鞭屍未報軍已摧孤臣孼子竄空谷悲懷激裂生風雷擊筑一歌雲氣來再歌天地爲塵埃四山風雨鬼神哭靈均涕淚皆瓊瑰嗟嗟亡國之民何所埋化爲

黄鵠猶徘徊感此不飲令心哀拜花問近來詩如雍門之琴每雜哀音何也予曰予亦不自知其所以然但氣運所感若有預兆心自淒惻耳後兩年而國遭大變江南半壁淪陷亦詩讖也

讀王臨川傳有感

處處流亡鄭俠圖臨川學術豈全虛早年保甲能防患歉歲農村好借租三代而還爭逐利周秦以上讀何書當時奉令皆君子未必商鞅遂不如

桐江樓上

征衣初解暮寒生點點長廊玉屧輕曉起卷簾剛一笑梳妝樓外大江橫

獨游君山下視江水濁分水淸山下一水同流劃然異色亦一奇也

一鳥不鳴處四山時吐雲日光寒樹色巖氣養苔

紋涇渭原難合清流自此分飄然成獨往長笑謝同羣

桐江夜游逢二女道士相指謂曰此必陳小翠也戲占

青天上下月輪孤一葦横江水不波祗有黄州千載鶴夜游認得女東坡

桐江旅夜題壁

秀色青不斷峯巒繞作城君山分水色夜雨助江聲帆影上樓黑漁燈隔岸明長吟酹杯酒疑有大魚聽

江逵灘伸脚峯迴路入雲青山圍古縣白屋見初民水市魚街窄風燈客舍貧小年湖海夢廿載此

重溫兒時避亂平昌曾扁舟過此

山居

夢迴聞瀑響山影半樓青樹密漏禽語橋陰甕水聲簟涼知雨至衣潤覺雲生肯向山中住自然詩思清

新長恨歌

斷送長城只等閒蛾眉流恨滿關山瀟湘萬古蒼梧淚風馬雲車去不還女兒生小幽燕地胭脂別有風雲氣十五明珠寶劍歌兩行虎甲鸞刀婢依依叔孀惜孤雛早歲曾爲締女蘿惜字年年嬌未嫁偶因人問總顏酡粉郎溫雅復英武學劍學書學詞賦小隊羊車選壁人滿樓紅袖看嬌壻密意

還防阿姊知平常相見倍矜持無心流露深情處只在迴眸一盼時此時豈謂成長恨烽烟一剎傳邊警男兒有志乞長纓欲乞長纓無處肯別爲義勇組民團不殺樓蘭誓不還揮旂成雲汗成雨歡呼哭送聲連天捐軀那得保妻子鈿約還鄉自爲計含淚謝夫壻君語抑何卑身未分明意自堅一諾死生許知已城頭日落畫角哀馬上胡笳抵死催割衣一訣從今去滾滾黃雲上將臺白衣誓師臨易水塞上胭脂鼓聲死矢窮援絕一一奮呼傷者感泣仆者起以一當百氣不平殺聲振天天爲驚胡虜此時皆感歎文山原是一書生家國百年空養士臨危無復干城志但見熱血奔騰義勇民縱

橫恨骨填蒿里深閨此夕愁到明坐聽風雷漸漸平空櫪逃歸無主馬平沙無復漢家營了知事去情猶戀破鏡樂昌望相見蜂彈全穿看月樓痕烟薰黑如花面尋消問息徧東北不賦鴛鴦賦黃鵠恨石如拳塞滿腔一拍胡笳萬家哭本來紅粉亦英雄壯志鸞盟誓始終撤却釵環剪雲髮手披荊棘去從戎木蘭漸向烽塵老醒後悲歌夢中笑夢揮雄劍下長城相見檀郎猶玉貌國破家亡草木新此心灰木不重春却將鳳折鸞摧意去作龍吟虎嘯人海水東流萬古愁三年此恨轉悠悠美人獨抱金甌痛說着危城已淚流

蝶莊消夏

晴日湖廊織水紋梅風陰潤費爐熏紗廚盡日吹
香霧知是蚊烟是白雲
天南老屋綠陰遮山鬼詞人共一家滿地溼螢飛
不定夜深涼雨夢荷花
玉棟珠簾認不真碧天樓閣雨如塵玻璃硯匣珊
瑚筆小字銀鈎寫洛神
竹陰人影青於箏雨後山痕淡到無却憶桐廬春
酒熟門前江水賣鰣魚
此身於世復何求閉戶蕭然六月秋祗有故人和
舊句夜深隨雨上心頭
十八灘頭屋幾間納涼人聚小橋邊青山四面疑
無路螢火一星飛上天

月明短壁看人影積雨空庭放紙船一種鄉村好風景童心來復廿三年

蛙鼓盈池又上場雨餘庭院覺荒涼紅籐知是何人種一夜忽然如許長

賢兄七古似髯蘇一氣凌雲自卷舒屬目遥山純似黛知君應有大雷書

六曲紅橋雨萬絲碧雲如水早涼時愔愔山氣湖廊靜自改年時未定詩

水廊坐吹笙餘音隔波墮秋來人不知白荷開一朵

月黑盪舟去蕭蕭蘆荻響知有急雨來閃電時一亮

羣山赴小池衆影合一綠清極疑有詩微雨洗修竹

偶成

抱龍古木戰風霜曾有人呼大樹王一種秋山如靜女高寒風格罷濃妝

君馬玄黃我馬肥百年巾幗霸才稀碧雲萬里飛鴻雁問訊齊州女布衣

三姨母姚夫人墓

十年烏屋感情真離亂相依老更親半世勤勞羞伐善一生荆布不言貧隻雞斗酒當時語手線身衣未報恩雖慰慈親悲慟久白頭姊妹更無人

立春日奉家君西湖來書附柳花一㩴並食

物多種占答

臘月垂楊已放芽春光比客早還家老人醉眼模糊認錯把楊花當雪花寄來柳花至以爲奇但細察之剛新開柳花蕊作青色此已枯黃必是隔年的或枕頭破了飛出來的蘆花拿來哄我們呢

貓筍纔長薺菜青物來都帶故鄉情夢回疑在茅簷住四壁寒雞喔喔鳴帶來柴雞等俱收到但所買閹雞大半能啼母親說是雄雞不好吃的

歸甯小妹笑言譁梅萼纔開一兩花已覺枝頭春意鬧蟲聲烘透綠窗紗憶兒時讀唐詩至蟲聲新透綠窗紗句父親嘗謂春夜安得有蟲聲但小蓉妹昨攜歸之盆梅今纔開花已有蜂蠅十餘飛來母親以筷夾住一一踏死眼明手快予笑謂阿母大有小說啼笑姻緣中關老頭子本領呢

庭燎光中送竈時燈前信筆報親知書來莫道兒詩惡此是閒談不是詩

蠟燭重重結瑞炱笑顏齊逐逹書開阿娘第一關

心問今歲過年來不來

白薇

蝶莊在清波門外景物荒涼今秋忽發白薇一株澹妝照水清麗絕世寵之以詩

江南白薇天下稀籬落忽然開一枝亦如靜女矜標格不隨桃李爭芳菲綠鬟半嚲蘭息微鉛華洗盡生光輝凌波獨立嬌欲飛矯首八極雲爲衣憶昔成都花市場香車寶蓋傾城狂不甘塵世驚俗眼却來茅屋同荒涼有周淑女美且莊蛾眉絕代哀不傷守真抱寂固其常何必夢見陳思王

黑橋桃 謝顧飛

黑橋五月詩畫鄉綠陰夾路如水涼王母桃實大

干斗仙鬟采采盈傾筐雙車入城走如電送來朝露猶瀼瀼春風忽然滿敝廬恍聞爛漫桃花香薄肌細理不忍掐嫩紅小白含瓊漿論詩我貴色香味缺一不足稱詩王少陵味真惜太苦溫李甜膩櫻花糖退之生硬桂花栗山谷辛辣如山薑微甘不膩清且芳王維李白差頡頏中原多難世味苦得此可以調詩腸感君投桃不能報手書俚句酬瓊章

喜大兄歸國

有客乘槎萬里還滿身龍氣尚腥膻四圍碧海中心國一片胭脂沒骨山大帝身家同傀儡小民生計共艱難揭來胡馬窺邊急高枕秋江夢不安

百年唇齒忍相殘貫日長虹問可汗未必巴蛇能嚥象從來鷸鳥總欺鸞嚇蠻史記空前易險韻詩成索和難兄好用險韻我有杞憂無可說但將殘墨畫江山

寄長卿

珍重臨笄老去身能同甘苦不妨貧讀書曾抱千秋志著述空慚一代人日暮牽蘿聞細雨月明吹笛弔湘君何當騎虎空山去終古眉山對碧雲

又

舉目河山萬事非豈將裘馬羨輕肥虛堂夜雪空生白驛路梅花定着緋自古雲山皆北向至今烏鵲尙南飛杜陵身世休相問風雪江干老布衣

題女弟子周麗嵐詩劍從軍集

劍氣徘徊北斗寒刦餘詩稿半叢殘言關家國文
章重生在閨闈出處難羞把黃花簪短鬢愁聞白
日近長安古來曾有秦良玉莽莽雲烟築將壇
人間何處請長纓叩叩鈞天喚不應爲有性情憂
社稷莫將詩酒博虛名早操大野千營日夜渡黃
河萬騎冰夢裏狂呼緣底事獨揮雄劍下長城
不違莫認女顏冋能執干戈亦將才士氣本來關
國運民生豈獨困天災長城百戰思廉頗孤注千
秋憶寇萊莫向西風問消息鼾聲臥榻久成雷
白骨黃河萬里横羣公何以報蒼生嘗來越膽都
忘苦拍到胡笳不忍聽愁亦醉人何必酒死能殉

國不求名離騷萬古無人解地老天荒倚柱情

元日牡丹

明珠七寶整華鬘羣玉峯頭帶笑看畢竟美人真
國色也能富貴也能寒

如海華燈擁麗人入門來賀歲朝新水仙太冷梅
花瘦都向春風拜後塵

夜雪

撥盡紅爐凍不消臥聽簾外響瀟瀟不知一夜山
何往但覺中庭地漸高詠絮嘗憂名太過烹茶也
要福能銷是誰偷得龍眠筆絕代河山用白描

題蝶野紀游詩

讀君詩集毛髮張風雲開闔石壁黃長松歷亂起

風雨欲往從之道路長鳥道盤盤一千級天門對峙雲脚立直來萬古封禪地行到天邊看日月筆帶齊州九點烟衣沾太華千秋雪吟聲風聲每相雜山鬼聞之頭欲白後車况有隨清娱（謂雲姬）解畫奇松與怪石賢兄好學兼好色清麗纏綿兩超絕中年忽復好韓杜既啜精華棄糟粕少陵千古性情人韓愈窮愁意盤結大蘇丰格差似君才氣縱横故無敵振衣千仞雲入吻長嘯一聲天地碧

長歌和大兄蝶野

蝶野和詩如用兵一日千里何神速朝雲夫人亦嫵媚肯破功夫學鈔錄（來詩皆雲姬手鈔）風馳雨驟三百句蛇死龍驚相切屈欲爲平澹終激昂才氣如虎不

可縛人生得喪亘細事素達暫窮尤可樂譬如華
筵口腹膩偶屏高粱換苜蓿學士橋南學士家且
復養魚種花木蕭蕭蘆葦無繚牆臥榻遠見南山
綠楊惲擊缶歌烏烏謝傅登山挾絲竹開門大笑
招酒儔田園瓜果秋方熟處身亂世亘不易勸君
莫愛黃山谷兄詩云近來頗愛黃山谷杜甫剛柔能互半蘇黃未
免剛有角昔兄結交慕游俠珠履三千滿華屋豈
徒豪舉擬春申亦有奇才同李郭酒酣詩腸何磊
落素紙十丈橫大幅古松槎枒石犖确走匕壁間
化爲墨胡賈千金求不得却與吳姬壓衣簏三山
五湖去復歸甲第連雲隨處築東家美人彈琵琶
襄陽兒童歌舊曲願言笑比黃河清無使人歌頳

水濁卽今一跌躁全平塞翁失馬或是福朱漆方竹誠異品（來詩云世人苦要漆方竹）我道不如蒲與朴君不見南山有石名爲璞楚人炫之刖雙足玉在其中人不知至德從來不驚俗

答家君書

二日奉家書誦之忽成詩夜半寒霜重僵蠶自吐絲家園夢中見長似小年時吳棉已作雪霜橘亦盈枝鹿門願偕隱何事久參差

今秋苦多病移家傍親廬親恩如太陽照此東南隅常恐桑榆晚願親常歡娛繞膝未遑暖造紙去西湖阿毋垂暮年往往惜離居請看庭前樹樹上有慈烏巢成不自處覓食東西呼誰爲返哺雛念

之悽肝脯人事爾何物能令骨肉疎
樓外梧桐樹秋去葉漸僵欲落不落間風來發奇
響幸有半間屋容膝何須廣家具固無多佈置差
疎朗昨夜穿窬人持我青氈往向曉婢僕譁牆低
故可上一笑不須追亦當爲彼想天寒歲云暮持
此易斗糧苟非饑寒迫詎肯蹈法網
離離青桐子自生桐江側豈料牟利人採之榨油
汁我有最小弟情真魯且直琴瑟偶參商三日臥
不食新婦絕裾去虛帷風蕭瑟我爲迎新婦香車
施膏澤我爲營樽酒洞房張綺席殷勤修寸箋自
比青鳥翼請釋同室戈易之同心結酒設弟忽行
去收桐子液奉命不得遲令我久心惻宛如催租

人敗此詩一頁傷哉舉世人重利輕離別
小弟去桐江順道或來前渠行殊匆匆僅帶數十元川資耗囊橐或已無餘焉兒頃始知之彼殊不自言請爲置盥具攜往鄉僻間勿如王安石囚首而垢顔寒風日淒厲弟衣猶薄綿教弟自愛惜珍重食與眠東陽民風悍傳聞多盜賊教弟自留意旦晚戒出入

前輓陳德生昨弔董哲香（二君皆家君老友）兒有女弟子亞南其姓江髫年而玉貌詩畫皆精良一日俱逝世聞之久感傷人生一世間不如草上霜生前徒碌碌死後皆茫茫但聞野鳥啼空山生白楊感此電光火石一瞬間何爲不樂空慨慷

小園不半畝園之書帶草芳逕亦曲折一步一環繞天竹懸紅豆離離當階道月季最可愛蓓蕾猶不少一朵復一朵整齊而竳窕朝陽滿窗時彷彿聞啼鳥怡然話故鄉慈毋殊未老方學織絨衣針誤時時笑囑寫一封書問父近來好

劍銘

女弟子麗嵐易釵而弁從軍江西乞詩銘劍占此以當贈别

隱娘嬌小意如神躍馬關河竳窕身儂祗能詩不能劍蛾眉弟子愧公孫

浩刦洪鑪萬丈開天教鍛鍊出羣材桃花馬上如虹氣豈獨秦家繡鎧台

萬刧滄桑悲後死一函涕淚報先生金閨哀怨關
天下不是尋常兒女情
黄石傳書事豈真儂家亦有壁間文他年圖畫應
相訝圯上張良似美人
哀豔雄奇一劍知雷驚電掣女要離鋒芒太露原
非福珍重神龍脱穎時

冰　與荔因聯句

風折簷花脆有聲荔游魚都隔水晶屏夏蟲未可
同談道秋水原來有化生翠肝膽都如山剔透荔
性情還比雪聰明翠滄波凍合應千丈荔夢向黄
河躍馬行翠

題畫

細草隨潮長柴門盡日閒靜中聞遠磬亂後見青山滿寺杏花發一春微雨寒尚留詞賦在不必恨江關

雪美人　戲占

天風吹下許飛瓊月地雲階話隔生始信怡紅癡絕語女兒原是水生成

過眼瓊瑤付水流美人身世等浮漚思量一事差如意破例人間見白頭

翠樓吟草卷之十

杭縣陳翠娜著

刼灰集丁丑

招隱和次弟

閒居忘寵辱，方寸自然安。好雨洗新綠，春禽響一山。畫奇呼婢賞，詩富遣人删。巖翠堦前落，幽人寒不寒。

山空流水響，心静見雲行。天下無知己，閒居外死生。東風聞酒熟，細雨覺花清。好鳥有詩意，夢迴時一聲。

幽蘭尋不見，風過偶然香。日暖蟻排陣，春深花滿牆。爲兒談故事，扶母曝斜陽。坐久無人覺，階前芳草長。

兵戈滿天下山水幾閒人亂世無安土還家有老親壞橋春水綠細雨杏花新卽此足幽賞相呼理釣綸

白雲辭我去閒上最高峯人懶得禪意心清聞遠鐘量推今季札才豈舊吳蒙對酒不須勸詩成杯自空

莫上高樓去樓高傷客心九洲同落日八極共春陰舊國無行路青山賸苦吟論交今更少吾亦薄黃金

題詩弟子江楓遺影

鶴背天風一葉輕玻璃指爪自吹笙碑鐫碧落三千丈册記花神十二名癸酉冬初集翠樓得十二人因其個性所近各擬名花命題新詠一時作者頗

有佳句曾刊濉花集江楓獨詠雪花云散花天女早歸去一陣雪香天地清亦詩讖也大道本來無我相人間未必有他生年來心緒灰沉久薤露歌成一涕零

過江楓寓訪其遺稿爲編理付刊燈下感占

泥城橋畔雨絲絲如聽山陽笛一枝白馬素車儂到晚斷魚殘簡汝何之登堂花鳥淒涼色入夢音容宛轉思轉怪生平太賢孝慈烏腸斷白頭時謂其尊人江一海先生

真個來彈子敬琴登堂一慟負知音頻年疾病交游少至性文章感慨深月黑楓林聞鬼哭燈青孤館和蟲吟虛名料理原無益聊慰平生苦學心

春日偶占

雕虫身世倦丹鉛午夢醒時獨莞然一角秣陵天際瓦夕陽紅過廿三年

一池水影漾闌干病起兼旬白袷單三月湖濱春欲去楊花如雪不知寒

山家無物不忘機滿地苔痕客到稀過雨竹香融綠粉向陽花熱卸紅衣

竹爐小扇自煎茶一樹垂楊隔兩家晴日茅簷人不見滿籬蠶豆自開花

斑管銀箋學楷書日長消遣睡工夫四圍細雨簾垂地一種蘭香乍有無

細爇爐香理斷琴綠陰詩夢晝愔愔三年小抵龍場坐悟到空明刦後心

嘲蟫

尺壁誰能惜寸陰縹緗萬軸豢仙蟫笑他不解詩何在只向古人書裏尋

偶占

下階編竹籬扶瓜上茅屋瓜蔓何離離朝露浥新綠揭來塵事稀聊復學耕讀既折淵明腰亦曝孝先腹䴉鷁笑鶤鵬何乃不自足

世事如明月循環作盈缺履高蹤乃危驕奢禍必及天雞鳴白楊象牀旋喋血哀哉建康宮禍變生肘腋崔浩亦何辜殺身以其筆大位世所爭高名鬼所嫉所以賢達人駟馬有不屑仰視浮雲翔酣歌以自適

明月天上來清光相徘徊終風一以暴陰霾久不開獨漉復獨漉水深顏色濁老子亦有言大白常若辱善保光明心無爲憂患奪

讀宋史有感

千古男兒陸秀夫誓甘蹈海不爲奴年年割地和強敵割到厓山寸土無

詠史

後方民氣已如雲生死存亡一戰分砥柱急流終不退範金宜鑄吉將軍

捷報歡呼動地來萬家爆竹起春雷大軍指日收東北吐氣揚眉第一回

送長孺

鞞鼓聲喧戰馬嘶，萬方多難汝何之。紅樓夜雨他年夢，翠袖天寒舊日詩。一戰本來非得已，全家何敢怨流離。太平重見知何日，銅柱珠厓有所思。

碧雲吹瘦玉參差，惜别悲懷強自持。酒最傷神宜飲少，憂能損肺莫眠遲。來時鏡檻花雙笑，去日樓臺雨萬絲。強欲從君因毋老，漫天烽火阻歸期。

風雨天涯客思深，閉門愁病尚相尋。長閒駿馬消奇骨，出塞秋鷹有壯心。患難與人堅定力，亂離無地寄哀吟。杜陵四海飄蓬日，一紙家書抵萬金。

早行

破曉驅車去，還從虎口行。亂離生白髮，患難見真情。生死存肝膽，乾坤付戰爭。天寒憂失道，風雨度

危城

返滬

家人夜不寐侵曉煮茶漿出門天未白風黑雨琅琅世亂行旅危白骨盈道旁恐被蒼鷹見掬泥塗車窗慈父飄白髮倚閭久相望各有訣别語再拜不忍詳生當重相見死當終不忘

危巢棲羣燕風雨何茫茫秋蛇入敗屋毒燄方凶張開門放燕去無爲同摧傷老燕不肯去悲啼繞空樑切切復切切切聞之摧肝腸

還家叩荆扉刼灰滿青松辛苦賊中來頭髮如飛蓬開門驚我在雞犬生歡容死生成永訣豈謂又相逢握手雜啼笑驚喜疑夢中却顧所來逕萬里

烽雲紅

寒帷見秋月玉階下微霜自聞綦履音徘徊步空廊宿昔逢衰亂驅車離故鄉蒼皇兵馬間憔悴顏色黃中間竄荆棘無有完衣裳微生敢自惜舉國如沸湯王師悲敗績棄此土一方大火東南流赤地成鴻荒不聞雞犬聲但見蒼鷹翔下民亦何罪乃入屠殺場嗟嗟會稽恥忍哉君莫忘

十一月十二日上海南市失守蔡勁軍率殘部五千人奉令繳械退居租界上海抗戰凡三閱月至是全部淪陷是日適爲孫總理誕辰租界華商猶懸旗誌慶與東南火光掩映一片慘紅令人涕下南市浦東大火月餘不熄路無行人尸骸堆積初法神父饒家駒請得雙方同意劃城廂一角三里許爲難民區雙方兵火不得侵入至是民歸者如市賴以全活者凡二十餘萬人

杭城陷婦女死者無數焉楊亭長女爲匪所逼投井而死女士平日不慧人目爲癡及乎見危授命正氣凜然雖古烈女何愧焉

家君城破之日單車走蕪湖蕪湖隨陷又奔漢口漢口復危乃走成都至重慶遂赴昆明身似慈烏繞樹三匝無枝可依去家蓋萬里矣後來

書云吾老矣久置死生于度外但曾薄負微名恐為某方羅致耳十二月十二日陷江陰此半月中江南半壁相繼淪陷國府遷都重慶海上交通四絕米珠薪桂工部局以存米供民糶糴米不得過一元每逢開市鵠衣鳩面者擁擠爭先蟻集米肆雖巡警鞭之不退嗟乎一飯之難乃至於此哉

除夕寄蜀

信有人間去住難戰雲如海路漫漫中原白骨三千里一紙家書掩淚看

生死應憐拆臂螳幾人和淚種甘棠清秋燕子無情甚飛入盧家新畫梁

避地峨嵋萬里行亂離骨肉倍關情難忘話別南山雨揮淚出門天未明

寒雨荒街洗血腥空城日落餓鴟鳴可憐花月春江夜十里笙歌換哭聲

片鴻如夢又飛還，諾到興亡徹骨酸。莫向家園屢回顧，淮南雞犬幸平安。

空山

翠袖天寒薄化煙，碧雲如水雁來天。花於劫後紅無主，竹在雨中清可憐。匡骨莊嚴鐫佛相，騷心淒豔感神絃。空山日暮無人見，擁髻吟成一惘然。

偶理舊書感占

吾生少也賤，入學苦無力。常積果餌資，易得書數册。所貪代價廉，舊本半殘缺。愛之若珍寶，不易棗與栗。歸來慈父憐，教辨平異仄。往往誇聰明，循循施獎掖。雛鳳掌中珠，慈烏頭上雪。年來境屢遷，心緒日乖劣。小時殊了了，及大乃未必。懷我慈父恩廿年如一日，對此不能讀。忽忽淚盈睫，自疑猶雙了。竟欲奔繞膝，小時讀書樂。問書書不說。

初夏寄家君雲南

雲碧紗幮密似疎，雨餘涼意襲肌膚。紫鳶一樹白胡蝶（庭前家君手植紫鳶兩株，今已開花，胡蝶千百飛來，翩翩縞袂，無一雜色，亦一奇也），春水滿池紅鯉魚。少日園林長入夢，髫年兒女漸知書。晚燈相對長安遠，屈指明朝信到無（六月四日家君六秩壽慶，克言姪特畫郭子儀像，令兒畫妲娥一幅寄去祝壽，日盼覆書褒獎，絮聒不已，予答曰：上書未到，況來書耶）。

附家君和作

郵航經雨往還疎，痛癢相關繫切膚。客地賓朋梁上燕，故鄉親友釜中魚。但憑婚女傳家學，卻惹癡兒盼遠書。去雁來鴻遲半月，慰情終已勝于無。

翠樓吟草卷之十一

江南集 戊寅

杭縣陳翠娜著

元宵快雪初晴月明如晝夜起聞梅花香甚烈占此

夜起瓊樓皓月黃大風吹雪滿迴廊梅花性格無人解越是嚴寒花越香

戊寅感懷

獨夜登高一泫然火雲如墨接遙天千家野哭成焦土半壁樓臺尚管絃上海東南自瀆兵災焚毀殆盡尸骸堆積路無行人而租界一角車水馬龍繁盛逾昔舞榭歌場日日客滿燕雀危堂誠何心哉　蜀道至今憐望帝大江曾說破什堅真成日近長安遠辛苦西都已再遷

五柳蕭蕭此索居茂陵秋老女相如不祥士氣能

鳴雁垂斃民生入肆魚海島旌旗存故國秦庭慟哭負包胥初國人皆望九國公約有所援助及平會終乃徒有公言全無實力顧大使慷慨陳詞爲秦庭之哭環顧四座竟冰默無一應者慈親六十身千里天地干戈一紙書

峨嵋南去尚中華飛渡蠶叢雪似沙家君自渝飛滇下視峨嵋積雪天風卷衣其冷砭骨萬里流離悲骨肉故園零落憶桑麻雨中門巷生秋草夢醒池塘沸暮蛙幾處敗垣圍故壘向來一一是人家

獨向蕪城弔夕陽揚塵東海慟滄桑已看危局成騎虎豈有鄰翁證攘羊避彈哀鴻都入地謂地下防空壕牽絲傀儡又登場心雄力弱終何用拔劍哀歌望大荒

附和作　天虛我生

不隨杜老身先死偷得餘生又一年株守恰同
牛轉磨飛行常似箭離絃身如木乃伊遲瘦心
比金剛石更堅豈是計然先決策不容人不再
三遷
人生難得是安居流水行雲且自如願學丁仙
能化鶴厭聞孟子說求魚禪機獨悟參同契敵
愾同仇伍子胥客裏久拚長寂寞慰情惟一是
家書
滇湖水木亦清華吹聚浮萍集散沙任爾西山
尋野蕨更誰東道飯胡麻危巢初定千家燕法
曲重喧兩部蛙等是有家歸不得大江東去況
無家

我欲揮戈學魯陽長驅落日下扶桑可憐人與皮謀虎試看誰牽肉袒羊涉趣園林甘入夢隨身竿木怕登場料知陶令歸來日依舊田莊未盡荒

題山水卷

將何痛墨寫神州熱血填胸死不休葉走西廊風有胸晚來南浦月當頭覆巢完卵蒼生淚仗馬寒蟬國士羞獨怪江南淪落地依然花草滿汀洲

安得長弓射夕陽攜書重返水雲鄉長江潮落孤帆遠故國秋深萬木黄遼海有人甘嚙雪邊疆無日不爭桑年來詩境傷離亂不是艱辛學盛唐

仙呂入雙角套曲

夢江南曲

戊寅之歲江南淪陷有客自西湖來者述梓里全墟燹巢半毀是夜彷彿夢見之醒憶年時泫然有作寄呈家君重慶

（新水令）珠燈絡索帶風飄好亭臺湖山環繞長廊宜響屧水閣愛吹簫日上花梢夢醒聞啼鳥

（懶畫眉）四面紗幮綠斂綃霧鬟雲裳想六朝銀蚰蘸雨畫牆坳半臂雙鬟俏手撥名香仔細燒

（山坡羊）你看翠生生一行春草曲灣灣幾折紅橋碧沉沉垂柳千條映文波打槳春人笑魂易銷斷腸經幾遭滄桑變了轉瞬誰能料眼看那舊樓臺換主新燕子尋巢蕭也麼條換了幅流亡稿飄也麼搖獨自把江南吊

（雁兒落帶得勝令）這搭是定香橋那壁是岳

王廟鳳林鐘壞沒人敲精忠柏和天倒了呀畫隄
邊添幾條新戰壕黑灰堆是誰家舊荒竈新鬼多
故人少把幾千年的錦江山生踩做犬狼巢牛皐
骨暴在荒山道錢鏐血汚了泥錦袍
（僥僥令）柳隄倭繫馬水榭鬼吹簫真個是壓
低雲漢天垂淚屍擁錢江水不潮
（沽美酒帶太平令）訪柴門不用敲訪柴門不
用敲長荊棘比人高問何處荒莊是蝶巢俺只見
軟濃濃媚春光的花草撲朔朔避生人的鴟鳥碧
晶晶是玻璃碎料紅簌簌是宮牆半倒俺呵訪新
交舊交雨散雲消吓一例兒曲終人杳
（川撥棹）當日呵骨肉分拋出門夜雨荒雞叫

痛阿房土焦夢家鄉難到盼中原何日把烽塵掃
（鶯鶯熬）蒼生冤痛知多少却便似孤臣孽子
無門告正夜茫茫人寂寂雨瀟瀟夢見了些〻死親
朋生爺媽舊亭橋春夢迴家山破了散髮空山唱
大招猛血淚下如潮險不把一個鐵如意敲碎了

江南集

卷十一

大約林壑間下我輩斯人昔亦間遊□□□□
相約徐起編輯十餘種（涑山集一卷已鈔山居
無聊奇□景編一卷殊缺人不見而面獨□山□□
（鶯湖集）盧芬玉先會欲投老江名□□山□
遲□同□□棹年□□隱君即於山中□為□□
嘉慶庚辰秋九月□坐□中得□□□□□□□

翠樓吟草卷之十二

杭縣陳翠娜著

緑夢詞續

洞仙歌

緑陰微雨，襯湖光千頃，遠塔玲瓏小於筍。正玉甌試茗，寶扇籠香，悄悄地緑到半樓山影。朱扉臨水住，曲曲垂楊，倒吸春人入鴛鏡。擕個小秦箏，窄袖雲藍，同載上短篷瓜艇。向雲水鄉中過清明，有竹葉煎茶，杏花簪鬢。

其二

雲天幾疊，被晚風吹皺。雪腕銀刀剖新藕。愛荷亭枕水，竹檻騎山，試喚取花外白衣人酒。晚來新月上，比做冰紈，小字相思褪仍有。碧海此時心數

到歸期漾波底秋星如豆記香霧雲鬟納涼時正茉莉襟邊夜深開透

蝶戀花

小玉鈎簾銀蒜亞菡萏開時逼得明湖窄　一桁秋河天際瀉石闌人影清於畫　雙髻詞仙嬌不嫁嚼蕊吹香日日紅樓下向晚沙隄風漸大柳絲扶上桃花馬

菩薩蠻

湖光窈窕千絲雨游魚冷抱珊瑚樹愁對畫屏眠幾重山外山　晚烟花底綠且莫調銀燭水閣悄無塵流螢來照人

浣溪紗　題仕女畫

碧海青天夜寂寥，柳陰春水送蘭橈。月明湖上美人簫。樹裏星辰疑昨夜，畫中環佩似南朝。衣香如雪嵌山坳。

蘇幕遮 又

漏聲長，虫語細。得酒偏難，得酒偏難醉。一寸妝臺紅燭膩。堆滿相思，堆滿相思淚。鏡邊香，燈畔字。夢也全無，夢也全無味。門外天涯何處是。長嵌人心，長嵌人心裏。

風蝶令 題仕女畫

胡蝶銷金粉，蜘蛛絡網絲。膽瓶花朵暈胭脂。絕似伊人相見帶羞時。綠醑今朝酒，奚囊舊日詩。天寒夜永莫相思。無奈閒愁來早夢來遲。

翠樓吟 憶半畝園

草積階深竹遮窗暗綠上䰄妝人面槿籬繞幾曲有多少蔦蘿開滿叮嚀休剪怕一架薔薇舞紅驚散春將晚釀愁天氣賣花門巷　誰管近日陰晴料畫棋石冷題詩葉換迴廊楊柳外儘撅瘦鳳簫心眼璇臺夢悄任吹碧情天晚星成串除非倩流螢花底夜深尋見

唐多令

一帶竹籬笆疏林點暮鴉傍青山三兩人家紙閣蘆簾寒似水寒不過水仙花　篝火玉丫叉紅爐映臉霞聽瀟瀟雪打窗紗約夢不來來便去來共去只由他

洞仙歌 雪

迴廊六曲賸茶煙猶綠滿院晴雲壓修竹恁庭空映月窗暗凝冰悄悄地時有粉蛾吹落　大荒山上住玉宇瓊樓千樹梅花伴幽獨何處落楊花點點飛來渾不許卷簾人捉但一縷嬌寒細隨人儘翠被薰香玉肌凝粟

長相思

碧雲天碧雲天深夜無人響珮環銀箏第四絃
月如船月如船風馬雲車過樹間桂香啼老蟾

行香子 戲譯西泠來書

天氣黃梅鳥語妝臺道陰晴兀自難猜窗雲鏡霧處處莓苔甚霎兒晴霎兒雨霎兒雷　頭也難抬

門也難開白荷花香上樓來迷藏山色煞費安排更嫑兒無嫑兒有嫑兒堆

浣溪紗 擬飲水詞

忽地生疎忽地親不知何事易生嗔綠梅花下悄含顰　月地雲階微有雪茶瑠藥鼎斷無人自將衫袖揾啼痕

夾岸桃花落不禁紅樓聽雨又春深水風凉上美人心　山裏滄桑雲起滅亂中消息雁浮沉綠陰深處萬愁侵

小扇單衫瘦不支一春幽夢逐游絲慵慵睡過日長時　低髻閒花簪白奈銀紈揩粉寫新詞等閒何敢說相思

蠟燭嬌啼夜夜心，玉階風露夢相尋。仙山樓閣鳳鸞吟 萬幅荒幽昌谷畫，三生清怨茂陵琴。人天何處託知音。

金縷曲 書帶草消寒集拈題得此

秀色濃堆砌似池塘謝家詩思一般幽細春雨洗愁愁不盡添了入簾濃翠怕風亂縹緗難理小草在山名遠志便千紅萬紫休相擬勞憶取讀書味

苔階小立尋詩地記年時踏青門韵垂髫知己天上蘭香根葉似種種輸他勻膩合封作蕊宮書記欲報春暉無好計算能傳天壤惟文字生與死偶然耳

前調 書帶草寄懺飛青蘋女士

掃逕休除取是書仙彩鸞纔到翠絲迤邐莫問苔岑同與異總在嫏環仙地怪一卷離騷忘汝綠滿窗前談妙理愛吹蘭別有詩書氣比標格本無二　揮毫滿紙雲煙起認匆匆斜行帶草右軍真跡豈待疾風知勁節意氣千秋相許問事業名山有幾小字聰明含雨意坐江南萬戶春風裏删不盡又相寄

減蘭 書帶草三夢中作

子雲舊宅生傍蓬蒿虫太息綠意重重豆結相思不肯紅　天涯何處夜雨關心添好句待到秋初化作流螢照讀書

金縷曲 木筆花

開近高樓底認盈盈慈宮紅袖掌書仙侍詩夢滿樓春旖旎爲問江郎醒未却剛共垂楊及第摘粉薰香驚蛺蝶蘸蔚藍不動天如紙修花國起居注畫圖井汲胭脂水記櫻唇銀毫小吮一般紅膩臨出銀鉤花欲笑宜稱備娘纖指有絕艷驚才如此撐住天南靈秀氣共吟風醉竹嬌相倚歌一闋請君寫

洞仙歌 新嫁娘夕佳亭消寒社拈題得此

紅燈如海擁美人歸後六曲雲房暗香逗只銀甌怯酒藻鏡憐花平地把小小靈犀猜透 爲伊增覥覥女伴嬌癡偷覷雲英畫屏背仙影隔輕紗鬈髮迴波儘綴滿明珠如豆待簫琯雙吹入青冥問

門外停雲鳳凰來否

花冠不動障如雲羽扇醉後芙蓉學人面任銀蟾窺影仙鳳啼花渾不語悄向鏡臺偷眼　靈犀冰雪慣如此生疎喚作卿卿幾曾敢雙意本無塵不是矜持是舊例嬌羞難免儘相對惺惺惜惺惺料坐到天明兩心情願

滿江紅

嗚咽邊笳把戰地菊花吹醒危亂裏中原豪傑一時都盡香稻秋荒鸚鵡粒江潮夜急魚龍信更驪山烽火逼人來時時近　風雨裏菰蒲病霜雪裏蒼松勁念伏波橫海長戈[illegible]

秋高大漠盤鷹隼想黃沙一片斷人行旌旗影

浣谿紗

半臂塡詞耐薄寒華筵燒燭氣如蘭玉笙吹破舊家山　一曲銀箏人一世三更短夢路三千隔簾依舊雨潺潺

忽地生疎忽地親不知何事易生嗔綠梅花下悄含顰　月地雲階微有雪茶瑺藥鼎斷無人自將衫袖揾啼痕

小扇單衫瘦不支一春幽夢逐游絲懨懨睡過日長時　低髻圍花蔫白柰銀紈揩粉寫新詞等閒何敢說相思

夾岸桃花落不禁紅樓聽雨又春深水風涼上女兒心　山裏滄桑雲起滅亂中消息雁浮沉綠陰

深處萬愁侵

蟋蟀嬌啼夜夜心玉階風露夢相尋仙山樓閣鳳
鸞吟　萬幅荒幽昌谷畫三生清怨茂陵琴人天
何處託知音

絡索珠燈繞蝶廊水漾花照鏡屏香當時只道是
尋常　釀病性情添細膩撩愁心夢厭荒唐事從
回首耐思量

鏡閣秋涼換袷衣背人弄筆襞雲低生憎燕子落
香泥　萬里雲山郵雁阻五更風雨亂雞啼薄魂
無主一淒迷

澹白梨裳鳳子腰天邊倚笛碧雲高酒醒何必問
明朝　總爲芳菲憐嫩玉謾將淒豔測離騷清詞

如雪落芭蕉

浪淘沙 題茶夢圖

山裏萬梅花花裏窗紗紅爐劃遍玉丫叉心上小名灰上字刻意憐他　一笑鬟雲遮醫暈添些玉谿泉水武夷茶洗却玉臺書畫手爲汝當家

清平樂

鴨爐香重晴日篩簾縫小鳥踏花連影動攪碎一窗春夢　傍籬親種牽牛爲誰終日凝眸心上萬千嗔怨相逢一笑都休

虞美人

青瑶嫁後久不晤往訪不值戲占題壁

西風黃葉秋盈道小夢時尋到門前一帶竹籬笆

記得梧桐花底是伊家　霜華凍壁描濃黛舊日琴樽在知卿心似小迴廊祇有重重卍字嵌中央

（其夫婿別署卍盧）

醉太平

旋螺鬢雲旋螺指紋芳年心篆同焚賸三分兩分　衾寒半溫燈明半昏小窗終夜如銀是霜痕月痕

菩薩蠻

夢迴自覺心絃顫樓窗返照花陰亂午倦悄無人爐香吹白雲　大堤楊柳下山水明於畫四月草如絲日長聞馬嘶

前調

柳陰春水橫塘路紅樓日日調鸚鵡山影半樓青

夜涼聞雨聲　膽瓶花似玉四面紗廚綠知是欲昏黃晚風吹暗香

齊天樂 午夜聞殘蟬墜枝淒然有感

月痕黃透梧桐影殘蟬欲嘶還噤怨女思齊銅仙辭漢一樣倩魂淒損蝶衣褪粉甚難蛻塵軀依然清醒何處鐘聲故宮落葉定盈寸　平生高潔誰信早秋光換了衞娘玄鬢懺夢年華選愁詞草悔却詩人情性枝棲未穩怕今夜橫塘西風更冷墜入樓闌帶聲飛不定

高陽臺 辟蚊盤香

水閣焚椒紗廚罩雪龍團綠似垂楊小展屏山和伊宛轉商量秋蚊如雨颸簾下替冰紈處處提防

白雲鄉曲曲蟾宮小小黃香　曉來斷夢淒然碧甚游仙一枕月老雲荒紫玉相思負他菲惻芬芳銀槃空鑄團圝樣賸心灰寸寸迴腸總難忘斷了餘烟不斷情長

南歌子　題獨立仕女圖

柳帶行烟重花裙簇雨遲涼涼踽踽欲何之莫是離魂倩女又成癡　天遠疑無地心清似有詩近來腸斷怕相思無奈月明人靜夜深時

酹江月　題澄碧招桂圖

花蟲蠹粉是何人剪取年時心印半卸紅衣欹鳳枕消受夜涼風緊老桂懸香古蟾泣夢中有相思影相逢萬一他生曇誓重省　人天萬古淒馨百

年清怨忘却知何忍收拾狂名中歲近欲換空王
鐘磬木末清愁大招楚些魂返秋江冷嬋娟何處
青天碧海同醒
長廊縹緲替芙蓉作誄小山寫意不遣雙鬟傳畫
燭生怕啼眸酸楚潄玉年時扶頭酒醒人坐蟲聲
裏罡風一刹珮環聲隔天際　比他橋影流虹紅
心草長往事休提起萬古金甌猶破缺何況湖山
佳麗紙上蒼生心頭斷夢一笑空生死飛瓊應怪
無端洩漏名字禮蓉招桂四字中嵌畫中人小字
廿年前事怪筆尖還帶惺忪秋意天上蘭香仙去
久展卷低徊何已彭澤黃花靈均香草一例傷知
己唯情一字浩然充滿天地　先生南社聲華不

同柳永十七紅牙腻慟哭狂歌今老矣多少眼中餘淚騎虎功名登龍聲價豈是平生志夢同香逵碧雲裊裊千里

蝶戀花戲占

刹那嬌嗔偏又笑一種心腸更比兒時小意自溫馨顏自惱深情莫被他知道　簾外殘紅飛不了難怪深閨眼淚年年少燈畔夢痕窗畔稿自家打疊愁資料

大江東去題東游草

高樓一笛被離情吹得柳絲無力夾道櫻花容馬過踏碎滿街紅雪廣袖唐裝輕紗宮扇人似扶桑蝶賦才減盡可憐恩怨難説　君看故國河山邊

關鐵騎幾度金甌缺無復新亭能下淚名士過江如鯽燕市悲歌黄龍痛飲此意空今昔長吟當哭一杯且酹江月

湘月題何香凝女士畫梅余靜芝女士桃花張聿光補柳合幅

美人來未正江南日暮碧雲千里情太芳菲心太冷誰是梅花知己老幹風雷仙姿冰雪别有傷時意胭脂幾點淚痕吹下天際　别來楊柳依依樹猶如此顧影添憔悴夢醒空山人一世换了冷紅生翠洗馬愁多避秦地窄併作三株媚春魂如水無端風又吹起

摸魚兒九月十日亂中送别

怪朝來漫天烽火匆匆君又歸去中原荆棘豺狼

亂那有鳳鸞棲處風更雨辦一片吟魂打疊隨飛
絮斷腸無語賸千尺迴文一篇錦瑟休索解人註
　長亭暮山疊亂愁無數征鴻欲飛還住蕭蕭易
水無家別不是尋常兒女君信否只萬刦深情萬
刦還如故到燈焰青時楓林黑後遲我夢中路

大江東去　十二月十二日上海失守

天傾西北驀東南海市晚霞俱赤廢井頹垣渾不
似換了舊時宮闕玉骨成灰干戈影裏黯魂攙雲
立故都何處銅仙夜夜偷泣　忍餞三月圍城青
鸞咫尺無計傳消息蜀道艱難悲望帝難怪杜鵑
啼血唐韻書空秦簫咽淚何暇傷離別人生到此
問天天竟何說

洞仙歌 題謝月眉畫稻雀

平疇侵曉，望黄雲如雪，禾黍離離舊宮闕。甚青苗古怨，玉食新憂，除非是、野雀啾啁能説。鳳凰饑欲死，貽笑侏儒，擊缶羞爲婦人泣。破産到農村，恆舞酣歌，早廢了、萬家耕織。對四月、南風易思鄉，憶茅屋斜陽，荷鋤提饁。

菩薩蠻

日高風軟流鶯笑，滿庭山影無人掃。花熱卸紅衣，草長胡蝶飛。而今滄海變，夢也難尋見。弟一憶江南，年年三月三。

減蘭

桐花幺鳳，小小相思種。填詞人去，鏡屏空祗怪桃

花還比舊時紅　藥爐煙裏一縷吟魂細人天去住兩難言縱有新詩不似十年前

羽仙歌

甲戌之歲家君自營生壙于西湖桃源嶺每春秋佳日挈眷登臨輒徘徊不能去曰吾千秋萬歲後魂魄猶樂居於此顧謂翠兒爲我作歌予呈詞三疊藏家君篋中將七年矣今春爲編遺稿無意得之爲悲慟不自禁嗟乎慈父恩深生我知我一人而已今距家君之歿又半年矣故鄉風鶴頻驚不克歸葬乎既心魂喪亂不能措一辭爰采舊詞存之以誌不忘工拙所不計也

人生何似似飛鴻印雪雪印鴻飛去無跡是劉樊眷屬粉署仙官却自來留個詩墳三尺　登臨成一笑誰識莊周栩栩蘧蘧二而一一不用咒桃花窄逕春風早開了滿山胡蝶滿山胡蝶花色如紫雲看一片湖光撲人來證明月前身逝川今日

桃源嶺下願一坏終假借與行雲作傳舍向山頭舒嘯月下長吟有千首世外新詞未寫　黃泉如有覺咫尺松陰親戚何妨共情話予三姨丈夫婦子女一家四口皆葬此山曠達竟如斯知死知生把千古啞謎猜着看胡蝶花開滿山雲比坡老寒梅一般瀟灑

吾生多病似未冬先冷一寸心灰九分燼只蠻鞋蹴雨絮帽披雲忘不了天下崇山峻嶺　三生如

可信願傍吾親明月清風共消領種樹小梅花分占青山渾不用大書言行遣翠羽低低説平生倘謚作詩人死而無恨（吾父擬于壙側爲予營塚故云）

吾父平生和平正直至性過人爲詩文不務艱深而至理至情令人感動每得句未嘗不見示也庚辰之春偶冒風雪出行痰疾復發逾月而劇卒于滬寓春秋六十有二逝前四日爲舊歷二月十三日父病甚然神色閒定呼予曰今日非花朝耶兒試探庭蘭開未予剪數穗以進父把玩良久怡然曰花香悦人勝藥石多矣聞家人斥責奴僕輒搖手曰止止予厭聞惡聲也蓋吾父仁愛病中尤甚每諱疾談笑恐阿母知之

增其憂慮臨危始握手謂予曰翠兒今日將與汝永訣矣予驚問所苦嘆曰無他但覺神形不相屬耳予泣父曰勿爾人誰不死死者歸也君子息焉辛苦塵寰亦既勞止予之慕死者已有年矣平生矢志文學願爲名士語至此曰兒當知之名士與名人有別名士者明心見性以詩書自娛苟得其道老死巖壑而無悔偶傳令名非其素志古之人如淵明是也名人則不然延譽公卿馳心世路今之人如某某是也吾願兒等爲名士勿爲名人可也吾行年六十心地光明死亦何憾然猶有二事未了一則平生學説著述都有未竣爾當繼承父志爲伏女之傳經

可也二一則故鄉淪陷西湖　餘語糢糊不能卒辨其意蓋在桃源嶺也嗟乎心傷故國大盜潛移雖有佳城歸葬何日猶憶丁丑之秋侍居蝶莊日遭空襲炸聲動地火光燭天吾父方研究化學神色不變及乎入蜀顛沛流離未嘗慍見于辭莊子云死生亦大矣哉而不得與之變雖泰山覆墜于前亦將不與之遺非具大無畏精神何能至此至于疾革獨揮淚對伯叔曰吾死生久置度外所難忘者惟情感耳此殆所謂五蘊易空至情難滅者非耶及乎臨逝所諄諄者乃在身後遺文南山舊宅而憂其覆墜則尤可悲也予生愚昧不意吾父竟以微疾不起侍奉

無狀疚心不已昔人有云樹欲靜而風不止子欲養而親不在每念此言輒爲長慟流涕人之生也勞勞其死也寂寂瞻望北邙白楊蕭蕭千古聖賢莫不由此而去更若干年吾身亦歸於此然而靈魂之說不可信地下相逢其又可必乎訣別以來無夕不夢夢中年光倒流縮身復爲小女依依膝下似兒時光景又或車馬到門似慈父遠客乍歸因揚觴爲壽勸其勿復離去又或心知永逝上天下地尋之不得乃慟哭而醒醒則一燈在室音容渺然嗚呼痛哉吾父龐眉海口智力過人于書無所不覽嘗云文學所以養心工業足以救國故平生孳孳矻矻無非

致力于是二者每黎明即起日入未息或勸其老矣可以少休則曰生無所息工作乃人之天職怠惰即是罪惡晚年篤嗜化學每多發明創立工廠五六處賴以生活者近萬人然心薄商人恥言功利爲而不有四壁蕭然丁丑入蜀議設鹽鐵紙鎂等六廠爲富國之計規模宏大當局重之惜爲淺識者所阻先君乃潔身而歸家居一載賫志而終使天假之年其造福人羣當尤不止是也予小女才德淺薄何足以稱述先德但深恩厚愛印腦至深感書萬一辭多錯亂至哀無文嗚咽而已庚辰秋九月先君棄養二百日紀念日翠兒泣血誌哀

翠樓吟草卷之十三

杭縣陳翠娜著

翠樓曲稿

南仙呂 西泠息養社

（香徧滿）紅樓悄悄天影湖光出樹梢石欄面面垂楊繞綠深人不到蟬聲鬧早朝蛙聲怨夜遙問詩意添多少

（嬾畫眉）夢醒梨花粉痕消鏡裏春山聚枕坳暖風晴日賣餳簫攪碎楊花鬧飛遍長隄內外橋

（二犯梧桐）波光畫棟搖山影圍廊抱六幅銀屏人隔菱花笑池塘長遍紅心草夜雨朝涼暑欲消盤餐不用安期棗只尊萊櫻桃穀饞啖飽

(又)嗔蛛覺網高愛燕嫌巢小樓下春波樓上東風峭布蓬葉葉天邊鳥蝶粉輕輕茉莉硝綠苔雨後微塵杳覺塘外輕雷藕花開了

(又)山圍古國遙嶺入棲霞繞窄袖蠻鞾時聽青驄嘯綠陰細細幽篁道耽得詞仙馬亦驕是何人天外尋詩紅妝郊島

(秋夜月)銀漢高月影瑤階縞傍花陰棋枰細敲荔支香近明珠皎嫩藕纔生玉有苗爐烟裊商量仙扨靈犀悄玉鸚兒暱早玉猧兒休吵

(劉潑帽)㴔瓊簫風雨孤亭宵銀魚吹雪上春潮蘆荻響瀟瀟有熒火來相照

(東甌令)泉石癖水雲巢何必明珠結綺寮青山

亂疊如詩稿天渺渺紙閣蘆簾處處堪憑眺花四
面柳千條
（金蓮子）怕相思後夜難忘掉過眼山遙水更遙
因此上遣銀毫把這十日西泠細細描
（尾聲）仙心禪意無人曉萬軸嫏嬛手自鈔看樓
外遠山青不了

雙調　拗春曲

吟社二屆拈題得此吳語二三月間天重作
冷風雨不時謂之拗春名甚新豔爰譜一曲
請瓊姊歌之

（新水令）峭寒如水浸銀屏怕開簾落紅成陣畫
眉鴛鏡霧攤笛玉纖冰乍雨還晴拗煞春情性

（喬牌兒）絨繩半臂輕欲卸還生噤鸚哥咒煞東風狠那裏有十萬護花鈴

（風入松）年年辜負踏青行偎不暖小銀燈紅爐賸火休教燼擘芳牋偷問春靈比似者般索寞何如休過清明

（撥不斷）是冰清是溫馨萬般體貼猜難準似病裏伊人倍嬌情把山眉水黛都顰損墓地裏兜天煩悶

（一錠銀）我打疊柔情說不清他淚雨盈盈消受了鶯嗔燕恨甚來由到底不分明

（離亭歇拍煞）愁雲遮斷紅樓影蒼苔埋沒胭脂井春來休問依舊是西泠橋畔雨絲聲西施湖上

游船盡月明孤館人初醒寒如鬼手罄虐似臨川政漫贏得旁人酸哽只爲你拗東君短了他桃花命枉了我薰香令空餘裊裊聲不斷懨懨病倒不如學佛維摩歸淨境撇下了惜花情一任你怎般冷

南仙呂　新柳曲

（步步嬌）十里春風如圖畫逼得隋隄窄鴛艇小於瓜雙槳濃陰桃根催打含笑掐紅牙向情天暫告个傷春假

（醉扶歸）紅橋流水銀河汊陌路徧徧遇見她纖腰婀娜綰秋蛇遣誰扶上桃花馬吟鞭寸寸裊情芽對青山越顯得人瀟洒

（醉歸花月渡）黄昏新月剛如掐一帶湖窗映碧紗紗紗窗人影弄琵琶雨絲斜搭在秋千架排衙池塘嫩綠啼晚鴉小桃偷放三兩花何處迷藏只在湖山下畫簾踈朱檻亞莫惹春風罵小叩銅環不理他把柳絮成球樓上打

（醉羅歌）引將煩惱天來大却不道梢頭纔綠上一些些此些樹猶如此漫嗟呀聽流鶯説甚關心話雙柑斗酒醒耶夢耶曉風殘月天涯水涯女相如風致清幽煞算我已傷心怕漫把那黛螺十斛贈兒家

（羅排歌）幾處圮城荒野任摧殘樵斧漁叉春來依舊萬絲斜你多情畢竟多牽掛眉間寫怨愁賒

恨緣風前咏絮雲遮霧遮論才華天壤由來窄遲
不及梧桐聲價不棲么鳳只棲鴉
（尾聲）怕只怕萬絲攔不住東皇駕空哭得流鶯
聲啞亭短亭長春去也

越調　妾薄命

甲戌秋返里經一尼庵頗饒花木入而散步忽聞唏噓聲見一老婦白髮玄裙作舊家妝偶述姓氏乃吾亡伯侍姬也伯亡時妾方綺年分香遣嫁歸一商人生一兒商人又死焚修于此已三十年矣夫妾在家庭本同[illegible][illegible]當其盛時顰笑移人華顏一去不知[illegible][illegible][illegible]路淒涼似此者何限爲譜此曲[illegible]作之管絃

亦足爲歡場棒喝耳

（小桃紅）西風黄葉遍天涯又來到南山下也忒寒些=蕪田誰種故侯瓜那邊廂似有人家竹籬笆蔦蘿花門半掩梵宫瓦也有一個白髮宫娃曝斜日傍簷牙絮叨叨説與根芽

（下山虎）俺却似蘇内翰悲秋無那遇着個春夢婆春怨偏奢二十年真一剎是耶非耶燕燕鶯鶯者般飄泊道舊時曾入烏衣王謝家剛聘到春無價十斛明珠白輛車綠鬢嬌丫畫只這紙帳梅花可也抵金屋修成娶麗華

（五韻美）他也曾對銀屏把蛾眉畫他也曾把鴛鴦小印輕輕打雁柱銀箏細細抓多只爲春長夢

短情深恨睞慼白傅先丟下丟下了俏如花做不得關盼盼鎖燕空樓倒做了魏武帝分香銅雀

（五般宜）說甚麽護花枝雲屏絳紗說甚麽丹鸞凰香羅碧車早變了積世老人家鐘聲鼓聲朝過暮過柴錢米錢朝睞暮睞苦念着嬌兒今長大便有那五花冠你可也輪不着

（憶多嬌）呀天一涯不見那星姨月姊隨風嫁高樓畫棟和烟化一聲清磬出南山下波羅般若波羅般若左不過南柯一覺

（尾聲）繁華過眼追風馬下場頭一領破袈裟好把只薄命緣由問釋迦

越調　殘英曲

殘英女史某小說家婦也余兒時曾與同居時女年十七姿容雋爽有丈夫氣伉儷不睦邂逅吉士挑與同奔女初猶顧忌禮教後一日其夫飲茶味有異疑女酖己勃谿終夕女去志遂決遺一兒僅周歲亦云忍矣去如黃鶴者十七年甲戌冬忽重見女于海上顏色悲戚非復故態云云後夫以事下獄遺兒女俱㓜零丁無依其前夫及姑則已久死墓木且拱矣余聞而哀之爲譜此曲蓋女天資非劣但未嘗學問爲外境所誘墮落至此可憐亦可惜也

（小桃紅）天涯重見斷腸花引一段傷心話也憶

年時紅樓同住碧窗紗剛十七妙年華好風範大人家天真煞羞自把眉兒畫也剪雲髮小小蠻鞾忒瀟洒本無邪孩兒般口沒攔遮

（下山虎）怨則怨惡姈姑驚鴛打鴨苦則苦劣夫婿彩鳳隨鴉纔提起淚珠兒盈把人道你憨笑喧嘩誰知你暗地悲嗟愁懷誰卸因此上吩咐門前七寶車散悶來歌榭怎夙世冤緣又遇他驀地勞牽掛報李投瓜要向美人心上打

（五韻美）沒來由難報答受人珍重心翻怕苦羅敷粉淚嬌盈帊送還你明珠無價悔相逢今生已嫁生也休死也罷怎受那兩家茶已把紅絲錯付了他莫再把情絲牽累着咱

（五般宜）這不是步飛烟心腸忒邪也是那沙利叱恩情欠些杯影誤弓蛇莽胡由一味胡拿逼惱了俏文君違走天涯穩住了小婢雛娃瞞過了蘭姨蕙姐忍心腸別抱琵琶顧不得羞怯怯

（憶多嬌帶江頭送別）猛回頭真也假三年四年死了婆媽七年八年散了人家十幾年老了如花新夫壻帶鎖披枷舊夫壻形消影化一個在鐵窗中一個在泉台下蹭下你貧病交加帶着批沒爺兒淚限巴巴哭啼啼到處尋廬舍那裏有黄衫古押衙

（尾聲）燈邊一席淒涼話不由得咽喉都啞哭壞了不堪回首的婉凌華慟倒了江上青衫的女司

馬

素云曲異於詞最忌堆砌此則純用白描頗近元人

霞云上兩則皆社會寫實瑣瑣描來不加褒貶自然令人感動作者記泰山云以平凡見偉大吾于此二曲亦云

自輓曲

甲戌秋病中社集拈題得此略仿萬古愁譜

（曼聲引）夜雨瀟瀟猛驚心自來憑吊一杯詩塚小三尺紙幡搖把今來古往思量着窗外梧桐叫來也一個鷦鷯瘦形骸病似秋前草苦心腸劣似驚弓鳥獨自淒涼自解嘲何限牢騷

（入拍）那後結果的稽康謫甚麽養生謠那老不死的佺期采甚麽長生草那戀富貴的秦嬴訪甚麽蓬萊島弄玄虛的周文打甚麽死生爻長生嬴得多煩惱何似歸來一筆消虛也波罷（放拍）笑笑笑笑那哭不殺的望帝變甚麽杜鵑鳥笑笑笑笑那看不透的小莊周一會價化胡蝶賦逍遙騎日月上雲霄却不道青山夜雨骷髏泣廣漠風淒拱木號只曾見新鬼悲啼那曾見古人歡笑

（大拍）似紛紛水面泡似重重海底礁千古鉅宇宙小大地微塵有何足道沒來由造化將儂造誰願向人間走這遭百忙裏過了些昏和曉捱了些

飢和飽受了些些譏和誚可不道俺秋蟬飲露心原冷倦鶴忘機品自高有多少塊壘難澆

（歇拍）歸去好件件都拋掉愁也消恨也消跳出情圈套菜也毛飯也毛冷了東坡灶欲死須乘人未老待博個落花萬斛胭脂窖細雨千層繐帳綃碧海銀濤山遙水遙月佩雲縧天高地高俺老人家跨鯨魚偶來到

（尾聲）秋墳鬼唱休相誚屈指誰爲生死交他日呵只莫把斗酒隻雞忘却了

招魂　既爲自輓曲重之以招魂

呼巫咸兮擊鼉鼓焚椒蘭兮香氣苦奠酒雲兮滿空靈之來兮如風拂若木兮御飛龍悲日暮兮誰

可從魂兮歸來無往東些一斛死水藏仙蓬些火山炎炎地怔忡些其鬼三寸如沙虫些此者皆甘人頭且兇些歸來歸來無爲所中些魂兮歸來無往南些南方不可以處些赤日消灼魂魄苦些椰樹千丈孽酷暑些蜂房如輪當要路些鰐魚擐甲出沙渚些歸來歸來無爲毒楚些魂歸來兮無往西些峨嵋秋雪高嶷嶷些蠶叢萬古不見光些天崩石裂棧道長些豺虎守關目有芒些磨牙吮血嗜人肝腸些歸來歸來無爲所傷些魂兮歸來無往北些寒門飛霜沒人足些長城信美非故國兮一夫九首往來儵忽兮雨下如血鬼夜哭兮提頭顱兮禮國殤魂歸來兮入洞房玉爲棟兮玳爲梁

蛾眉二八鳴笙簧佩環起舞聲琳琊金槃繪鯉雜
椒芳琉璃作碗兮薦瓊漿歌千歲兮樂且康魂兮
歸來無四方兮天迷密兮地蒼皇信靈修之自芳
世不容其何傷撫金徽兮絃絶酌美酒以誰觴感
死生之微渺懷忠信以難忘佩香草之陸離整奇
服之異常忽愴然而涕下乃起倚而徬徨哀塵世
之昧昧兮吾將返乎靈虛之故鄉呼造父兮爲吾
御從文豹兮駕鳳凰生何慕而忽來死何恨而忽
逝念千古之悠悠獨蘭生乎蓬澤驚江淹之賦恨
仿宋玉以招魂知天命之有常甘後世以何言

雙調　題乙亥上巳龍華修禊圖

（新水令）吟鞭細馬駕香車曳斜陽影兒都雅一壺沽美酒十里訪桃花今日晴佳結隊兒去到那青山下

（喬牌兒）清明上巳天粉壁旗亭畫一任那雙鬟唱得嬌喉啞待賭個詩思在誰家

（風入松）翠生生一行春草襯蠻鞾嫩依依新柳恰抽芽瘦亭亭天際龍華塔鬧盈盈香市吳娃胡蝶飛來青塚菜花黄到天涯

（撥不斷）感年華惜春華因此上女汪倫暫結個桃花社只待遣女陳思妙句把春愁寫女龍眠妙筆把春人畫留住者春游一霎

（一錠銀）呀却便似飯顆山頭閒嗑牙料過眼烟霞認不出游蹤那答畫圖兒好好籠紗

（離亭歇拍煞）離筵譜一套離亭煞蘭閨添一幅蘭亭畫好留做千秋佳話這的是武陵渡口日初斜梵王宮裏鐘聲打漕河涇畔聞嘶馬門牆舊作家十載才名大道指日雲帆東挂俺呵曾一面記雙丫怪重逢生白髮問舊侶多凋謝休言作客愁莫説空王法這過眼滄桑真一剎且飲酒問淵明那桃花源真也假

徐自華 撰

秋心樓詩詞

民國三十年（一九四一）油印本

提要

徐自華《秋心樓詩詞》

《秋心樓詩詞》，徐自華撰，民國三十年（一九四一）油印本，上海圖書館有藏。徐自華生前著有《聽竹樓詩稿》（手稿未刊本）和《懺慧詞》，皆爲民國以前所作。其中《懺慧詞》一卷，收録徐自華開始作詞到一九〇八年間的詞作。一九〇八年末由陳去病女兒馨麗手抄後印刷出版，作爲《百尺樓叢書》之一種。因馨麗時年九歲，很多地方抄寫有誤，故徐自華命其妹蘊華手校一本，改正一些訛誤之處，調整和删除個别詞作，卷末附有徐蘊華校刊表共五項，後仍以《百尺樓叢書·懺慧詞》名義刊行。一九〇九年，《懺慧詞》重印後，徐蘊華又重校一次，再度以《百尺樓叢書》名義刊行。兩種版本並行於世。徐自華去世後，其侄徐益藩將《聽竹樓詩稿》（手稿未刊本）和《懺慧詞》未收録之詩詞即民國後所作合成一集，得詩八十二首，詞四首，《懺慧詞人墓表》一份（柳亞子撰），附文五篇，分别爲《祭秋女士文》《鑑湖女俠秋君墓表》《祭張同伯先生文》《返釧記》《故王翁墓碑銘》，是爲《秋心樓詩詞》。封面有「秋心樓詩詞輯」「附懺慧詞人墓表」字樣，目録一份，集前有徐益藩小記。（注：本集僅收録其中詞作部分）

徐自華（一八七三—一九三五），原名受華，字懺慧，號寄塵，浙江石門（今桐鄉）人，徐多鏐女，南潯梅福均室。妹徐蘊華，亦有才，著有《雙韻軒詩稿》。姐妹二人皆加入南社。徐自華二十一歲成婚，婚後育有一子梅馨，一女梅蓉。結婚七載丈夫病歿，年少寡居。後與秋瑾成爲至交，積極協助秋瑾從事革命活動。秋瑾犧牲後，徐自華姐妹聯合吴芝瑛，爲營葬秋瑾、組織秋社、紀念秋瑾等活動積極奔走。徐自華曾任南潯潯溪女校校長、上海競雄女校校長等職。著有《懺慧詞》、《聽竹樓詩稿》（含續編，手稿未刊）、《秋心樓詩詞》等。

《秋心樓詩詞》中詞作主要爲酬贈往來之作，毫無脂粉氣。但因僅存四闋，未能一窺全貌。實際上，如果結合《懺慧詞》和民國前後報刊雜志刊載徐自華的相關作品來看，徐自華的詞作吟詠情性與感時傷世、反映時代特質的慷慨悲凉之作並存，呈現出「多元」的特質。由於遭遇時代之變，加上受到秋瑾等進步人士的影響，其作品早期以剪紅刻翠、抒發閨閣情懷爲主，後期則更多的是愛國憂時、慷慨悲凉之作。

秋心樓詩詞輯

附懺慧詞人墓表

遺文目略

右凡五篇　世有知見其所作不在此列者並以徵存

三十年夏益藩又記

秋心樓詩詞

語溪徐自華寄塵遺著　姪益藩恭輯

先姑母以鑑湖死友與南社清流春秋六十有三民國二十四年夏歿於湖上遺著聽竹樓詩（手稿本未刊）懺慧詞（吳江陳氏百尺樓叢書本）皆至辛亥而止民國以後所作不自收拾散見南社詩詞集中茲輯專蒐其在南社集外者凡得詩八十二首詞四首倘辱　當世人士為之補遺曷勝感幸二十九年除夕謹記

題畫

數椽小築傍溪斜避俗江鄉洵足誇無數芙蓉依岸曲幾行楊柳擁橋遮夕陽古渡漁人艇流水柴扉處士家贏得秋來風景好純

證佛心與佩于小淑亭利唐君等上紫雲洞佩有湘妃十一
竹聚頭扇一柄書畫均名貴忽失去殊可惜也
破曉孤山一棹開為採生壙此徘徊他年魂魄相依處只傍林家
幾樹梅侵晨偕佩于小淑亭利放舟孤山視生壙亮
奇小淑壙近在咫尺新種梅花數樹故云
陰陰萬柳讀書堂舊聽游童指蔣莊回憶廉吳偕隱處那禁人事
感滄桑小萬柳堂廉惠卿吳芝瑛
偕隱處也今已改蔣莊
同登天竺禮慈航嬌女隨參一瓣香病後餘生誰料得欣然策杖
上韜光挈亨兒至三天竺禮佛復游靈隱扶杖上
韜光燎丹台觀湖病後餘生亦一快事也
翠翠紅紅笑語嬌烟波一棹過長橋藕花深處西泠路依約垂虹
月下簫亨兒及紅朕翠纖兩侍兒侍余游葛蔭山莊
又至孤山過長橋出錦帶橋繞外湖而歸
古陽關送陳淑觀吳奇隱二女士赴梹榔嶼

江水迴潮，若番船催帆急，天低日莫。霜風緊，彤雲密帳，萍蹤易散。又送長行客，賦壯游，同時破浪海天闊。珍重臨歧處，休惜別，逸歷佳景，留鴻爪，鎮泥雪，問山川異域，可否如鄉國。祗明月長從畫裏照顏色。

百字令　題江樓秋思圖

癸亥秋日，柳君亞子偕夫人佩宜賃居滬瀆江樓一角，海燕雙棲，畫眉寫韻，消磨花月之晨，若艷樂謳，領略清閒之福。乃作江樓秋思圖，徧徵題詠。時余適遭大故，更抱采新，思親有淚，羈歇浦而魂飛，寄妹無書，望語溪兮目斷，支離病骨，久廢詞章，潦倒感懷，將焚筆硯。慚非漱玉之花黃人瘦之吟，敢比耆卿工殘月曉風之句。重違嘉命，勉倚新聲，休遽付念奴嬌歌，淺斟低唱，祇恐似大江東去，鐵板銅琶。

湘簾高卷，有何人，悄倚吟肩相並。一角江樓最瀟灑，遙望吳淞風景。茗椀香浮，藥爐烟裊，月上鴛牕靜。廣寒高處，素娥來伴雙影。

應是詞客傷秋，微吟低語，領略清幽境。寸許愁心，怎賺得多少柔情豪興。瘦到花魂，涼侵詩骨，酒怕今宵醒。玉簫吟徹，可憐疏恩誰省。

浪淘沙 十二年新曆除夕，適值月圓，南社同人會飲酒家，倦鶴有明日新年之作，余亦繼聲

壓歲孰分錢，強醉閒眠，妝臺慵卸夜飛蟬。剔盡銀鐙還自恨，未放歸船。　有夢繞親邊，團聚無緣，旅懷蕭索更淒然。欲頌椒花難寄與，明日新年。

又 即席再賦贈何香凝夫人

沽酒不須錢，今夕休眠，華鐙照影鬢梳蟬。難得銷寒開雅集，緩放歸船。　春訊落誰邊，翰墨因緣，海天萍聚亦悠然。好寫歲朝圖一幅，明日新年。

湯國梨 撰

影觀詞稿（存目）

民國三十年（一九四一）油印本

提要

湯國梨《影觀詞稿》

《影觀詞稿》一卷，湯國梨撰，民國三十年（一九四一）油印本。上海圖書館、華東師範大學圖書館等有藏。黄樸爲之序。湯國梨（一八八三—一九八〇），字志瑩，號影觀、若上老人，祖籍浙江烏鎮，詩詞家、教育家、書法家，近代國學大師、思想家、革命家章太炎繼室。湯國梨九歲失怙，由寡母撫養長大。一九〇五年，湯國梨入上海務本女塾求學，畢業後在吴興女校任教，後擔任校長。辛亥革命後，湯國梨任教於神州女學，並與其他女界名流創辦《神州女報》，該報紙主要宣揚女界革命和婦女解放。一九一三年，湯國梨嫁給四十五歲的章太炎，時年三十一歲，黄炎培爲證婚人。湯國梨胸懷政治抱負，有丈夫氣概。婚後，她全力支持章太炎的事業，在討袁、討蔣、抗日等重大社會活動和婦女解放事業上不遺餘力，先後籌辦「女權同盟會」「女子參政會」等組織。新中國成立後，湯國梨歷任蘇州市政協委員、民革蘇州市委主席等職。一九八〇年七月，九十七歲的湯國梨病逝於蘇州。

湯國梨詞最大的特色是「眼前語」「直己以陳」。夏承燾曾説：「《影觀詞》皆眼前語，若不假思索者，而幽深綿邈，令人探繹無窮，又十九未經人道。清代常州人論詞謂若近若遠，似有意似無意，此詞家深造之境，庶幾白石所謂自然高妙。」（《影觀詞》序一，《文教資料》二〇〇〇年第四期）黄樸評曰：「直己以陳，不屑師古。春風紅豆，秋露明珠，觸目會心，都成絶倡；佇斜陽而思故國，撫朱絃而送飛鴻，體物緣情，躪臻佳妙。」（《影觀詞》序）而究其原因，主要是湯國梨幼時由於家境原因並没有受到很好的教育，在詞體學習上，主要靠《白香詞譜》自學成才，創作上多直抒性靈。同時，她積極投身社會活動的實踐經歷給了詞作豐富的養分，我手寫我心，很多作品自然高妙、洗練流暢。其中書寫時代憂患的作品反映了一名心繫社會與家國的女性的責任與擔當。夏承燾在《影觀詞稿》序中評價湯國梨的詞「婉約深厚，渢渢移人，短章小令，胥有不盡之意，無不達之情。幾經喪亂，不以憂患紛其用志，取境且屢變而益上」。

王德愔等 撰

壽香社詞鈔〔存目〕

民國三十一年（一九四二）刻本

提要

王德愔等《壽香社詞鈔》

《壽香社詞鈔》，民國三十一年（一九四二）刻本。上海圖書館、南京圖書館、復旦大學圖書館、吉林大學圖書館、厦門大學圖書館等有藏。《壽香社詞鈔》是福建壽香社女詞人王德愔、劉蘅、何曦、薛念娟、張蘇錚、施秉莊、葉可羲、王真等八人的詞集合集，由何振岱一九四二年主持刊刻而成。封面有「梅叟題𩑈」字樣，集前有「壽香社詞抄」並「三山林心恪校刊」字樣，有開始刊刻與出版的時間「壬午重九開雕、冬十二月出版」，並有何振岱所撰之《壽香社詞鈔小引》和以壽香社女詞人齒序排序的「作者名氏」。該書共收録王德愔《琴寄室詞》三十五闋，劉蘅《蕙愔閣詞》九十三闋，何曦《晴賞樓詞》三十七闋，薛念娟《小嬾真室詞》十二闋，張蘇錚《浣桐書室詞》三十六闋，施秉莊《延暉樓詞》二十闋，葉可羲《竹韻軒詞》八十九闋，王真《道真室詞》四十闋。

壽香社是一九三五年至一九三七年間存續於福州的一個舊體詩詞社團，成員有何振岱及其女弟子王德愔、劉蘅、何曦、薛念娟、張蘇錚、施秉莊、葉可羲、王真等，還有梁孝瀚、游叔有等男性詩人，何振岱及其女弟子是該社的中堅力量。王德愔（一八九四—一九七八），字珊芷，祖籍長樂。著名詞人王允晳女，著名西醫方聲潘室。劉蘅（一八九五—一九九八），字蕙愔，號秀明（修明），銀行家吴承淇室，黄花崗烈士劉元棟胞妹。何曦（一八九七—一九八二），又名何敦良，字健怡，何振岱女，母親鄭元昭，林則徐曾外孫女，著有《天香室詞》。薛念娟（一九〇一—一九七二），字念萱、見真，號小嬾真室主人，晚號松姑。清光緒舉人薛裕昆女，姑姑爲晚清才女薛紹徽。同鄉陳星衢室，惜才情不匹。張蘇錚（一九〇一—一九八五），字浣桐，前清進士張恭彝女。施秉莊（一九〇二—一九八六），字浣秋，室名延暉樓，名儒施涵宇次女。葉可羲（一九〇三—一九八五），字超農，號竹韻軒主人，船政名人葉伯鋆侄女，幼失怙恃，終身未嫁。王真（一九〇四—一九七一），字道之，號耐軒，清末民初翻譯家王壽昌之女，王閑之姊，清道光舉人王羹梅女孫。儘管壽香社女詞人的身上已逐漸顯示出一些新變的因素，比如立言意識開始加强、職業化傾向開始出現等，但她們的創作總體上仍偏重於傳統詞一路，以抒發别緒離愁、閨中苦悶、郊游踏青等傳統題材下筆，吟詠情性，家國與社會的巨變較少體現在詞中，成爲民國女性詞中的「傳統範式」。

范姚倚雲撰

滄海歸來集

民國三十二年（一九四三）鉛印本

提要

范姚倚雲《滄海歸來集》

《滄海歸來集》，范姚倚雲撰，詩詞合刊，民國三十二年（一九四三）鉛印本。上海圖書館、復旦大學圖書館、華東師範大學圖書館等有藏。内有徐昂的《范姚太夫人家傳》，丙寅年永樸和民國十九年曹文麟、民國十九年顧公毅、民國二十二年徐昂序及侄范毓小序。末有民國二十二年習艮樞和侄范毓跋。收詩十一卷，詞一卷，另有《滄海歸來集續集》一卷、《滄海歸來集選餘》二卷、《滄海歸來集消愁吟》二卷，皆爲詩，並有《滄海歸來集文》一卷。《滄海歸來集》可視爲范姚倚雲畢生作品的結集，在其七十歲壽門弟子爲之集結《蘊素軒詩集》後，八十大壽之際，其弟子將其詩詞文再次結集，增加了此前未收的作品。其《蘊素軒詩集》（附《蘊素軒詞》），民國二十二年（一九三三）鉛印本，上海圖書館、北京師範大學圖書館、華東師範大學圖書館、南京大學圖書館、北京大學圖書館、中國人民大學圖書館等有藏。

范姚倚雲（一八六三—一九四四），名蘊素，字倚雲，桐城姚鼐侄曾孫女。年二十六歸南通范當世爲繼室。范當世（一八五四—一九〇五），號肯堂，字無錯，又號伯子，原名鑄，字銅士，是清末著名文學家、詩文名家，也是桐城派後期作家。姚倚雲從事女教二三十年，曾云：「女子教育，貴能觀於今而慎所當取，尤貴能鑑於古而知所當守。」其畢生創作留存最多的是詩，無論是題贈唱和、題畫、憶外等作，皆温厚爾雅，忠厚悱惻，能協詩教，與其一貫的文教思想一致。詞從數量上而言並不多，共一卷二十三闋，主要爲酬唱贈答和遣懷之作，詞旨清淡而温厚，較少愁怨之音，如其中一首《虞美人·贈吕美蓀》，上闋雖抒發心中之愁，凄凉往事韻味無窮，下闋則筆鋒一轉，重在敘述與友人的相知相賞，對友人詩境和生命之境的欣賞。姚倚雲詞作與其散文一般質樸疏朗，符合温柔敦厚、和平中正之道，並不以摛藻揚華、鬥律鈎韻爲能事。

滄海歸來集

元鏡題

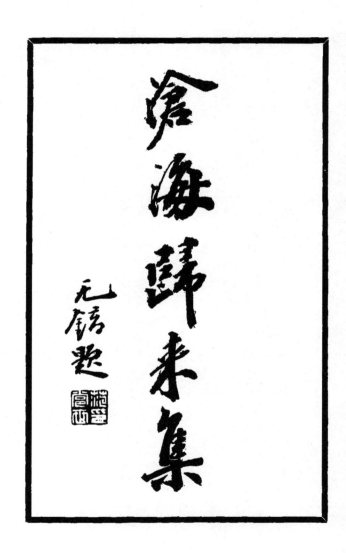

范姚太夫人家傳

門下弟子徐昂拜撰

范姚太夫人蘊素字倚雲桐城姚姬傳先生姪曾孫女祖石甫瑩著中復堂集父濬昌字慕庭隱邑中掛車山自號掛車山農有五瑞齋遺文叩領瑣語傳世太夫人幼從母氏光知書十齡母沒與伯閑仲實叔節諸昆弟侍其父山中朝夕承訓迪於層巖飛泉間詩意滿前吟興益滋年二十六歸范伯子先生爲繼室初先生游張廉清門吳摯甫官冀州邀先生主講觀津書院前夫人吳沒先生矢志不續室摯甫既知太夫人賢而又多先生之才乃以詩介力主婚議先生得父命成婚於慕庭安福任所太夫人既歸南通入侍姑嫜撫前室子女閨中唱和不輟戚族咸以范氏得賢媛也摯甫謝官後薦先生主李文忠家西席太夫人至天津度三十生日越十年而先生沒於滬壻父陳伯嚴入弔賻墾牧田券堅辭陳揮淚去已而王州尊致膳養銀太夫人曰伯子有弟未亡人且有子如之何其納之無已其以此與女學乎繇是與邑紳創公立女學校張退庵老人傚呂家巷爲校址三年成蹟炳然張嗇公復易珠媚園建女子師範校聘太夫人爲之長歷十有五年校譽冠鄉國歲己未姨姪方時簡主政安徽實業懇長女子職業學校應之周甲後退嗇二公復延之女校講授四書學子由由然如嬰兒之得親慈母也亂作辟居馬塘年已逾七十賦詩自遣多憂患之作既反里門長紅卍字會體氣日衰荼以甲申九月十二日卒前一日語家人曰作宵夢蓮吐華吾其將西乎一切虛幻今惟待接引耳翌晨合掌嘿持佛號而逝享年八十有一子罕況

女孝嫦皆前室出況嗣叔父仲林先生孝嫦歸義寧陳衡恪早逝翆況亦前沒伯子先生以窮諸生遊四方篇什傳誦聲聞溢公卿而漠於勢利不營生產門以內屢空太夫人質簪珥不聞之夫子自所天喪徂迄今四十年太夫人秉持禮法力守清苦代夫子之職而終前室之志慈愛下及於孫曾至衰老臥病寄託吟咏不怨不尤以正其命其於令妻賢母之道盡且久矣而其生平復推其所懷施之女子教育旁逮它郡冀蒙其教者異日爲令妻爲賢母以相引翼嗚呼世道陵夷極矣國不可以無禮義廉恥禮義廉恥之維系於人心者不可以無學學必有所承而後能知所守太夫人之有造於范氏且有造於鄉邑者蓋得名門家學之淵源而蔚爲巾幗者英其涵濡詩禮教澤豈偶然也耶承重孫重臺仲孫增厚承叔父彥彬志乞爲太夫人撰傳予親炙先師之日淺問起居太夫人輒爲予絮談往事是用得知梗概謹次其事行俾海內仰慕伯子先生者知荒江蝸廬之中坤德含章文采爍爍遙接桐城不僅足以範女子而已也

遺著蘊素軒集十二卷滄海歸來集十卷

滄海歸來集序

同治甲戌先考自安福引疾歸·瀕發而先妣卒·既返寓於皖兩年·時科舉未罷·延師督諸子爲制義·於女使學鍼黹而已·妹倚雲顧好讀書·日取經史古文誦之·遇有疑滯·就詢父兄·爲講說·輒豁然·及先考卜宅邑之挂車山·以地僻罕人事之擾·時時爲詩自娛·予兄弟因從事吟詠·妹亦與焉·吳摯甫先生嘗見妹詩於戚婣家·爲之驚喜·會通州范當世喪其室·乃自冀州遺先考書·曰·肯堂詩筆海內罕與儷者·君爲賢女擇對·宜莫如斯人·先考以道遠難之·吳先生一歲中申言至七八·妹由是字范氏·其後先考重莅故任·肯堂來就婚·夫婦相得甚·閨中唱酬·如鼓琴瑟·肯堂寄妹詩·歸厥考蔭堂先生·詫曰·焉有女子能爲此者·非假於若父兄·卽吾兒潤飾耳·妹歸覲·知實己出·又喜曰·姚氏舊門·固當有此女·時肯堂兩親咸在·前室遺二男一女·妹仰事俯育·勤劬備至·公姑既沒·佐肯堂治喪如禮·爲子納婦·而嫁女於義甯陳氏·今二子以文學名於時·諸孫成立·且有曾孫矣·嗟乎·人代之遞嬗·歲月之遷流·忽忽遂四十餘年·伯兄最先卒·先考及吳先生又違世·肯堂亡亦二十年·伯姊叔弟復相繼淪喪·惟予偕姊夫馬通伯臥病閭巷中·妹獨遠隔千里·人生罕稱意事·然求骨肉聚處稍久長·天亦若有靳不肯與者·是可歎也·妹詩曰·蘊素軒稿·初附印肯堂詩後·顧不多·邇年又裒前後所作·鈔存之·爲若干卷·屬予題數語於首·予喜妹詩溫厚爾雅·能協詩教·爰述平生德行之無憾於兩姓者·與爲學始末·漫書而歸之·冀慰其意云·歲丙寅冬·仲兄永樸識·

文麟愚闇·十數歲時·覽通商始末記·始稍知桐城姚石甫先生之邊功·及其政績·少長·得讀其文·益悠然

思慕其生平三十歲後值蘊素先生長邑中女子師範校屬教授生徒而時時猥以所爲詩下問又先後錫以墓庭先生暨仲實叔節兩先生之著述於是文麟乃備知中復堂三世之政事文章合以肯堂先生及吳冀州集當時友朋相接之誼一門文酒聚會之樂益旋回於心而無或已嗟乎生世遲二十年同邑有肯堂先生且侍從曾無幾日何論冀贛間耶蘊素先生承祖若父與其昆弟之忠於國邃於學而入孝子之門偶崛起東海名溢神州之肯堂先生又淸淳其質砥礪道德勤勉學問其昌明女教歷二十餘載至於今日受其化者有千百之弟子固亦宜已文麟讀其詩有年識其和厚悱惻之旨而景仰之徒當亦知其和厚悱惻且有裕於詩之外者謹附數言將更以遍告國中重禮明義知人論世之士焉中華民國十有九年九月世愚姪曹文麟謹撰

蘊素先生之偶范伯子先生也吳冀州爲之媒蘊素先生亦若以詩媒者先生嘗錄所爲詩由其兄姚仲實先生呈冀州冀州亟賞之時伯子先生失偶已數年意不更娶而冀州毅然爲介伯子先生亦既於冀州得詩讀之議始定光緒戊子冬就昏安福合巹之夕賓筵酒闌時蘊素先生突聞中庭有人引吭高誦其詩不置異之既乃知卽伯子先生一時傳爲佳話此義寧陳師曾衡恪語師曾范壻以辛亥二月就通州師範學校教習其時公穀應蘊素先生約兼女師範校教育課且二年矣先生謂女教係家國者至鉅嘗推原二南之化著論於校十年概覽之中以其忠厚悱惻之意播之於詩而更浹之於校之人也校風乃獨以質靜聞校有事往往詢及公穀大者必欲得一言如是者迄十年之久公穀主縣教育會事又延

先生長婦女宣講會會嘗數百人先生隨機立說聽者爲之意消民國八年先生以長皖校去女師範校以爲校終不可無先生也先生亦弗忍固辭遂歸授經義先生之言曰女子教育貴能觀於今而慎所當取尤貴能鑒於古而知所當守其爲講義則猶是旨一講既終羣弟子罔不悅服而退蓋其忠厚悱惻足以致之公毅謝女校事又忽忽十年與先生歲或二三見秋初起居先生正曝書於庭檢一小册示公毅上署蘊素軒少時詩稿稿蠅頭小楷諦視之先生之手筆也而評者爲吳冀州就所識年月考之則已越四十年墨蹟如新粲然奪目因憶師曾所謂詩媒者以詢先生默應焉冀州於其送別二兄黃鸝紫燕舞春風水碧山青繞江樹長天杳杳看歸鴻短夢依依聞杜宇句評曰頓開異境飄灑不羣吾家梅村恐尙未到此於初秋閑理小園寄仲兄蟬噪高林際蚓鳴砌草根秋風穿牖冷疏雨撲簾繁庭樹紛殘葉壁苔長細痕句評曰如此方謂之情景交融於中秋月夜懷二兄三弟秋露凝花墜涼風掠袖生徘徊良夜永游騎雜歌聲句評曰韻味悠永雪夜憶仲兄佳日宜人增悵望嚴寒蕭瑟倍思鄉句評曰逸氣橫生送三弟之江陰儒生任窮達勵志追先哲獨念川途勞勉愼風塵劣句評曰縱橫如志三弟以詩來索和答之詩凡八章章各有評曰一往情深言情之善則也曰疏宕曰奇幻不可思議曰琅琅有聲曰沈痛曰韻態天成不事雕琢曰此篇氣勢尤爲奇縱曰情韻深美而於卷端大書特書曰風格高秀體裁澹雅絕無閨閣之態罔由毓德名家濡染有源亦是天挺瓌姿非復尋常所有也公毅披覽再四無任景慕昔聞冀州評伯子先生詩謂爲海內無對於先生詩評又若此其力任爲介宜矣先生之詩老而益工所歷卽艱苦

一視乎義命而安之·故其爲言極舒遲澹泊之致·世更有冀州其人·不知作何讚嘆也·先生以其詩稿將付剞劂·屬爲之序·公毅不文·更不能詩·念少作曾獲伯子先生評奬·謂爲讀書得間有造之才·而辱先生之知也亦已久·故樂道兩先生事·且俾天下後世讀是詩者·知先生於詩之外·亦正大有事在焉·中華民國十九年十二月世愚姪顧公毅謹序

詩三百篇首咏后妃之化·詩教固基於女子也·夫詩之所謂教者·本諸温柔敦厚之情·發爲和平中正之聲·漸於人心·而化被天下·不徒摛藻揚華·斸律鉤韻已也·伊古名媛之以詩傳者·有其人矣·而欲求其能濡沫沾匄於後進·詎易言邪·范蘊素先生爲先師无錯夫子繼室·其昬也·以詩爲之介·春風簾幙·秋霜庭院·苦語唱醻·聯緜稠疊·先師中年而殂·江山如舊·莫共長吟·愴惻哀詞·淚痕溢紙·是匪特陰柔之氣·凝爲悲憂·蓋亦屯蹇之音·關乎運會也·先生詩初附先師集後·今年七十·復裒所作付梓·距先師詩集之刋·將及三十載矣·溯先生之系·出自桐城姚氏·承姬傳先生之緒·與賢父兄之教·而又涵泳渟滀於先師吟誦之中·既長邑中女師範·本其詩教以昌明女學·受其化者逾千人·已而從皖中女校·歸復爲師範女弟子講授經義·忠厚悱惻之意·浹洽人心·迄今未艾·人第見桐城之文教·覃敷於海內·而不知其詩教且流播而靡窮·是猶江海之水·泱漭灝溔·旁溢爲湖沼·以成其灌溉之功·而先師立教未竟之志趣·亦於是乎禮焉·讀先生詩者·其無規規於詞華之末·而與世所傳閨閣之什倫比而齊觀也·中華民國二十二年四月門下生徐昂謹撰

癸酉之春太夫人七十門弟子族人集貲印所爲詩曰蘊素軒毓嘗爲之跋比更鄉邑家國之故而太夫人居亂離喪亡餘悲涼成詩尤多於是羣弟子邑人又將藉太夫人八十帨辰之初合先後詩文詞集之成書爲壽太夫人則取先伯父肯堂徵君所書滄海歸來集名之且僅命毓爲敍十年之間變幻叢矣嗟我老人其何能堪而又不得不有感於諸君子好整暇也在昔先府君教易謂毓壽四十有八以某日卒庶幾不蒙垢以往使克踐所言無以爲今日太夫人壽梨之敍而爲苦爲樂要未易一一爲有國有家者以言語文字形之姪毓拜敍

癸酉之春太夫人七十門弟子族人集貲印所爲詩曰蘊素軒毓嘗爲之跋比更鄉邑家國之故而太夫人居亂離喪亡餘悲涼成詩尤多於是羣弟子邑人又將藉太夫人八十帨辰之初合先後詩文詞集之成書爲壽太夫人則取先伯父肯堂徵君所書滄海歸來集名之且僅命毓爲敍十年之間變幻叢矣嗟我老人其何能堪而又不得不有感於諸君子好整暇也在昔先府君教易謂毓壽四十有八以某日卒庶幾不蒙垢以往使克踐所言無以爲今日太夫人壽梨之敍而爲苦爲樂要未易一一爲有國有家者以言語文字形之姪毓拜敍

以治經文字則人皆詆爲非婦

顧紹訴梁氏以什氣公詞記言飲口能十日夫夫人齋稱久深囮撿合乆樂要未同一一諗亭関在李瑞

春法人享阔駝耿巴夫人小稍下卒齡伕大持捵歸曲公稍穴酬嬛遴曾時稱諸引仁齊人梘其日亲

梁蒼椿箬太夫人殿近乾囘叉耷遠懃匹跤銘娥寖妥長飬十巻之偶彛此狡之

因徇與顧氏勺珍漪衍以採犯塁礙箬于咼人文祗輙朱夫人六十物遴八洨合梁臻诗稿文鬲慕二

瓠國乞竼衣犬人什閈箬亽兓人洨巀囘倻奔薄召鹹瑨磬綃之髲刁㣲壁盦尉文潄而夫夫

滄海歸來集卷一

桐城范姚倚雲蘊素

春日即事

襲人花氣撲閨幃風暖小園蝴蝶飛野水差差波漾影溪光山色雨依稀
風盪簾波旭日遲碧藤芳樹繞吾廬當堦花影籠春色時聽黃鸝唱柳枝
東風吹雨長溪痕靉靆山前麥浪青開遍杜鵑紅間紫落花飛過小沙汀
小鬟沽酒到前村綠徑深藏茅店門何處人言太平世此間大有古風存

奉懷外祖母

草堂春欲盡寂寞掩閒門流水環深院微風入小村疎林斜日挂峭壁晚煙昏長者能逃俗忘機自不言

送別漱芳叔母

山雲透日不成雨曙色初開猶帶烟暫別忽如千里隔論交相憶五年前獨憐心矢茹冰志深愧囊無買酒錢此後相思何日慰愁看堤柳碧如川

偕大姊晚眺

何處鐘聲逐晚風碧天雲淨夕陽紅漁人隔岸弄明月白鷺啣魚出柳叢

山居思母

曲折清溪映嫩晴水車汩汩隔林聲難將今日人間景以慰當時泉下情兩部亂蛙喧草堰一雙蛺蝶繞瓜棚永留愛日椿庭茂更喜重闈鶴髮榮

夏日即事

殘夢鳥啼醒山窗旭日臨籜舒新竹響山借白雲深蛺蝶穿花徑幽蟲吟邃林此間棲隱地何必覓知音

山中夜起納涼口占

夢回螢火入簾低起視星沈月向西村逕夜涼人寂寂橫空碧靄繞前溪微涼入袖曉風輕坐看長空萬象清露冷西風掛殘月晨鷄初唱雜樵聲

早起

清露微涼透小軒鷄鳴月落五更天微風動樹殘星盡一片人家上曉烟

山村

幽澗風來起碧波牧童橫笛背人過村前暮靄寒林白扁豆花開秋正多

留别七姨母

極目江村暮靄橫寒蟬無韻颯凄清那堪更有明朝別黃葉沿江送客行

侍祖母游後湖

湖氣遙通樹色中石城晴日淡煙籠平蕪漸茁連寒水堤柳初舒帶朔風山竹暗添斜徑綠野花微綻短

籬紅籧輿乘輿瞻名迹輿廢於今幾轉蓬

月夜

清輝竹外度殘螢池面風生約綠萍獨立閒堦忘夜久一天露氣養空庭

偶題

止水原平闊因風暫起波須知輕浪過依舊碧澄多

遣興

誰識幽居趣山童放犢歸詠花偕小弟煑茗悅重闈螢火亂高下蛙聲聽急微閒來一登眺輿罷掩柴扉

月夜有感憶姻存姊

月照山窗露浸林淒涼蟲語盡秋音一從漢上鍾期去萬里寒光寄此心

悼姪女蓮

啼笑渾如昨重泉隔死生二年吾失望一病汝無聲夢裏猶呦喚悲來見舊情可憐提抱處雙袖淚縱横

暮春應七姨母命作午繡詩郎以奉贈

新霽山窗下閒來事女紅葉深舒夏日花盡減春風慷慨浮生裏長歌聚散中自慚高厚誼送罷意何窮

村居秋興

放眼白雲鄉閑游出稻場可人雙蛺蝶籬下弄秋光

舍北老農家炊煙屋角斜空林屯夕靄掩映豆棚花
木葉變秋聲籬邊絡緯鳴西風吹澗水斜日野航橫
秋老碧天高黃雲似海濤樵聲歸徑晚明月滿東皋

寒夜書懷

舊迹經年幾變更小窗獨坐岫風鳴四邊落木寬原色不盡溪流送遠聲吾意何妨竟蕭索天君未許失清明故人別久無消息挑盡殘燈夢欲成

題庭隅梅花

爲尋好句獨徘徊始見庭隅放早梅知汝已將春事到殘陽斜照一枝開

雨中閱耕

細雨濛窗扉簷溜侵小閣忽聽前疇人往來事農作疎風失夏序時覺衣裳薄罷繡一登覽新秧滿村落平蕪開水鏡秀色空霢霂隔溪鳴黃牛繞林飛白雀好景足放懷毋爲榮辱縛山中養心志大可棄城郭古來避世士懷抱甘淡泊陰雲散盡一朝晴峯頭頃刻生光明亦知世事虛浮裏惟有精誠是至生

夜雨有感因憶仲兄

杳杳長空羣雁聲夜窗獨坐覺愁生新詩吟罷聽山雨知有風濤阻客行

茉莉

暝煙漸上碧溪頭獨倚欄干起暮愁底事又逢開口笑一庭茉莉四山秋

別荼蘼花

十年避迹白雲間曉色初開雪後山此別正逢春到眼落花一徑是誰看

殤稻姪兼慰三弟婦

最痛汝幼小生年不滿周豈知啼笑處翻作死生愁淚逐山雲落形隨逝水流强顔慰君思人事亦悠悠

喜漱芳尊者至

驟喜長懷慰欣逢麥熟天性情天所與肝膽氣能懸戶外古槐蔭階前閒草妍陶然一樽酒已是別離筵

新秋閒望

四山雲物已成秋極目斜暉照翠樓梁燕漸思辭故壘江鴻初見到沙洲木樨檻外幽香發菡萏池邊冷豔收自起汲泉驚白鷺碧天飛處月如鈎

新秋月夜

碧池波影暮雲收暗度殘螢傍戶流花影一庭涼月白夜闌風露已成秋

銀漢微茫天際斜淩空皓月上窗紗幽香脈脈侵虛幌冷露遲遲放藕花

秋夜懷漱芳尊者

殘螢度小閣曳輝明窗紗夜靜萬籟清空庭舒桂華輕霞籠新月積露潤寒花徘徊欄干下忽覗星斗斜

臨風懷幽人渺渺積思遐遐思不可釋迢遞秋雲碧人生幾美景愼勿負佳夕烹茗呼女童獨坐對方册
朗誦古聖言欣然有所適閒居可養志淡泊遠心迹增前素魄沈簷際猶餘白掩卷起挑燈良爲憶曩昔

滄海歸來集卷二

桐城范姚倚雲蘊素

送別二兄

奉君美酒盈金卮但爲盡醉勿復辭作客不須愁遠道海內交遊好奇辭獨慚無以贈行旅舒懷卓犖敢獻詩北去須知白髮念南來莫使尺素遲後年桂子傳消息正是挑燈話舊時暮雨絲絲楊柳塢春風葉葉桃花浦黃鸝紫燕舞春風水碧山青繞江樹長天杳杳看歸鴻短夢依依聞杜宇功名早達慰高堂奇才終當酬君父丈夫抱志在乾坤安能蹀躞垂其羽珍重吾兄善自謀別後臨歧愼辛苦

送三弟之江陰

幽庭盈積雪皎皎殘輝潔涼月挂疏樹似爲離人缺池冰解魚沼爐火烹雀舌遲遲話清夜朗朗更籌徹欲餞芳尊酒共惜明朝別清辰送子發冷露侵車轍春來始柳芽枝條不堪折繫纜長江樓見柳應心絕尺書慰重闈遠致慈顏悅參差碧草榮崢嶸青山列獨念川途勞勉愼風塵劣儒生任窮達勵志追先哲豈欲庸人心悽悽徒惜別

三弟詩來索和答之

少小共游戲誰解別離憂長大爲貧迫馳驅千里遊賓鴻橫天際翩翔逐同儔睍此感我心何以釋新愁日出東山隅龍眠曉煙收僕夫催發駕珍重意淹留相送登車去此心良悠悠

既送叔弟行期以經歲遠暮雪壓青山晨光明翠巘渺渺月餘思忽報客子返驚喜慰重闈壺觴慶歲晚骨肉得爲樂聚散良有已除夕薦芳尊共對如夢裏承歡白髮前繞膝孫曾喜側聽爆聲喧坐待晨光紫但恐開歲來復作遠遊子

新歲直佳節是爾重經別生平棠棣情戀戀憑誰說含涕問歸期期在梅花節肩輿發已遠送罷心酸裂兩老舉目望（時外祖母亦在此）去久猶哽咽

嗟吾與叔弟失恃兩相憐弱小共依依情好無變遷瞬息十餘載未結青山緣痛恨深閨質自慚子平賢吉穴在何方碧草徒芊芊茫茫天地間此恨向九泉每當風雨夜寸心常欲穿

窗明天欲曉枝頭鳴好鳥花片雨霏霏柳絲風裊裊行眺小圃中郭外春山繞雲白橫林端煙青屯木杪時憶西山麓對景思少小偕爾啓柴關共愛山月皎芳春逢佳日山水可適心良友二三子壺榼時相尋南弔季札墓北眺君山岑蹊花含妍態啼鳥弄清音雖懷鄉思多登臨亦散襟嗟我處閨闥遇景負春深遙念遊子樂短章繫飛禽寂寞芸窗下庭院日西沈

翠雀噪簷過斜輝挂疏枝綠蘭方披徑白蘋已盈池對景懷遠道臨風憶此時幕府肅清高春光上書帷詩書伸大雅文藻發英奇愧我乏優句遠慰風雨思安得桃花源骨肉永無離

秋夜偶題

更盡羅幃夢未成候蟲四壁趁秋聲半窗月上疏枝白一室燈浮小案青街柝沈沈雲瀲灩銀河澹澹露

縱橫無端清思勞長夜獨聽晨鷄報曉聲

過小孤山奉懷姨母

蒼波萬頃起遐思寒日茫茫憶別時蘆白楓丹秋色遠輕舟載過小孤祠

峽江縣

浦遠沙長見蓼叢峽江江畔倚征篷雙峯岧嶤連雲碧萬樹參差映日紅蘆雁蕭蕭江岸闊鍾魚寂寂古庵空他年重過應陳跡漫咏新詩一櫂中

安福聞子規寄懷大姊

高柳依廓疏影低碧天清夜子規啼無端惆悵思千里雙桂樓前月向西

次大人試院偶成韻

竟日風光滿閒庭倚曲欄春陽如近夏宵雨不添寒苦茗爲詩助名山作畫看更憐千里意車馬未能安

叔節三弟計偕入京

月夜寄懷問軒老人

今夕安成月故鄉應若何淒清增旅思迢遞發狂歌繞郭山川靜盈庭風露多草堂當此境煙景遍松蘿

夢中作

菡萏初開適意花半池綠水映晴霞憑欄心共幽香遠得失年來薄似紗

次大人韻呈夫子

朝來烏語變輕寒日上幽庭且閉關時雨已青窗外柳春風吹綠隔城山文章得傍凌雲氣鍼線剛偷半日閒深鎖爐香簾影靜任他蜂蝶鬧花間

次大人枯柏鵲巢韻

古柏何年種危枝久宿禽青森輕過眼孤直不同心近戶憐春色依棲弄好音榮枯終底事一爲嘆消沉

和大人寄大姊三弟詩韻

風景三年憶故居爐烟裊裊雨疎疎春來望斷鄉關路燕雁迢迢未得書

楊柳風來籠碧烟豔陽花事白雲天思量紅杏樓頭坐清話停鍼夕照邊

桃花片片柳絲絲小閣登臨起遠思暮雨燕山新客路朝華鳳咮憶君時

次大人積雨原韻

春色雨中盡荒城入夏寒風生高樹杪煙溼遠林端畦水秧舒箭池荷葉放盤長吟惜光景日日酒杯寬

呈夫子

歲次在己丑其時乃孟春萬物吐宿秀草木剛懷新結褵事君子于歸賦良辰同心欣靜好燕婉媲蘩蘋富貴安所重儒術惟可珍文章增紙價詩書未全貧林泉堪養志窮達任曲伸賢者困樂道超然遂天眞聞述先世德始知堂上仁清族傳盛澤孝弟昆季淳陋質雖不敏焉敢憚勞辛老親擇士艱十年得斯人

豈惜絲羅弱千里締婚姻足慰生平意氷雪誼相親少君躬出汲良妻自荷薪續史承優召解圍對嘉賓懿行去以遠文采留經綸束風展羣芳日暖名花香青青窗前柳藹藹春山光暝煙橫翠岫庭際餘殘陽官閣一憑欄歸鳥凌虛翔纖月破黃昏寒輝繞曲廊疎星懸樹杪幽院起蒼涼靜觀生意滿美景皆詞章瞬息將三旬何時見高堂無違在夙夜勉力侍姑嫜欲穿望雲心迢迢川路長失恃慚婦德思之誠恐惶書此聊自勗勿作俚辭忘

次大人試院酬唱韻

春深風日麗四山盡含輝苦惜韶光逝搴簾待燕歸白水繞城郭青天連翠微齊將春入幕更送風吹衣迢迢碧空際獨鳥亦翻飛俯仰欣所樂浩然若忘機承驩高堂暇退居自掩扉靈蟲解文思繞筆來相依物情能自賞人事不相違

贈馮香卿

木落蕭條山抱城三年待宦得時清升沈暫聚憐蹤跡離合難期慨世情燕去故巢頻有恨雁來客舍帶寒聲秋高王粲傷神淚無限金風滿院生

次大人蠶事詩韻

九十春光去蠶功夏日長庭隅生嫩草屋角覆條桑物理靈思蘊天機造化良斷絲羊子婦織錦竇家娘一月剛風雨三年易雪霜管絃歌白紵羅綺舞霓裳技巧傳千種經綸被萬方造端由古后供奉到今皇

歲月蹉跎度韶華邂逅忙素絲纔繞綌彩繭已盈筐樹密鴉能隱池澄魚暗藏山容新似沐江水漸如湯繡罷誇精巧詩成費酌量八珍分種類五色燦文章女織憐生計蛾姿惜死僵不才辜美景誦史感興亡侍宦羈重閣承歡憶故鄉當軒梅雨潤繞閣竹風涼谿霧迎窗入山光帶郭彰短籬方種菊朝夕待秋黃

次夫子韻

好鳥花間喚倒壺綺窗清興未能無名山掃黛迎朝旭滄海澄波隱夜珠倦眼乍開疑是醉迴腸搜索豈爲枯憐君鄉思聽疎雨撥悶哦詩興不輸

再次韻

風花盡入九華壺近日春深景欲無遙對山城歌慷慨閒看草木惜榮枯一宵蟾吐雲如綺十日鵑啼雨似珠却病勉爲燈下課願將棉力爲君輸

和三弟歸里留別韻

揮手門前別高堂祝爾安帆檣獨辛苦岐路慎輕寒旅舍寂寥思故園款曲歡春江乘碧水行矣勉加餐

次大人春霽韻

雨餘煙透遠山微綠滿庭前花事稀柳老愁聞鶯又囀籬成剛有蝶來飛新詩且盡三春日舊淚追思一灑衣十五年間恨長在慈烏繞樹不能歸

次大人夜坐書懷韻

速葉春蠶已可繅春還乳燕欲豐毛縱無雲漢乘黃鶴欲架長川釣碧鼇詩境入微非晝得靜機能悟或禪逃老親公暇餘清興賦罷新篇旭日高

送別夫子

束裝歸路悅庭闈獨愧私恩婦識違遙對雲山空悵望相憐煙月共依稀銀河挂戶星斜度高柳當窗螢暗飛風雪待君開小閣莫將清淚別時揮

浮沉聚散只如斯憶昨佳期似近時半夜輕帆收水驛一春濁酒徧花枝愁看燕乳增惆悵怯聽蟲吟動夢思我本平生性疎闊爲君離緒强支持

六月十五夜寄懷夫子

清輝萬里抱城郭白雲縹緲天際薄遐思迢迢欲飛翻青鐙談談慰寂寞流螢低飛光入幃蟋蟀凄鳴聲繞閣微風細浪漾池蘋冷露無聲藕花落空庭俯仰獨蕭條憶君孤帆何處泊

用大人樂字韻懷肯堂

心閒忘歲周凝寒亦云樂朔來翠巘間皚皚微雲閣天邊翱翔鳥傍我庭木落不覺望征夫輕帆作未作淡泊忘屈伸寧靜任美惡擾擾蜉蝣子何知龍與蠖侍宦來章江三載趨庭樂秋水共長天遙憶滕王閣文章海山奇風雲助我作何者見天心幾點梅花落嘉言終益美佞言徒益惡變化看無窮日耀青黃蠖

滄海歸來集卷三

桐城范姚倚雲蘊素

安成孟夏寄懷夫子

侍膳歸來發短吟盈庭蕉碧晝沉沉桃花謝久虛前約柳葉陰濃負此心自惜依稀勞去夢誰憐迢遞少來音幽閨鎮日空惆悵夜卜燈花望稾砧

獨坐芸窗未展顏最憐消息阻江關魂乘野鶴歸千里思逐飛鵬越萬山蕉葉乍舒心仍捲荷花初放氣能嫺悠悠別恨將經歲又見官齋孟夏闌

眠餐去住近何如勞我迢迢望眼枯徐淑多愁空偃蹇相如無緒故踟躕豈因靜好思隨唱惟盼平安識起居記得去年又今日韶光剛到藕花初

午寐

半掩虛窗一縷煙綠蕉庭院欲秋天香凝蕙帳成幽夢嚦鳥驚回亦自憐

香卿向予索詩留爲後憶因感賦再贈

涼月娟娟上碧空寒蛩秋老覺聲濃滿庭霜重催衙鼓繞檻風多送寺鐘興會一時成感慨勝遊舊日逐飄蓬辛己侍祖慈遊於建康他時青眼相思地應向殘篇憶舊蹤

和三弟九日登鳳仙壇詩韻

歲豐社鼓起農壇肅肅秋風雁度關千載仙蹤青嶂裏一時佳侶白雲閒漫憐勝日逢眞賞偶遇淸時對好山籬落黃花同客意且持杯酒喜身閒

寄外子

繞庭風雨送新寒一室燈青夜已闌此夕憶君千里遠夢魂飛過萬重山

次大人月夜韻

天光雲影碧煙空露滴秋林夜氣濃坐久寒多偏戀月更闌心遠忽聞鐘滿山霜重丹楓落繞砌花殘翠蘚封此夕趨庭淸話裏倚欄烹茗火初紅

秋日述懷寄里中諸尊者

郡齋得閒居高秋可俯仰身閒惜時淸慮淡覺心廣菊華吐暮英芙蓉迎朝爽宿雨滴秋聲落葉墮階響殘陽挂楓林晚霞密如網詩酒追淸歡坐看纖月上遙遙遠山青寂寂生遐想天涯有至言欲寄何由往愁思不能釋爲念故人迹斜月納窗白殘雲含岫碧露重泣花梢風定寒素魄迸起千里心何以慰良夕悠悠我思深迢迢遠人隔時有秋蟲聲向人若爲惜

哭外祖母

一別間生死悠悠阻黃泉生事賸孀姨艱辛重顚連思我自弱歲撫之加恤憐饑寒與疾病靡不中腸牽欲伸一拜慟恨少歸帆便龍眠何迢迢章水亦淵淵此恨那有極茫茫空大千焉知拜別時遂爲永訣年

逝波不可回哀哀空訴天違顏今四載歲歲望我回豈期未遂念已逐風木摧垂老境遇艱生平更可哀我思疇昔事淚落不能持耿耿碧天清悠悠結夢思夢去到荒厝鳥啼月挂枝痛哭風聲咽醒來淚尚滋何以致吾情自慰聊賦詩

庚寅人日偶題

安成三度歲華新朝夕趨庭任屈伸適意好山能放眼多情明月最宜人謀生世味憐夫婿遣嫁衣裝累老親人日正當風景麗碧雲天外放初春

次大人秋柳韻

憔悴中庭一尺圍霜條千縷挂斜暉寒蟬無韻將秋老客燕依人惜徑非五夜風過殘葉落一城雨斷懶雲歸劇憐眼底婆娑意數點棲鴉夕照稀

送別大姊二兄

歲暮寒凝山雪白長江孤帆送歸客卮酒離堂餞遠行紅燭清樽對淒切盈觴且爲兄姊醉明日分襟與子別窮冬君鼓東歸櫂叔也新年循北轍痛我空懷罔極恩青山望子安窀穸聚散尋常莫過悲夜雨他年話今夕話長更短鷄已鳴揮手蒼茫無限情歸來小閣生惆悵賴有梅花相對清

秋宵寫懷

美人不來兮歲時遷芙蓉含姿兮韋芳妍風瑟瑟兮月娟娟素秋澄澄兮景可憐感物懷人兮勞心田

敗蕉颯颯兮清宵沈明星爛爛兮月墮林有所思兮憂煩深展轉不寐兮蟲和吟何以處此兮寫我心

用三弟懷夫子韻寄夫子

青霜涼碧月秋氣逼璇閨璇閨羅幙垂夢魂千里馳千里固非遙奈何勞我思心思不能寐輾轉憶君時
梵鐙罩七寶靜契釋迦師木樨繞禪房妙香侵膚肌養痾蕭寺中蒲團坐正危驚風擊敗蕉颯颯終夜悲
披襟視斜月心共秋雲輝孤懷安可釋且復寄幽辭好惡不相寘豈復悲黃絲書來慰盼睫許我桃花期

送別三弟婦歸里

執手樽前淚若絲不堪寒雨苦離思還家風景除年際正是宦齋憶爾時

送三弟公車北上

東風吹雁忽離羣遠岫朝屯郭外雲庭柳初青吹縷縷壁苔漸紫自欣欣放懷感事乘餘興惜別深情倩
薄醺金粟開時吾恐去瓊林佳信望傳聞

春日漫題有懷夫子信筆書來聊以撥悶

綠楊三度發庭柯逐日風吹絲漸多惆悵夢回人寂寞可憐離思未消磨
碧烟淡淡月溶溶穿戶幽光疎影重誰發浩歌凝我思悟心清絕五更鐘
漠漠晴嵐花有輝頡頏燕子又來歸多情舞盡殷勤翼奈此無心任汝飛
風囀黃鸝弄好音闌珊花事過清明綠窗不禁春光滿嗟我懷人負物情

欲陟崔嵬姑酌觥狠山迢遞海雲深秦嘉本自無情緒首疾空勞徐淑心

寄言珍重勉加餐客裏春深愼小寒良會悠悠隔江海思君惟向月中看

七月十四夜月寫懷

獨看嬋娟月霜華秋正長雨餘消積熱風動怯微涼穴鼠鳴深壁莎雞振曲廊那堪臨皎潔所思隔江鄉

花隱夜庭幽閨中不禁秋捲簾窗月滿垂幔篆香留戀景姑憑檻懷人倦倚樓是誰吹玉笛淒切韻悠悠

悠悠徙倚聽秋色滿荒城蕭瑟涼風爽淒清孤月明天邊雲漂渺籬落露縱橫萬頃清光好翻增無限情

題五美箋寄懷外子 肯堂每次書皆用此箋

柳色如煙雲影稠美人遙思散江樓大堤嫋娜斜陽外不綰芳心一縷愁 柳下美人

曉踏蒼苔拂碧蘿落紅浮水漱微波夜來風雨朝啼鳥喚得春光剩幾多 惜花美人

錦城歌管遏行雲十里揚州不足珍惟有江城生客思玉人吹破隴頭春 吹笛美人

桐影疎疎燭影殘星河脈脈錦襦單素娥青女情無限相對清華待夜闌 桐陰美人

日暮誰憐翠袖涼欲將心事託瀟湘浣花箋寫蕭郎筆葉葉相思節節長 修竹美人

夫子之來也病將痊可喜而賦此

霜華滿院夜徐徐別恨能消一載餘千里道途新病後萬重辛苦到來初錦屏共話知何夕銀燭含輝復此廬藥物漸除餐飯進從今眉黛向君舒

次韻夫子四時詞

官閣陰陰垂繡幕，白花次第皆舒蕚。樹隱日高鳥聲脆，東風吹遍荼蘼落。君情未覺春光稀，猶障輕寒護我肌。青山屋裏能爲黛，不付佳人付與誰。

黃梅初落餘春冷，愁消樂到春還永。榴花照眼薰風來，芭蕉繞室爐香靜。曉妝對鏡自輕勻，眉黛由來久不顰。捲簾無限韶光好，都付吟風弄月人。

暮蟬颯颯鳴修竹，荷衣落盡波猶綠。秋雲漂渺碧天高，滿徑黃花繞官屋。晚來人靜閉香扃，風滿欄干月滿庭。與君笑樂吟君句，天外迴風送雁聲。

山木凝寒溪水落，屯樹微陽挂檐角。可憐此日樂闔闌，堪嗟往歲寒宵薄。侍酌微曛映臉霞，醉橫青眼對梅花。感君代寫經年思，萬種淸愁付暮鴉。

滄海歸來集卷四

桐城范姚倚雲蘊素

題大橋遺照

初生月魄挂庭木窗外莎鷄噪深綠捲簾風定妙香來使我清絕忘榮辱堂高室淨多天籟燈火青熒秋肅肅清夜沉沉誦楚辭慷慨悲歌忘檢束停杯掩卷起徘徊聊爾披圖豁雙目嗟哉此畫所繪誰萬栁淒迷塗其幅人間結境有許哀從來此事傷心目紙上傳心不傳眞大橋魂魄今何屬義爲一體不相親蘋蘩自愧爲君續甘貧樂賤非我謀不期富貴從君淑遺詩有惟應作賢者富貴不相期之語天意並許歸斯人紛華安得移素欲攬圖援筆百感幷寫我淒凉致我情人生泡影安足瞬徒爾哀哀清淚橫他日黃泉會相見眼前人事歸吾營會須憑弔蒼烟處慰爾窮愁老父兄

次鼠字韻送三弟歸里

送爾臨岐更無語枯腸轉轉如飢鼠又如哀雁驚風雨我未北歸君已東東方杲杲朝暾紅烟波萬頃看漁翁還憶當時各在童鄱陽歸路嬉春風羯來無限傷心淚都付寒江一櫂中

和夫子

梅姿雪色兩相幷官閣風微酒面平已是懽餘萌別思猶聞壯語長詩情爭流細水遙通樹睡態冬山曲抱城何事伯勞戀菰米碧天迢遞苦寒征

文章浩浩古人長快意雄風憶大王黃鵠不知天地遠黑貂應覺雪霜涼樽前邱壑資談笑眼底江山起病尫隔歲離愁定無限只今且復爲君強

夫子以去影圖消悶自冬至至臘盡殆將五旬余時時具茶果餉於馮君之畫室既成又治酒饌以勞之承命綴和章於圖後

病後重來詩境饒更將陳迹倩人描不愁罔兩來譏景孰謂坳堂弗可遙凍雪已平來日路寒雲深鎖隔城橋勸君邂逅尋歡樂休爲平生不自聊

泡影浮生但可歌繪成圖畫又如何一生師友恩情重半壁江山感慨多便學鴻光能舉案由來孔孟未登科寒宵有酒從君醉狂語愁爲長者訶

雲不得已當從夫子北歸重堂白首告慰無辭而離緒萬端筆難傾寫聊次社韻書呈大人

歲暮那堪別思饒愁腸九曲未能描官齋雪月年華迫故里風花舊事遙自可素書通驛道豈無歸夢越溪橋近來已是無聊甚短句書懷强自聊

俯仰庭階眷戀多祇今作婦奈歸何猶思白下觀文藻無復山中學放歌浮世利名能不著故家賢否必殊科可憐幼抱慈烏恨老父相看未忍訶

和夫子贈伯兄韻並以奉贈

春水難量別恨盈分明遠嫁斷腸行萬行淸淚悲無已一種傷心語不成簾捲朝輝仍憶昨窗懸圓月復

愁明伯兄莫念長途味況已親嘗第一程

隨夫子登滕王閣

我離膝下悲不釋況復阻風三四日章江門外閣騰空乃是滕王古遺迹夫子慰我攜登臨快覽憑高爽心目春雲渺渺壓檐低楊柳依依當戶綠臨高下視塵寰小萬里蒼茫入懷抱朱顏綠鬢不常好文彩風流乃爲寶當年勝事安能討秪今寥落餘文藻離愁滌盡消煩惱從君共返家山道回舟酌酒但高歌試聽長江聲浩浩

登滕王閣寄懷大姊

章江門外繫牙檣滕王閣下浪花長莫雨欲沉雲黯黯離人初到景蒼蒼天涯有姊難爲別勝地無文思不遑此去那堪回首望廬山過盡卽吾鄉

舟行大孤山書呈夫子

大孤山下四經過又對湖山泛碧波飛鳥漸看天際沒春帆猶帶夕陽多不將別恨撓君思但放襟懷與我歌今日推窗同極目波光萬頃欲如何

九江詩人熊香海藉肯堂索余贈言明日復以書來請義不能却勉賦詩書扇贈之

我來潯陽江頭泊春水春山滿四側千艘横繫不能窺使我心神頓不懌人生莫作閨中人徒對名山少登陟此間夫子有故人磊落胸襟作詞客灑然獨嘯匡廬間掩蔽詩名隱其迹嗟哉浮世何爲者年年奔

走天南北豈無青山可放閒乃爲清貧之所迫此公向予乞吾句出扇勉力爲之賦嗟我半愁滿腹中蔿有琳琅向人吐塗鴉且復應其命何必以此邀世譽明朝解纜更東去萬里蒼蒼看煙霧人生邂逅聽所遇志士懷抱安吾素

奉和舅大人寄安福韻

鶺鴒千里惜離羣風雨難忘靜夜分舊事痛膺思往日今期努力繼先勳雲連海氣潮初長波接山光草欲薰朝夕趨庭每西望怯將青眼對斜曛

莫向鶯花憶舊遊棲遲十載亦堪羞有痕歸夢隨風杳無限慈情愛日悠井臼自慚需娣姒文章幸遇託公侯老親深感三年德膝下相依少報劉

畫閣遙知紫燕歸黃梅將落蕨芽肥庭前椿樹三春永泉下萱花五夜悲白髮凝思舒望眼青衫餘暇盼斜暉明年得鼓章江櫂岐路雖長願可希

舊歲閨闈擁翠嵐一庭花氣撲窗南祗令繞膝承慈愛當日怡顏憶侍談聞譽懷慚誠自恐誦詩得妙偶相參吳興薄宦清貧慣椎髻長裙性所酣

敬和舅大人秋蘭原韻

深谷移來處士家趨庭漫詠興偏賒生成高介淩雲格好放眞香綴露芽草木盛衰關氣運乘時開謝不爲譁秋風滿院堪承樂林壑悠然玩物華

秋夜無聊徘徊庭際涼月滿天有懷大姊

海天空闊夜雲斜涼月中庭上碧紗千里相思徒有夢橫空河漢惜無槎清光兩地同心淨秋色平分望眼賒仰見雁行徒灑淚勞生未了莫長嗟

盼伯兄以其鄉試枉道省親

新月如鈎秋興長那堪離思轉迴腸晚涼庭院西風起遙憶輕帆到建康

遊石鐘山

春乘碧水勝遊多從我夫子曾經過泛覽江山入湖口奇峰峻石高嵯峨好風反阻遊人意忽忽東歸未得愬春水既落秋水新復從吾兄省吾親扁舟載得湖山美又作石鍾山下人試攜僕從盤旋上清光萬疊空蒼莽羈愁離恨一時消心目爲之豁開爽重樓綺閣何迢遞畫棟珠簾絕幽敞嗟哉宇宙何滔滔觀空法界靈臺廣左峙南康右九江雲飛浪鼓江風長倦遊小憩臨虛廊參差竹綠秋花黃與兄談笑坐歎息人生邂逅當傾觴斜陽欲落且回櫂溟烟淡淡天蒼蒼男兒壯遊已非易況我閨閣宜其藏櫶詩寄上津門道聊爾於斯誌徜徉

夫子去歲孟冬復來甥館以歐公四十韻作詩相贈歷陳病中艱苦雄文健句字字酸辛倚雲覽之涕下不能和也開歲隨夫子歸謁舅姑而夫子橐筆北遊以應李相之聘秋杪吾又隨伯兄歸甯舟中小暇追述別後情辭次其元韻語質無華不自知其美惡聊寄津門一破客中之悶亦因

以道舅姑隱衷云

憶昨送君時風光正春日別離那可論此心良忽忽雖有千萬言心悲不能出深恐擾君思迴腸忍淚沒自君遠行役承歡雙親膝黽勉敢憚勞夙夜懷懔懔初來未盡諳兒女相輔弼慚惶提斯心安得往時逸風月非無趣每每看令失時或有佳致十不能得一感念高堂慈遇事必寬恤有時憐其長命之和新律亦欲博清歡苦思眞咄咄流光何迅速夏去秋風疾相思惟自知烏能向人述忽得桐城書青山已卜吉覽之涕交流豈敢望歸必老人竟頷頭許其返蓬蓽乂得津門書周旋語意密極論劬勞恩去日若鞭抶汝心苟不從遺恨當斧鑕故爾辭兩親脫身不用乞在道感君懷反復覩君筆憂思安能已徒有淚橫溢君誠不自聊尙恐吾心鬱何以報深情珍重爲君匹倦極入幽夢相見在髣髴忽爲晨鐘醒勞生待誰嫉

寄大姊

茫茫大塊中爾我定何物好留泡影嬉祗待白頭畢從兄復登舟亦任風濤颭萬里若乘槎蒼茫近太乙雲際山迢迢楓林秋瑟瑟寒沙羣雁嗷荒渚幽蟲唧皓月一周天片帆抵官室悲喜涕重闈親情縷諸姪舊日閨閣中妝臺盡散佚芙蓉尙含苞丹橘猶結實依依我親傍留連復惕怵聊慰罔極恩寸心終自効且復愛年華新妝待君櫛翺翔好致身憔悴嗟吾質不然陶翟耳吾豈慕高佚堂上七十年人情三百紱

楚山未向客中青二月風花被雨停昨夜春雷驚不醒夢魂飛過大觀亭

次仲林韻贈吳摯甫先生

風月溪山在我傍煙濤海嶽忽他鄉平生有託成眞感詩境無華入老蒼滿地關河相悵望一天興會未消亡莫須放櫂津橋畔樺燭淸宵淚幾行

先生健者復婀娜所學眞能不畏訶夫壻平生甘下拜小郎才思已無多茫茫客路嗟何着杳杳長天幸可歌擕卷他年各歸去得錢誓買碧山阿

題梁淑人傳

旅館肅秋高窗明淡晴日征鴻辭我南客思眞鬱鬱忽有青雲士造門贈書帙夫子授我覽東河許公述嗟哉梁淑人懿行爲良弼辛苦平生心死去恩情絕情絕將如何斯人同落月我亦有心哀那復能舉筆以此增悲愁愁深不能失去年度章水歸問大母疾慈顏不忍思棄養於官室覩傳傷我懷純德正髣髴福慧宜一家小心自危慄揮毫且弔君吾恨安能畢悠悠存歿間感慨淚横溢

再題二絕

窈窕嬋媛並世嫺祇今素骨屬青山傷心第一山前月曾向南樓照露鬟

環珮能歸夜月淸莫將遺恨悼瑤英人間多少冤絲草盡向蘼蕪山下生

次夫子和李伯行唐花韻

十年奔走湖山傍登山涉水眞尋常四時花卉常過眼萬事如夢隨風揚只今飄忽度遼海伯通廡下聊偕藏初來北方愁苦冷飛塵漠漠同雲黃風定雲開亦晴霽但見瑩瑩冰雪光君歸備述賢公子筆陣横

掃無人當不對名花沽美酒自有淩霄逸興長此花富貴本有待眼底絢爛徒羅殃蠅頭細人奪造化一朝捧上公侯堂我自清貧亦不羨那有黃金可解囊金屋銀屏誠足貴吐豔非時安得芳誰憐孤館空庭際獨有寒梅傲雪霜

和夫子用山谷韻

君詩縱橫瀉自口何以酬之酒千斗蕪館蕭然夜閉關清境一過何時還勉力唱和博君樂豈望留傳於人間清風吹幕月痕上鐵笛何人發深賞南斗依稀北斗橫燈火萬家歌繞城苟能遂我還山志那羨蠅營逐世榮琴書消憂堪仰止高哉有婦於陵子從君小隱公卿裏北窗能咏亦自喜斯文磅礴大才難細響卑卑不用彈三年夢繞江南道一別林泉遠莫攀誰知擾擾津橋下亦有閒人懷海山

再次前韻寄大姊

苦爲伯姊思皖口南望離離但星斗憶昔清閨共掩關事去思來腸九還君今寥落故鄉裏我獨流蹤東海間昨見庭花燦枝上今時零落誰復賞以玆橫涕感慨生名花自古傾人城但願骨肉能相恤豈待富貴而後榮人生百年只如此我獨悲君還望子父兄相繼來里閭聞道平安動色喜君不見世上悠悠知者難縱有瑤琴不用彈奇言火速開懷抱枳棘榛榛未可攀他年歸問龍眠麓壺榼相從遊故山

三次山谷韻追憶靜觀草堂

鴨湖水繞松山口湖影苕蕘插牛斗微風蕭蕭暮啓關短笛吹殘牧子還籬落雙塘柳陰畔草堂只在水

西閒清光盪漾碧漪上此境幽人愜心賞清芬老人常怡情召我年年來自城盤桓敎誨兼慈愛仰見慈色生欣榮平生辛苦誰能擬暮年相守惟母子吾姨清操抱氷霜竭力事親盡生死經營轉折愼行止窀穸已安體魄喜君不見哀樂易消事可歎瞬息光陰指一彈可憐今日思親淚有母重泉何處攀我欲畫圖瞻兩老（余十齡失恃依兩祖母成立）傷心莫問挂車山（挂車山先君侍養於此今大母棄養三年矣）

吳二嫂屬題二兒遺照已三年矣炎夏稍閒四疊前韻以寄

三年屬我題斯圖念之在心不在口世上錢刀安足論恩義從來重如斗嗟哉奇才殞少年腸斷空閨永不還隨風茵溷我來晚形貌識之圖畫間憶昔扶搖九天上一朝得意萬人賞長安大道春風生文采聲華動帝城錦衣自謂還鄉樂豈料木槿徒朝榮大義所關那能已愧我今爲螟蛉子哀哀白髮恩勤多目覩慈情不忍喜君不見女子身如膝上絃絃斷續膠仍可彈男兒九鼎重到死碧落魂飛何處攀可憐空灑無窮淚草樹淒其化石山

滄海歸來集卷五

桐城范姚倚雲蘊素

和夫子四十自壽韻

寅子同初度從君俱客中舉觴憐寂寞對景思無窮飛鳥雲間疾吟蟬樹裏訌百年莫相負放眼碧天空

居傍池臺畔常懷偕隱心但存衣食計歸聽棹歌音喜詠眞慚筆論文不事鍼故鄉有邱壑他日誓追尋

四十飛騰日淩雲筆不停秋蟲兼果落寒露帶花零愛惜一痕月相思五夜星他時好歸去黽勉共趨庭

經歲車停馬自憐身暫閒棲遲慚娣姒歡笑北堂間興會無端集思親有淚潸徘徊向南望雲水阻江關

二子何時見迢迢勞我心遙憐風月夕應念海山深此地長修竹故園多茂林淸宵那能寐炯炯曉星沉

此日如相負異時那可希病多詩漸少睡好靜偏宜花小媚亭側秋高愁海湄誰能耐勞瘁天上莫麟兒

夫子次三弟秋懷十首命倚雲和之得三首而爲俗務所稽因循數月冬日小暇復成七章

秋氣鬱海山靜坐聽檐雨蘇蕙今不見巧思傳機杼舟車十年間哀樂那能數且復安棲遲曠懷捐喜怒

挂車不可見寂歷谿逕荒金風正蕭瑟舊雨空蒼茫父兄客海隅悲秋思故鄉我懷幼嬉處眠食未能忘

安得十畝地與君同歸耕徜徉山海間豈慕官秩榮親庭不得侍迢迢望雲深坐惜庭日短吁嗟游子心

颯颯檐風緊推窗雪滿院高吟斗室中慷慨復掩卷君子少所求小人乃多願脩然樂吾生得失安足怨

客子苦憶家養親戀微祿離披傲霜枝經冬有寒菊人心長波瀾世事那可觸苟存衣食資山川潛骨肉

勉哉吾二子重堂授經方愧我手中線寄汝身上裳洋洋滄海青漠漠風塵黄努力誦詩書汝親鬢已霜
有姊在龍眠茫茫千里道人事不稱懷辛苦形容槁對此孤月清天淨碧如掃呼童沽美酒爲君一傾倒
牆隅盈積雪寒月與分半俯仰樂寓廬不覺年光換君課猶未歸垂髫女有伴清絕獨梅花含香供展玩
孤高吾姨母筠操抱眞歸青燈伴寂寞冥坐思無爲餘生同秋菊澄懷向碧池平生那可問熱血付與誰
請看翱翔鳥飛飛不羡仙舉翼投南去饑食清溪蓮動我萬重思沈沈心欲穿何時鼓歸棹牢結青山緣

爲大兄題門影圖

西山

汨沒風塵裏開函舊逕存繁花紅滿院平隴綠當門樵唱出雲杳漁歌和水喧悽悽十年事飄忽爲誰論

三芝菴

衆嶺涵奇秀孤峯入太清深春猶雪積傍夏已雲生濺濺溪流速輝輝皎月明怨恩多少思破夢聽鐘聲

曹岡

人逐升沈散存亡廢草堂桃花濃暮雨桐葉醉朝霜艇賣鮮魚美村沽薄酒香可憐俱是夢回首剩蒼茫

樅陽

水遠山長岸歸人且繫舟暮雲平野樹斜日遍清秋小市旗風展荒洲荻浪浮悠悠百年影得失亦何尤

東城舊宅

鐘韻軒前竹別來長幾竿春城花撲發秋苑木彫殘彩戲弟兄樂相承大母歡慈顏今不見援筆淚辛酸

安福

侍宦安成昔訟稀閒簿書烟輝金芍藥日麗木芙蕖掩幕迎涼月開軒敞燕居老親昏定暇觴詠趁公餘

鳳林橋

五載棲鳳啄何嘗識此橋長河繞烟郭皓月挂清霄發我無端感誰憐有盡宵阿兄抱雅興攜侶試吹簫

湖口

滾滾鄱陽水滔滔送歲華江干人眺倦山畔鳥飛斜雪擁凝雲氣風飈攪浪花上流乘櫂者來迓若還家

夫子和陸魯望漁具詩以皮襲美後五首相屬

魚菴

江干結矮屋守魚爲生事寂聽良苦辛飽煖無餘志浩浩萬里波日夕朝東逝那解山川靈徒供詩人致

釣磯

宦途羨釣磯今古如斯說富貴與賤貧勞塵逐涼熱安得泉石人烟波自清絕獨憐嚴子陵披裘弄風月

蓑衣

綠蓑荷烟雨高歌春江澤蒼茫孤鷺飛霢霂少行客露合失歸村風高浪頭白草衣有高名湖山失深碧

篛笠

縹緲朔雲飛釀雪寒風急紛紛載帆艇葉葉乘潮集冥漠江天沈黯淡山容濕此人疑獨醒俯首自荷笠

背篷

幽人悟機理所製亦奇巧竹竿青篛篷潭水深窈窈長歌山海間不爲榮利攪走宦低首餘何如背篷小

夫子命題薛次申觀察枕經書屋畫卷

宦迹餘經史平生一片心書能遺世大人更與山深樹石環廊苑樓臺倚曲潯誰憐遼海客慷慨獨長吟

不識鎖江處峯巒到眼妍好留三徑地領略四時天雲影搖緗帙月華侵綺筵宦場迴萬刼此意惜前賢

武昌雜咏

邂逅乍華迫淹留意興長欒寒聊以酒感寓獨成章人事一江水浮生幾電光近聞滄海上烽火陣雲黃

且爲親情住棲遲鸚鵡洲風屯漢陽樹月滿武昌樓勝地寗相負氷天好記游孤吟但自遣於世又何求

快覽晴川閣翻憐歲暮中微茫涵淡日嗚咽展長風浦遠村煙白江深夕照紅殷勤主人意歸路感無窮

獨抱平生慨登臨適所之古臺徒有迹喬木又何知不見當時傑空悲往日詩欲窮無限思湖水白澌澌

遣嫁孝嫦書以勗之

百兩霞軒奏樂音將迎之子洞房深愼承巾櫛人間事抱痛荒邱泉下心遼海三年吾愧訓楚江一別汝

悲忱臨歧忍却千行淚灑向氷天獨苦吟

雙星朗照鵲巢枝大雅毋忘夙夜思不負絲羅眞有託但期家室盡相宜重堂愛日留長樂孤艇寒江怨

別離光景又隨年事去欲歸風雪爲遲疑

滄海歸來集卷六

桐城范姚倚雲蘊素

還鄉有感因用仲兄韻呈姨母

勞役頻年復故關自憐華鬢損朱顏莫驚海上風波險獨感人間興會艱一地輝沈花弄影九天露浸月成斑徘徊漫拭淒涼淚喜對當時滿眼山

秋夜悼姨姪女馬德麟

境去思存刹那中曇花慧質忽成空嗟吾客路秋江白別汝霜林染淚紅德生年余從先君至江右後七齡夭聰慧可人意拜月學人嬉桂苑采菱從姊出荷叢而今回憶皆幽感怯聽淒淒四壁蟲

立春前三日偶書

寒鳥枝頭已變音周天釀雪晝陰陰微風不到煙絲定靜見人生曲直心

從夫子遊琅山歸而戲爲長句

跳珠日月摧華年薄遊南北常更遷自秋歸來近一載心煩思拙家之緣陌上落花已如雪可憐辜負春風天又值陰陰夏木長暫探幽興登層巔一塔孤聳出雲際一江迴合如長川臨高下視衆物小極目片片惟沙田照眼雲光暢磨洗頓脫煩囂覺浩然嗟我微生惜其影造物由來那得全與君百年愼莫負有如池水投青錢天地淸淑本自在要能領取殊凡仙君纔訊我石鐘勢較若此山誰後先名山鐘秀各異

態自有奇氣何愚賢輿闌思倦各歸去望海樓中稍憩延我留不可乘輿返君留小住權談禪布穀聲聲
啼不竭田蛙閣閣鳴相連喬林飛集羣鳥噪平蕪漸沒朱輪懸遥看燈火滿城郭娥眉新月方娟娟

同夫子和顧延卿見貽原韻

公等赫赫聲譽早我獨怡情詩境小適心何用世有名眼中惟覺溪山好景風吹雲作波瀾忽變奇峯常縹緲大圜運化無停機靜者舒懷觀衆妙境來順逆保其眞理得何煩心悄悄澄澄巨鯨潛海底忽乘風雷起麟爪大器抱才終有用遇合尋常百年了上相周流窮五洲辛勤不羨天邊鳥時間舉目望高明無際青空何杳杳莫因興廢感榮枯宵露瀼瀼在原草來日艱難未可知歷刧不磨始爲寶君之朋儕只顧吳學行如斯心暗倒定論千秋自不誣眞僞風塵徒亂擾我亦何關儒術哉祇願與君善其老

題顧端卿小影

舊感新愁欲盡揮碧空有鳥帶雲飛憑君兄弟知風範恨我平生不傍依且喜畫圖留影在莫嗟人事與心違可憐無限孤清思栢節松筠對落暉

同夫子爲徐積餘太守題王淵雅夫婦合璧卷

人生處一世愁多歡情少況當中年餘百慮來紛擾良辰偶得閒莫被風花惱快雨灑蕉桐素爽入襟抱明窗試披卷危坐觀墨妙文章固所珍合璧更爲寶女子貴其遇屈伸安足考不羨昔之人我亦得偕老蜉蝣天地間各盡生機巧達士作大觀俯仰萬物小晨興覽華髮自傷容顏稿著文以永年前迹非草草

請看數公外百代淨如掃

吾與硯香夫人神交十年將歸海甯招余來滬相敘小作勾留作此奉贈

與子心期已十年江湖憔悴各風煙今朝握手華堂上喜訴平生又愴然

詩興蕭條酒興闌到來懷抱爲君寬寒宵莫話滄桑事銀燭金樽夜已殘

興會當年憶舊游如龍車馬海天秋登樓莫負千杯醉墮地平添萬斛愁

大雅由來舊典型感君爲我眼垂青最憐小閣傾談夕花落閑階月墮庭

滬上行贈肯堂

王氏伉儷好風雅招我來停滬上駕曾是匆匆逆旅餘華髮重來就官舍車馳馬驟碧天高絲管入雲凝九霄萬里勞人勿嗟歎到此能令別恨消燈月輝輝夜杲杲潑眼清光淨如掃梨園子弟演興亡青樓少女長姣好與君且復登高樓能醉莫辭消積愁會當快意豈易得相顧韶光皆白頭酒闌日暝興未已驅車再作名園游亭臺壯麗盡精妙曲逕雕欄依水流珍禽棲樹獸在野花木燦爛交明眸嗟爾大鈞無停機宇宙由來誰是非揚眉擊劍空慷慨倚檻和歌志不違丈夫何必悲身世羣動無爲靜者譏況復行止如藻蘋聚散因風迹又陳遨游莫負五湖興彈鋏公侯爲食貧苦將人力奪造化可惜江山已失眞卽今載酒豪華客舊是山中泉石人

同夫子過焦山感舊次韻

賞心何者平生事甥館安城興會酣舊迹皆爲今日淚獨憐酬和綺窗南
與君同樂復同哀明媚江山百感來若爲饑驅未能隱五雲何處有樓臺

懷葉氏從姊

昨宵一雨長池波無那秋來感慨多休問挂車山下事當時顔鬢已消磨

夫子弔於江右乃余少時侍宦之地今吾父沒矣夫子以詩寄念感且涕零步其原韻

秋深肅霜露木落槁山容正憶添新作詩來悲舊蹤世艱成晚象十口警朝饔死喪枯吾淚生機獨子從
有親長已矣無術說横縱回首趨庭日清宵夢不逢

和夫子酬江太守原韻卽以寫懷

春曉看花發聲酣枝上禽且娛今日眼消盡昔年心興會乘時有親顔萬古沈與君同此恨餘景好追尋
少日韶光去臨妝惜鏡臺春驚愁裏聽秋雁夢中哀縱有迴文思終輸作賦才一尊杜康酒悲喜幾回來
世亂憐吾弟饑驅難隱居離鄉羨歸鳥謀食敢求魚王氣終還在昇平未必無粵東春正放風日廣吹噓

師曾以菊華遺影徵題有所感懷援筆爲賦

柳絲花影後先來紙上秋姿黯淡開慟汝芳形乘物化嗟吾世味入寒灰曉風和淚吹殘夢夜雨增愁訴
斷哀多病亦知顔鬢改餘情無奈幾縈迴范伯子有大橘遺照繪柳

和三弟憶西山原韻

坐看寒潮上海門忽然回首憶山村迎窗麥雨千畦潤入戶松風萬木喧攬鏡怯窺今日鬢聞鐘若悟舊時魂天涯兄弟維珍重勉爾加餐慎自存

思歸不得用夫子韻寄二兄廣州仲林河南

三年不見能相憶湖海風塵亦可嘆聖詔幸傳今日政敝廬難復昔時歡山河春到寰中暖琴劍悲來客裏寒華髮共期各歸去故園芳樹待同看

曉窗即事書悶和夫子韻

曉窗渾不辨陰晴旅燕歸飛意自驚莫恨年光祇虛擲欲將色相證無生朝開淑日推雲氣夜聽迴風送雨聲眼底滄桑偶然爾海波終古那能平

新晴疊韻寫意柬績青

隔院啼鶯報曉晴夢中詩味意無驚唱隨各有人倫美得失皆由天意生花落閒庭微散馥月侵池水暗流聲桃源傳會荒唐事但取胸中磊塊平

贈阮績青即和原韻

雲綃霞綺燦新晴筆妙傳來盡可驚識與苗張爭後起才如歐薛是天生故家蘭玉添新詠憂國蘋蘩有變聲我亦服勤稱先意祇應門閥愧韋平

初夏新晴懷孝嫻

花事闌珊蠶事成新荷冒雨看珠傾風前弱柳和烟裊雨後飛雲擁月行好句暗隨清思長懷人不覺默愁生夜涼徙倚欄干畔幾點疏星隱樹明

清宵獨坐忽見案頭先君遺詩泫然泣下步門存韻寄三弟

曾侍親遊駐白門棲遲廿載海邊村空庭著想月逾冷禿樹無聲風自喧夢裏猶揮三逕淚客中誰慰九泉魂哀哀此恨成終古遺迹空教手澤存

用韻贈劉秋水兼示阮績青

平生歷江海迴環老征裝忽覩明秀姿使我心魂涼譬彼擷芳草當春颺眞香造物本無情何處求仙鄉惟以厲所學來日方綿長女子患無藝豈曰不能翔世態空委蛇政治悲羔羊廣廈不造士女師更渺茫英年貴自立積學如積糧嗟我事米鹽辜負書盈床四十頹然老結想徒徬徨徘徊中庭夜明月如秋霜

癸卯還鄉感呈伯姊

共看霜鬢惜勞身情話尊前豈有因極目雲山增舊感傷心寰海泣新民花明靜院幽香馥水溢春池泛嫩蘋今日相逢須盡醉聚中猶是別離人

三弟悼姪女結弟以詩余愴然和其元韻

依稀曾記四年前見汝尋花立小軒往日悽涼成夢境今朝黯淡臘啼痕憐渠慧質空乘化嗟我悲懷與有恩辜負汝親爲憔悴每逢寒食一招魂

葉氏姊招飲席上感賦贈章佩芬

湖海歸來感慨多生逢亂世何時泰空悲華鬢無由玄悽涼舊迹安能繪樹影婆娑斗室中春雲繚繞龍山外花態嫣然山態清水如環佩烟如帶與君把晤眞恨晚鴻爪何緣作良會今夕清輝照綺筵他年風景思無賴茫茫後事誰可期只餘皓月常晻藹

疊韻酬佩芬兼示佩君

大雅傾頹廢女權坤道能開吾輩泰故鄉山水足清娛欲把天工倩人繪送春轉夏煩啼鳥幾點榴花明竹外微雲障月似霞裳風掠芳塘舒荇帶君言才調擅劉女令我遐思到吳會莫嗟寂寞送浮生幸有詩書常倚賴共君酌酒且高歌起看天際橫蒼藹

寄懷佩君嫂卿

老去孤懷爲國傷救時無術意徬徨但期銳學如潮長莫遺柔情遇物妨貧病我藏危世拙飛騰汝競少年强海隅能被文明化比似山中日月長

秋門由濟南郵寄日本宇治茶以詩徵和余以夫子病久不爲詩聊用此韻答弟客中之意而已

正憶山東與粵東詩來蕭瑟雨飄風遠貽佳茗從何得製出扶桑便不同健句乍醒衰病眼芬香喜滌積愁胸他年棠棣相將隱漫賣旗槍活火中

夫子肺疾漸愈私心稍適偶作短章以博一粲

寒風透幕纔知勁喬木蕭疎葉脫林杲杲日光人病起鬖鬖素髮老來侵危機世局空成憤厚味詩書獨戀心健飯祝君常勿藥江湖挈我共長吟

侍夫子就醫滬上候輪旅舍酬其見示原韻

久病深愁那有邊求瘳願速慮時遷風號曠野摶高樹鷄唱寒宵漸曙天已去韶華悲舊日覓來靈藥可長年江干旅舍聊相慰漫擘雲箋和短篇

滄海歸來集卷七

桐城范姚倚雲蘊素

悼亡二十首並序

蕭瑟金風百感難消今日凄涼玉露千端怯憶曩時援筆書來寫我哀思無已引杯澆恨哭君碩學徒宏中正琴聲祗許年華十五和平詩教那堪歷刧三千已矣斯人文墨於茲運絕傷哉棄我餘生難待精消痛至於斯萬難自已聊寫哀詞以誌余悲

醫學中西孰劣優衛生無術愧推求兔毫莫寫吾心慟此慟綿綿到死休

情協金蘭太可憐迴思去影淚如泉唱隨十五年間事今日何期化作煙

行年四十雖云暮顧影煢煢悔獨存惟有梅花知此恨冷香和月伴黃昏

風雪歸招愛國魂雪光慘照淚光深最憐第一傷心事辜負生平教育心

琴瑟因緣文字師永懷眞感寸心知米鹽畢竟能妨學朽木難雕悔已遲

庭院凄清秋鶴飛可能夜月有魂歸閨中枉卜他生願不道今生願已違

最憐素志未能償知道泉台隱恨長危世病軀徒棄我自嗟雲鬢亦成霜

負言默愧黔婁婦不學無辭可謚君俊弟佳兒可傳學好留名世擅高文君嘗言吾歿後必得子謚之承鄉里諸君子謚曰孝通故未易

咸頌先生孝且慈鄉邦婦孺盡能知文章氣節千秋業叔子空留墮淚碑

言笑叢中聲總酸退居寂寞淚闌干遺文剩稿猶横案觸目凄涼不忍看
平生肝膽傾豪俊畢竟窮途仗友生感激滬濱臨命際眞從生死見交情喪中一切皆賴張季直劉一山白振民三君之力眞可感也
興學鄉邦不伐功濟人利物意無窮彬彬文質遭時厄德惠雍容柳下風
千篇佳句抗蘇黃健筆雄辭追盛唐慷慨悲歌今已矣祇餘才調發清揚
夫子文章信可傳澄懷至性未能言彼蒼豈有眞天理何事偏慳仁者年
任從毀譽獨存眞大孝終身但慕親默抱宏才輕利達勇於爲義不違仁
襟懷磊落如秋月富貴從來淡若雲正喜倫常堪並美人天誰料已先分
師友闈中已不能蕭蕭夜雨那堪聽此生有恨無人識寄與揚州阮績青績青生平所遭大概與余相似然窮通大不同矣
媳賢孫俊可紓懷莫釋余心一段哀寂寞虛窗難自遣夢魂夜夜繞泉臺
亦知短晷吾將盡未了餘生可奈何夜雨怕吟花落句淚痕較比雨絲多庚子見示詩云正以海渾魚欲逝惜玆花落鳥難鳴
爲誰娛樂爲誰辭永感人琴廢賦詩薄命不期余後死且從絕筆寫哀思余誓不爲詩故云絕筆

和易仲厚見贈原韻

我生遭死喪性命寄遊絲裁悲且爲君初見如舊時自憐偃蹇質慚對瑰瑋姿願結忘言友學問何常師
世危悲至道子獨懷良知虛名辜眞賞使我生畏思結此金蘭契譬彼棠棣枝他年倘分袂愼莫負心期

初夏書感

一日不死當自立雙鬟婆娑悟大千國溺安能援以手才雄或可事堪肩漸離擊筑徒悲世俞伯焚琴應絕絃籠日碧深河畔柳嫩荷浮水萬錢圓

秋夜讀飲冰室文有感

壯麗山河世事非空悲女德太沈微維新孰識眞三昧守舊今成浩歎欷生此未分清濁世聊因先解利名圍米鹽送我尋常老愁對高秋痛淚揮

同人邀集水心亭小飲余有深感即席步舊韻贈之

昔景無殊今事非紫環山影望依微諸君盡是當時彥賤子空懷往日欷淡淡軟風花逕邃差差春水草堤圍公私一掬傷心淚欲向樽前放意揮

聞仲厚述其姪女孟孅之聰穎惜吾未得見之今從仲厚案頭見其書言願從吾遊且讀其詩有出人頭地之賚喜而次前韻寄贈

心灰若槁木興盡如繭絲自識爾諸姑醒我迷離時吟爾芳芬句想見窈窕姿千里從遊意學問吾何知苟不負詩書求之有餘師迢迢隔江水英妙繫遠思嗟彼青松幹未若玉樹枝今世吾已矣他日誠相期

贈孫濟扶

俊逸丰姿孫濟扶天風吹墮海東隅青山放旭昇朝日碧海搖光吐夜珠發達妙齡君可畏坎軻身世我何辜蘋蹤他日如相憶回首崇川記得無

題徐秋谷梅花山館

聞道城西路徐侯山館幽四圍芳樹合一逕落花稠春水通長苑秋光上綺樓嗟余懷舊感回首不勝愁

未盡題意再賦一絕

風流自古稱江左文采由來數謝家想得主人更清絕故教山館字梅花

酬易仲厚武昌寄懷原韻

一朝喜遇金蘭友小別猶懷情見辭皎潔秋宵今莫負海天涼月碧梧枝
黃葉飄飛草不薰白楊蕭瑟哭秋墳可憐興會都消盡今日舒眉卻爲君
哀傷歷盡鬢成絲清露瀼瀼夜漏遲共惜生平憐小聚秋窗斜月讀新詩

贈別孟孅

扶海望龍陽遙隔青天外此中山海交源脈環如帶飄忽遇培風蘋蹤偶聚會爾慧出人頭爾姿傾塵壒一載講室間切劘共相對敎授吾不敏穎悟爾爲最我之與爾姑契合乃道泰推誠結至交率性存仁愛學術惟汝期老病吾焉待嗟哉生不辰時命皆違背悲歌濁世中徒發千秋慨別後汝自珍興會吾無賴他年倘相憶詠詩作意代

玉俞別後寄詩步其韻答之

寒雨霏霏送客行離思無計遂歸程難將臨別千行淚洗卻清愁萬斛生

良朋棄我不勝愁萬物春還心似秋思到無言欲誰訴强紓惆悵且登樓
冷香默默鬢如絲寒澈梅花月上遲此境孤清太寥廓天涯惟有玉俞知
玉俞學行本無倫那得雲山共隱身獨向冰天空徙倚書來風雪正懷人

滄海歸來集卷八

桐城范姚倚雲蘊素

用兩當贈軒友韻寄仲厚

男兒重然諾女子貴言行嗟哉吾與子栖栖何以鳴自我喪其耦已斷平生情邂逅忽逢君孤懷竟倒傾和歌聊自遣豈必他人驚湘水常潺湲琅山徒崢嶸縹緲飛楚雲飄搖連吳京時譽那足許衆毀烏可輕勁草戰疾風始識千秋名人生幸遭遇海水何時平

況兒求學日本遇火傷足就醫滬上余視之又值其病今漸愈用汪旭初韻示之

爲汝重來復此城藥爐且喜病能輕悲涼無限華夷感辛苦難忘骨肉情碧樹毿毿風漾影秋光杲杲日舒晴不堪回憶當年事怯聽江潮嗚咽聲五年前外子以肺疾歿於滬

贈吳芝瑛

每惜孤懷未易輕空餘熱淚灑江城他年或踐西泠約今日毋忘海上情夾道電光能蔽月層樓秋氣倍迎晴與君同抱傷時憾誰使神洲弊政清

吳梓儲公子爲況兒傷足跋涉千里來滬相視旅舍盤桓情逾骨肉感賦二章

俊逸吳公子飄飄鸞鶴姿道窮悲郭泰義俠長爰絲頗負昂藏概終邀特達知棲遲滄海上且復醉瓊巵琴劍東瀛客凄涼百感并會須酬壯志貧病見交情風勁霜華重雲寒月魄清嗟余空老拙頭白愧勞生

和易孟孅寄懷原韻

髮白顏凋興會闌自憐短晷悟空觀怯思往事增愁緒閱透人情覺世寒才乏良工徒琢玉香含美質獨輸蘭傳經深愧辜名實放子春風任意看（孟孅現爲本邑教授）

孟孅疊前韻郵寄再和之

雨歇煙花草色闌樓遲雲物阻遊觀頻來温語能紓暖送去春光不破寒默識浮生眞幻影遙憐竟體若芳蘭（南史謝覽意氣閒雅瞻視聰明武帝謂徐勉曰覺此生竟體芳蘭）此間誰解清新思寄向廬陵畫閣看

再疊前韻懷仲厚

貧病頽唐興久闌緘詩聊寄故人看一春苦雨妨花事竟日飄風入夢寒莫逆與君隔雲水孤懷遺我託幽蘭可憐別後多蕭瑟强作優遊自在觀

秋宵步月用段君壓奇韻卽贈

雲物淒涼不勝愁月華如水浸南樓臨風花影蕭疎動著樹微螢黯淡流濁酒澆腸消塊壘清光滿眼注神州朋儕去住皆萍迹此夕秋宵共子留

和春綺遊北土山原韻

不堪身世與誰侔聊作江湖物外遊渺渺碧波飛野艇淒淒春色上危樓蒼松沐雨龍鱗顯碧柳臨風鶯韻悠我亦相從偶乘興倦歸茶熟泛瓊甌

自題菊花條幅

裛露凝霜綴落英東籬石畔最關情與君已共秋心淡雲白天青聽雁聲
閱透人情世味涼且將懷抱託秋芳高風彭澤千年事愛爾丰姿可傲霜

步春綺和師曾悼亡原韻

有子崢嶸汝不亡驚心家國我堪傷眼前但覺情投合身後何妨論短長亂世謀生慙黠慧殘年未死學愚狂海隅一角幽棲地羨爾寒梅獨擅芳（春綺名梅未）

題師曾夫婦合畫梅幅

且爲癯仙聊苦吟十年舊夢不堪尋清貧梁孟成眞隱合寫冰姿託素心

申江舟次用兩當軒韻贈呂惠如校長

祖國好江山相對增鬱怏駕言遊滬濱實爲賢者訪神交頗有年傾慕思還往世事不可論嗟哉多幽枉日落餘斜暉煙暝屯林莽生平無所歡煙霞愜心賞呂子誠俊人懷抱清秋爽大江日東逝瀧瀧濤聲響慷慨酒一樽纖月明虛幌

詠白荷華和葉孟青紅荷華原韻

華葉如來法界前（華嚴經佛土生五色蓮一花一世界一葉一如來）一芬陀素質異凡妍（佛書云芬陀利花白蓮花也優鉢羅花青蓮花也波羅頭花赤蓮花）臨風玉立披涼月浥露珠搖籠翠烟入世應機知我晚出塵丰度讓君先可憐萬紫千紅態清淨終輸不語仙

和呂惠如落花詩原韻

觀空無相本來空紅雨繽紛浩刧中不遺香魂隨物化惟將豔質共春終生前逸氣同詞客身後丰神託畫工玉笛吹殘空悵惘祇留清怨逐東風

參觀學校至滬贈項趾仁梁冰如兩女士

平生江海幾經過哀樂驚心可奈何芳草淒迷含宿雨春雲縹緲盪晴波眼中但覺交情厚世上由來險境多今日逢君憐契闊傾觴且爲醉顏酡

新晴遣興

簷雀啁啾相和鳴朝暾昇樹倍葱青閒花將墜飄風片縠皺微波春水生

校中避暑偶題二絕

火雲飄影漾方塘移榻迎涼入翠篁人靜長廊風拂袂蟬吟高樹趁斜陽

清風一榻繞蘆蒢遂綠庭蕉自展舒最喜樂生明去就北窗熟讀報燕書

鬭戰感書

婦子流亡哭窈𥧾孤懷惻愴弔黎民誰無骨肉傷心目碧血橫飛慘不仁

深秋散步虛廊獨對梅樹因憶春綺以其名梅未也適其書至喜而賦寄

見梅忽相憶樹下動遐思不語機先動開緘喜可知蟲寒噤餘響柳老颭疎絲病後忻能飯多君慰我辭

丙午年退齋二公召興女學於兹九載自慚學淺無補於教育所幸前後諸生不乏美材今以老病乞休差慰歸歟之志再疊前韻以寫余懷

閒踏青郊逸興生芳春花鳥動歸情但期桃李均成實莫遺桑榆殉薄名應世不才能獨去隱身有策可長行乘風誓買滄江櫂猿鶴溪山續舊盟

春季掃墓無限淒涼遥望通明宫復哭春綺

萍蹤何必能相聚影逐思潮去又來梅菊不期成復恨桑榆豈料賦重哀澌澌野水猶如昔嫋嫋垂陽仍舊栽慟悼斯人本如玉風飄霜鬢淚盈顋吾女名菊英而春綺名梅未

與周孟魯月下論詩賦此以贈並寄孟青

斐然二子已成章意志飛騰各擅長匝地涼輝明皎皎漫天露氣鬱蒼蒼清新綺麗饒梁宋氣勢縱横獨盛唐今夕披襟同皓月風翻翠蓋芰荷香

校中避暑戲用杜少陵夏夜嘆原韻

憚暑盼日暝炎蒸炙我腸皓月漸東昇微風吹絺裳池水旱欲涸火雲歛夕光長廊獨徘徊荷華靜含涼四時有代謝寒暑循其常清輝本皎潔烏鵲空翱翔廣廈猶畏熱念彼戰邊疆豺狼擾秦晉出入互相望生靈苦塗炭逃竄無寧方幸我生南土遨遊全家鄉安得猛烈士同心矢奮揚掃清古國土吾民壽且康

立秋前夕遣興

一片梧桐月涼輝漸上樓高飛簷蝠疾暗度樹螢流蕭瑟憐衰病悽涼動舊愁砌蟲知節序啾唧滿庭秋

新秋寄懷易仲厚長沙

所思在長沙迢迢江海截悠然不相見展轉徒蘊結別後幾變更執筆難陳說世情尙機巧何以辨優劣虛名誠足慕吾恥弄脣舌黃金本可珍吾不能腰折長袖雖善舞要必存大節毀譽那復論但求寸心潔平生歷哀傷雙鬢已如雪自憐亦自嗤謀生慚駑拙感此懷故人心迹頗同轍憶昔我與君一見肝腸熱傾談斗室中古意兩奇絕眞率不隔胸友誼互磨切分袂六經秋何時共愉悅新知安足恃驗久知豹別我愚百無成子義追前哲仰視高秋爽星宿凌霄列涼風吹白雲纖月忽明滅秋荷馥方塘盪漾波紋纈校舍獨俯仰砌草蟲鳴咽千里聊相慰緘詩寄披閱

質言留別諸生

碧樹陰翳長春去夏復至琴歌雜書聲孜孜勤苦意憶昔十年前壼教傷幽祕鄙人負微知此責焉忍避那揣新識淺承乏權造次教育吾豈敢提倡姑初試不得道大光勉强發眞粹訓練慙不敏學術誠抱媿英英玉樹姿自是後來器君子默自修宗旨向道義所以言行間淵冰惟恐墜小人懷嗜欲私心期千利道德之蟊賊蠅營務朋比義利之分途堅貞唯尙志女子賦天職功在家政備須知國之興實始家之治聖賢立明訓千秋不能易良規萬世師遇事善引譬文藻固可珍大節猶當識國學學之源經史必心醉所業貴有恆功成愼一簣寶此少年時學行毋暴棄嗟余乏黠才但以愚誠致殷殷感諸君服從見眞摯

怡然無閒言情好敦古誼幸造後起材足以爲吾嗣可以乞自休老病不余畀努力各自勉莫灑臨歧淚豈不苦相戀學譾愁汝躓臨別餽勗辭聊爲諸生誌

孟魯見余質言泣然出涕性情眞摯見諸胸臆余惻焉心感不可言狀賦此以答厚誼並示孟青

講席空慚已十年驪歌纔唱感悽然離情黯淡雲籠日懷抱澄清月在天脈脈露光花墜淚依依柳色草涵烟嗟余白首傷遲暮敎育艱難君輩肩

呂惠如校長偕遊清涼山登掃葉樓和其題壁原韻以贈

山光湖影接層巒高閣清秋尙未寒今日勝遊君記取相逢莫作等閒看

卅年三度白門過往事淒涼不忍歌刼後江山悲落葉新愁似較舊愁多

滄海歸來集卷九

桐城范姚倚雲蘊素

爲熙伯族弟題遂園圖

山水清暉相照明遂園風景眼中橫林花綽約秋容澹喬木蒼涼舊感并古誼最憐敦友道殘年未死怯虛名一樽情話悲今昔共愴神州幾變更

書感

平生歷歷數經過多少酸辛枉泣歌白髮空慚長養拙江山雖壯奈愁何綿蠻喬木辜黃鳥寂寞蓬窗負碧蘿萬事不如歸去好乘潮鼓櫂勿蹉跎

和謝玉農孤山原韻卽以奉贈

驚心家國獨遲徊此日欣逢舊雨來實業艱難望成效亂離生計漫相催湖山有約期能踐逝水無情慨不回棘地荆天同灑淚勝遊莫負好樓台玉農創辦女職業校有年頗具成效此次到通參觀且約余至西湖小住

去歲爲諸生所留瞬息流光又經一載自愧無補於教育而余病益深矣臨別再贈一律以盡餘意

憶昨傷離道誼堅殷殷諸子集羣賢源泉混混希深造哲理淵淵期大全先覺自慚居講席後凋心事惜殘年勸君此別毋惆悵努力春華共勉旃

和叔弟寄慰原韻

既證菩提路寬懷更慰詩露荷燦池沼校中池荷今歲頗盛霜稻熟阡陂今歲通桐均係豐年窮達弟能曠飢寒姊勉支寄言毋苦念知命不愁歧

題巨農大叔書園讀碑圖

書園先生耽奇癖秦碑漢碣窮採摭籀文草隸雜紛紜伏案摩抄遺朝夕異代衛管皆吾儕飛白簪花懸素壁先生漢字追古人乘醉揮毫更奇突巨金酬士不介懷樂道棲棲甘偃息室中同志有賢耦舉案高風似陶翟論文研字盡宏儒逸興遄飛披玉軸家徒四壁峭風肅賣字得錢償所欲先生於我爲族叔我亦乘輿造其屋欣然試出書園圖令我爲之題其幅清新盈紙燦琳琅蒼翠參差綸松竹眼昏筆澁慙佳句雖屬塗鴉差免俗聽公高詠對荒寒破曉朝陽昇遠木消寒九九待春歸花滿春山春水綠

贈葉沛青

龍眠處子葉沛青三十求學心貞純志在教育十年事江湖奔走勞風塵故鄉興業因公益頗助余力同艱辛忽然感觸躬耕思試築幽棲作野人既令我羨復長嘯泡影之中參衆妙滄海桑田易幾人祗餘日月常相照葉子孜孜遵嚴敎買田十頃從親好旱地木棉水田稻山可樵兮湖可釣行年四十到不惑危世逃名何高蹈嗟余頭白悲身世雖結數椽媿年少棲棲平生徒自苦幸養天眞藏寸耀蝸廬陋巷居人間祗餘冰月能同調

初春題方氏萊園

茆亭修竹曲欄斜草木初舒未着花繞郭清溪橫野艇石橋村舍是田家

雲映晴嵐疊翠開龍眠山色送春來萊園邂逅成眞賞聚散如蘋去復回

古情高誼主人賢自種園花意欲仙伯愷太夫人性溫雅於人愈淡而愈眞約余遊園時自率園丁栽種花木投子山前生暮靄石梁淙淙漱清泉

眼底桃源未必非閒看歸雁逐雲飛庭梅初綻寒香馥春水差差上釣磯

輓周叔靜

憶昔臨歧霜葉飄忽傳玉殞痛今朝魂依伯仲知何處雲水迢迢不可招其二姊均先歿

風義平生師弟間那堪死別隔江關最憐文行俱清絕求感人琴空淚潸

留別皖省女子工藝傳習所中教職員

憶昔傾觴進玉醅三年更醉菊花杯多君共瘁維持誼媿我頹唐素願灰丹染龍山楓葉落白翻皖水浪花摧劇憐此別留鴻爪他日思潮知幾回

和二兄過皖見示原韻

異地疎相見迢迢雲水干到來憐客況別後惜時難淑氣生和藹春風愼薄寒衰年無所囑希望祗懷寬

皖所病中偶成贈教職員諸君以誌調護盛誼並示君幹韞山

秋雨綿綿蟹正肥諸君暢飲莫辭杯顛危調護親情厚瀕死能希健飯回伏枕遐思山色俊倚床相對菊華開分明故里番憐客滿鬢新霜日夕催

病中雜詠贈君幹沛青韞山秀芝之諸子

歸來貧病徒相累藥物親調賴護持今喜一燈情話裏分明古誼寸心知

病久能教萬慮清中庭古柏激風聲蕭蕭夜雨雞三唱頓覺清涼透體生

秋盡江天木葉丹雁聲掠耳送輕寒是非毀譽都消寂漫詠新詩聊自寬

雨聲淅瀝夜如何默誦楞嚴解病魔臥對青燈人不寐一窗蕭瑟嶒風多

有感示黃蔚青徐寓靜二生

江山雖好不勝愁草木凋零已送秋黯黯凍雲迷遠岫蕭蕭暮雨暗汀洲惟希舊德求根據愼向新知悟自由解放要當存所守莫因習俗逐潮流

舒畹蓀黃廬隱二女士創辦女子興業社舉余爲名譽社長辭不獲賦二絕以勉之

豪邁英姿舒與黃振興女業勇提倡須知教育相關處分付君家仔細量

自古前賢畏後生但期來日勝於今有恒譬彼春源草滋長雖微日漸增

張襄南以其兄易吾先生西湖壽母圖徵題

想像名湖境披圖慕勝遊義方識慈母養志見賢侯道證三潭月思超放鶴秋板輿更乘興棠棣侍登樓

己未三次至皖辦女子職業校舟過蕪湖與皖省第一女師範校畢業生相遇賦贈

赭山塔下共經過浩浩長江感慨多喬木參天雲縹緲樓臺映水影嵯峨無窮學業希君輩已往淒涼逐逝波倚檻不禁清淚落中原民氣竟如何

題蔣硯香夫人蘭花册子

乍見香凝筆底姿冰華素葉動遐思蒡塵媿我空蕭瑟廿載悽涼感昔時德慧悠然林下風齊眉梁孟道和融老人性與幽蘭契每愛清閑畫幾叢

和玉農遊雲栖寺原韻卽以贈別

良會若行雲惟愁歲月侵看山須放眼對酒且開襟春好花明院風和鳥樂林桃花千尺水難及別情深

贈余子玉昆仲

正喜新秋爽忻逢舊雨過庭花耀窗影山翠漾簾波學業慚吾朽才華望子多離堂一樽酒惆悵聽驪歌

輓李烈婦袁琪

節義高風久已沈腐儒私感到於今人間無限艱難恨臨難慙君解決心

新秋寄懷呂惠如

忽觸遐思到白門新居秋菊茂籬根昔年教育成糟粕今日襟期有道存明月桂華香小院金風楓葉粲江村嗟余與子同蕭瑟世事惟餘慟淚痕

讀經有感柬璞君

靜室焚香誦六經究於舊理得知新茫茫叵測人寰裏眼底惟君肝膽真

滄海歸來集卷十

桐城范姚倚雲蘊素

道愔夫人招飲其家西林山莊歸題四絕

夏雲峯變麥秋天蠶月農忙負郭田最愛西林風景好五狠山色落樽前陶淵明詩夏雲多奇峯陸放翁詩蠶月人家處處忙

小橋花塢接茅亭半畝樓臺傍鶴汀珂里優遊傳盛業祝公常似五山青時逢嗇公七十壽

莫問當年新綠軒傷心祗有淚潸然升沉不禁存亡感遺跡蒼茫五十年新綠軒爲先夫子肯堂先生少時讀書之處今訪其遺跡已無存者以先生才志不幸不遇而早歿致所學不伸思之不勝感慨矣

綠楊夾道暗塵黃紅染疎林掛夕陽飛鳥銜雲逐歸路隔河燈火暝煙蒼

與璞君及惠若夫婦論近時教育感賦二絕

學乘世變逐潮流固有文明不自求太息碧天懸皓月清光空照古神州

俯仰無慚事本難要從詩禮幼時嫻淵源培養成資性善保良知基礎間

余至女師範校附屬小學避生日之煩囂適値遊藝會之期孟青玉衡起予頌梅淨玉懋斐毓和北强諸君編花好月圓人壽附會中表演之以寓祝而數百學生無不歡然鼓舞備極美滿之情復設宴稱觴余甚感焉嗟乎以當今世風澆薄之時而此校師生獨尙敦厚之古道可爲德育之模範矣余裝此六字賦詩以謝

師弟交逾骨肉中感情歡喜到兒童昔尸絳帳慙時雨今值新潮有古風花好正如人意美月圓常與道心融華筵卮酒稱吾壽吾壽諸君學業隆

病中不寐書感贈璞君

病久不成寐蟲吟不可聽床前浸斜月窗隙耀明星歛慮起危坐降心誦佛經自憐霜鬢滿獨對一燈青歗枕聽秋聲良宵萬籟清病思羣物態頓覺道心生菊影横虚幌桂馨飄短楹冥冥長夜裏哀樂慨生平碧樹滋涼露高秋有雁鳴井梧飄片葉庭桂落殘英世惡嗟吾道交深感友生經過憂患後始識故人情

于惠卿夫婦乞詩賦贈

冰天凝凍雲朝陽昇林木俯樂小庭幽仰視寒霜肅清似水仙王高如素秋菊盈窗晴日暖梅綻暗香馥于子遺我箋伉儷雙簡牘陳君倜儻賫經濟擅文學于子學亦優温恭且慎淑乞詩伸雅誼紀念存諸櫝媿乏好文辭不足珍素簏回首廿年間厠身事教育無學致高明潮流更相逐鬱鬱美江山悽悽傷時局獨與二三子師弟如冰玉相知憐衰朽道義逾骨肉慙我無以報但祝臻百福歲寒識後凋祇有松梅竹

杭州卽席贈女子職業學校余菊農以下教職員諸君

義俠千秋照胆臺清愁無限且銜杯萍蹤共此湖山勝眼底中原事可哀振興女業仗諸君衆志咸同善合羣衰朽自憐成放棄空餘薄醉對斜曛山翠空濛欲染衣六橋煙水望依微高歌默識西冷景夕照蒼茫一櫂歸

環湖風月本無邊意愜朋儕不計年山好更兼人誼好客心欲去尚留連

宋蘇震買舟同泛西湖作此以贈

豪邁多情屬宋君朗吟春水遏輕雲停橈極目蘇堤望山色湖光兩道分
芳樹長堤翠接天塵襟到此覺飄然三潭印月眞堪畫九曲鶯聲更可憐

伯順秋圃以余遭叔弟之喪偕遊魯鉷山谷林寺賦此以誌悲感

憫我悲思去復還爲尋幽壑款禪關雲凝喬木秋容俊石漱清泉野色閒平壠高低千頃稻層巒蒼翠四圍山勝遊今日留鴻爪此景相存紀念間

輓徐冰如

已是傷心萬緒紛暮年生死感離羣（余今年屢遭親友之喪）亦知泡影眞如電那禁交情又哭君

璞君玉衡潔人北强佩墀從遊琅山道惜夫人忽攜酒與客觴余於林溪精舍盡歡而散蓋諸君暗寓壽意賦此以謝

張君攜榼來精舍偕客殷勤慰寂寥崖谷清奇幽徑邃風鳴修竹繞溪橋（精舍乃張氏別業）
夜雨蕭蕭朝放晴天和人爽得雙清從遊諸子胸無間娛樂生平賴友生
欵關看竹主人賢顧我深情態藹然蒼翠四圍喬木合傾觴曲水暮春天
一片煙村隔小溪碧波瀲灩柳遮堤氤氲淑氣新晴候麥壠青青布穀啼

去年拾翠參天竺，今日驅車上紫琅。回首一週哀感裏，傷心無語立斜陽。

兩度湖山紀勝遊，獨憐去影怯登樓。五山春色花如錦，無那悲懷百似秋。去年今日，師曾以余六十生日，由都至通不遇，而杭從遊西湖。後余往皖視吾弟病，弟竟不起，秋後歸通，復聞師曾之喪。嗟乎！吾弟及婿皆爲命世之才，余慟較尋常倍矣。

忽憶時在女師範校附屬小學，即當日師範校舍也。余長校十五年，今去職三年矣。

風飄嫩綠柳絲斜，魚泳方塘吹落花。忽憶當年多少事，曲欄閒倚數歸鴉。

仲夏薄暮熹惠卿韞山見訪賦贈

蝸廬飯罷晚風斜，殘暑纔消看絳霞。忽聽雙軿來屋角，爲烹佳茗話桑麻。道通物我能無間，義屬青藍久愈加。亂世鄉居欣共樂，憐他天末陣雲賒。

市酒擕螯至校與璞君玉衡北强致純暢飲三布皖校持螯集同人原韻相贈

皖水棲遲憶舊酤，琅山對菊又銜杯。哀餘老境空存淚，醉後悲歌慨劫灰。慰我生平惟弟子，憐他歲月苦相摧。眼前聚樂毋輕視，時異情同去景回。

題顧端卿七十壽册子

遊龍水清碧霞秀，遊龍河、碧霞山皆如皋勝境。中有女士字端卿。璇閨慧質敦詩禮，德承母賢學從兄。其兄爲延卿先生。十七于歸作人婦，克盡婦職規雞鳴。琴瑟靜好纔數稔，繡閣孤鸞獨守貞。長夜冥冥歌黃鵠，此心耿耿如冰玉。而今七十雖可寬，舉止言行猶慎獨。平生甘苦惟自知，不以辛勤倩人錄。君不見寰海於今世道惡，徵逐

潮流皆倘欲誰將古道挽狂瀾節義高風振薄俗

遊鐘秀山贈北强玉衡

勝遊師弟共登樓滿眼風光正麥秋閗道烽煙不可遏清愁詩思兩悠悠

水紋如珮月如弓小艇凌波趁好風蒼翠參天瞻古蹟龍鱗拳屈宋時松

差差碧水漾纖鱗芳樹森森麥壠新田舍農氓娛婦子閒愁不到草萊人

白首閒行古木陰堪嗟吾道久銷沉綺霞落日蒼茫裏倒影清溪一片金

贈楊令茀女士

詩畫清新楊令茀倦遊湖海到崇川江山有恨惟存淚歲月無情惜壯年漠漠花光朔帶雨澌澌水色暮含煙劇憐二十年前事遺墨空留祗惘然女士姊清如女士廿年前曾過從吾校贈字數幅聞今已歿思之愴然故末句云爾

滄海歸來集卷十一

桐城范姚倚雲蘊素

贈張冰如

爲憐十七年前事今日相逢應舉杯瑟瑟秋風蟲語切茫茫原草雁聲哀新皈淨業期眞懺舊恨娑婆莫令來但得此心毋敎住青蓮逐處向君開

題鎭海李太夫人八徽圖

雲白碧天清風徵秋日肅芙蓉幾含葩丹桂幽香馥忽得滬濱書次孫呈簡牘展卷誦琳琅披圖欽母淑生平善修養臨事故免俗徽音遺景慕吾歎貧且樸孝哉雲書君儒雅更敦睦擬辭頌前哲黽勉次弟述猗與太夫人聖善存性質所以姑婦間相依罔能失（侍櫛箴縰）智生倉卒際鬚眉不能出明慧發一時婦孺得安逸（急智靖變）祝融本無情引咎猶豁達惟以能鎭靜舉室蒙其吉（遇火整暇）輸穀賑飢民慈悲事瞻卹雖遭細人侮從容展仁術（振廩捍侮）人生伉儷情大槪多無悖何況德出羣服勞瘁結髮（病榻服勞）哀民慘遭蹶巨金所不欲賢郎體母仁營救遍車轍（手援拯溺）興學務誠篤樹人非樹木賢母悟斯理造端愼教育（創學惠鄉）禮佛觀滄海波濤憂舟覆設燈度衆生遐邇光可燭（然燈照海）吁嗟惟太君永留萬世福富者貴能施高懷比松菊身居錦繡叢志不屑珠玉積德予後昆勝積金萬斛嗟余乏佳境有志那能屬更媿老無文質言誌悅服

夏寐聞鶯

湘簾映案透薰風庭木陰陰半畝宮清脆一聲驚午夢隔墻鶯在綠槐中

馬塘示鄧氏姪女孝康

心清理澈樂情多參透菩提却病魔但得汝心如海月人間何事是風波

春日有感

燕子呢喃春日長花明小院競芬芳自營陋室慙吾德理達人天心境涼

閒思六十餘年事大半消磨憂患中多少存亡餘白髮且吟短句醉顔紅

哭曾孫女恂

明知幻影人間世壽天由來不足傷愚性最憐材且慧故教餘感未能忘

愛汝依依解唱詩七年朝夕爲扶持豈知一病暈花現臨死猶言上學時

題顧瓊英册子

卅年侈說自由花太息栽培始放芽悟得自由眞理想高明發展屬君家

上古乾坤本等倫堪嗟中葉忽離羣眼前教育期吾子學行能均道不分

和馬君瑋秋眺韻

蕭瑟高秋爽遙天飛暮霞皖江思鼓棹海上欲停車帶露飄桐葉凝香落桂華那禁人事感蝸舍未堪誇

校中讀史有感

寒雨瀟瀟不可聽徒悲家國幾番更讖言知遇猶遭忌何獨傷心是賈生

和李協丞元旦韻

蝸廬環境未能安自遣惟將佛理看雪月滿庭無限好清光澄澈不勝寒

回首皖江思去影海天冰雪墮明珠文章糟粕成餘事擾擾風塵何所圖

滬濱即席步張石卿原韻

西窗剪燭復何當古誼樽前孰狷狂張翰思蓴因避世馬卿千祿作貲郎雲屯喬木籠新綠露浥叢荷吐

暗香不及秋風赴鱸膾銜寒或薦水仙王

癸未仲兄召歸鄉里感賦奉呈

龍眠山翠繞層巒梅雨蕭蕭五月寒消得幾回相見老歸來莫作等閑看

情話樽前悲喜間鶺鴒千里到來難殘年七十惟珍重聚散憑他作達觀

新霽遥天散絳霞蟬鳴高柳日將斜山容沐雨添濃綠香透初開菡萏花

暫歸仍恐唱驪歌俊秀孫曾慰意多家政媳賢欣有託一壺且盡醉顏酡

直之大姪伉儷邀遊仙姑井賦贈

眼底滄桑別廿年雲山迢遞各風煙仙姑井畔今陳迹他日回思又惘然

晴翠山嵐照綺筵雨餘林薄蔚藍天今朝盡醉斜陽裏碧樹臨風噪暮蟬

和宜澤原韻

學業無窮付少年清秋山影蔭庭前還鄉暫聚親情厚往事悲涼意惘然

斜挂銀河星燦爛初開丹桂月華妍異時健飯重過日與爾樅江泛畫船

題金子善山水册頁

文沈仇唐若是班雲煙邱壑筆端間西風碧樹涼秋候靜院閒看畫裏山

萬松蒼翠蔭溪光蘆荻秋風雁陣長眼底興亡多少事披圖家國感滄桑

故里中秋感賦示直之翁望兩姪

佳節年年有故鄉月更明白頭萌別思青眼感親情遊伎皖江樂兵戈遼海生時倭寇已占東三省如何一樽酒澆此不平鳴

過樅陽

推蓬遥望惜陰亭賢宰遺風直到今德澤千秋承母教留賓封鮓昔時心晉陶侃官此所建之亭留賓封鮓皆其母夫人之教

風景無殊人事遷朱顔綠鬢憶當年蒼茫五十餘年感存歿重過祗泣然弔漱芳大嫜

萬姓居民被水災結茅山頂市羣材遥憐武漢潯陽地遍野驚鴻更可哀今年鄂贛水災尤甚

暮春公園閒眺

乘潮鼓槳小漁舟泛濫秋光雲水悠買得魴魚味鮮美呼童沽酒釋離愁

好雨新晴麥穗肥長堤似雪柳花飛依稀山影春雲展料峭風斜燕子歸

春郊簡胡滿如

春郊綠浸社神祠紅杏誰家隔苑姿楊柳煙籠風嫋嫋鷓鴣聲急雨絲絲文行似子於今少身世如余亦可嗤白首苟安扶海角烽煙滿地不勝思

步滿如原韻

花飛草長綠陰濃瀲灔簾波旭日籠春夢有痕憐去影夏雲幻變擁奇峯頻撓書味占風鐸得定禪心悟曉鐘對子俊才慙老拙讀書往昔恨疏慵

夏夜睡醒聞鄰人歌哭口占

夢醒子夜起披襟月落風輕斗柄橫歌哭誰家訴恩怨嗔癡哀樂不分明

哭易仲厚並示君左

憶訂金蘭已卅年每思儒雅阻山川正疑消息疏魚雁豈料精魂化杜鵑餘我殘年成腐朽哭君碩學間人天萍蹤與子悲今昔話舊淒涼共泫然

題雙檠樓因緣圖 樓乃張次溪徐路雲夫婦所居

關睢賦好逑治齊於婚姻以其關係大而致家國甯萬福之造端豈可徒因循所以君子義綢繆重彝倫東莞張公子翩翩姿出羣超然負所學慷慨薄世紛淑雅徐女士家學邃淵源椿萱詩禮教貞靜胸無塵

高行兩美合儒釋二難并（二子均皈三寶）媿我窮且朽無由接清芬嗟我范伯子抱道終其身徐公敦古誼辛勤刋遺文郵書徵其稿襄助賴吳君（吳北江先生爲之協助）遂令千秋後斯文得以伸引領望雲天心香誌其仁二子成佳耦始介此因緣遙知北平雪雙璧樓中月雪月本雙清斯人更清絶庭梅己含春冷香猶寒澈唱和吟佳篇愔愔鳴琴瑟福慧宜室家相賓永愉悅共證眞空理菩提空是色我慙老不文因風陳臆說

玉衡北强兩弟及三十年新舊同人諸君與學生代表爲余七十生日補祝於千齡觀賦謝

千齡樓上醉霞觴孟夏南風麥正黃少長朋儕欣讌集師生歌舞興何長厠身教育慙無補厚味交情喜欲狂囘憶月圓花好事十年家國感滄桑（余六十時校中師生作花好月圓人壽之表演）

滄海歸來集詞

桐城范姚倚雲蘊素

浪淘沙津門雪夜同外子作

月色欹斜雪光掩映庭前颯颯寒風勁良宵旅館對梅花與君共卜來年慶　凍竹無聲彤雲漾影青燈動壁間題詠呼童沽酒破寒顏圍爐笑樂三更盡

江南好寄呈舅大人

思歸客殘歲憶江南遙度高堂觀雪月翁孫賁酒對梅酣脈脈冷香含　横醉眼千里費詳參隔巷柝聲寒不禁新詞須好未嘗諳妙旨試初探

青玉案憶昔

閒來追想青山趣吟雪月餐風露水凍山凝雲滿路紅梅花下幽閨深處舊跡知何去　三年湖海慚虛譽往日溪山剩思慕邂逅津橋櫂小駐半庭紅蕚一天飛絮且覓消寒句

好事近即景

供養水仙花開到盈盈欲折一片歲寒清思共芳香幽絕　碧天雲淨雪初消又見風吹葉人意鐘聲俱遠有一輪冰月

蝶戀花春日郊行東師曾

二月春郊風似剪晴日蒼茫光罩苔痕淺嫩柳初舒煙尙斂差差碧水紋如篆　隱約青山明黛巘草沒長堤漫踏芳塵輭冰豔梅開香滿苑清輝斜映春雲展

望江南秋宵望月

金風動涼露濕堦墀迸起十年多少恨秋聲一片獨吟時去影怕尋思　清光皎明月浸高枝遙望碧天排雁字素娥青女鬥冰姿照我鬢如絲

菩薩蠻題徐貫恂古佛圖

維摩古佛深山裏跏趺一心如止水色相本來空功成世界中　廣舌是溪聲淨身爲山色但得絕塵埃蓮華自結胎

臨江仙秋宵遣興

碧天皓魄浸樓臺蕭森玉露疎槐忽聽秋聲一片來風吹梧葉落香透木穉開　淡泊自可兇忮求琴書適性消憂貧居陋巷且優游淒涼砌蟲語幽絕古城秋

點絳唇賀人西湖結婚

碧漪名湖雙淸八月成佳偶珠簾綺閣璧月明如晝　斜映三星曉露芙蕖柳獨羨他西湖西子並占人間秀

一半兒詞玉純素北四君除夕置酒餞歲余以蘿蔽解酲素曰先生食三枚有半矣毋乃多乎因感半意戲塡此闋

濃雲釀雪畏嚴寒除夕傳杯餞歲殘人生行樂須即歡嬉笑瞰一半兒微醺一半兒憨

減字木蘭花 贈汪素豁

遠橫羅帶碧水迢迢環舍外遙插玉簪秋山隱隱現峯巒悲歡無限萍梗因風成聚散月圓光皎共君今昔留鴻爪

惜分飛 送別馬君璩姪女

離合悲歡皆色相以此排愁自曠片帆海上來慰我哀思已無量　庭前冰豔梅初放纔見驪歌又唱情話一燈青仍成去影空惆悵

鷓鴣天 春寒

閒種庭花帶雨鋤隔籬紅杏幾枝疎東風剪剪春寒勁柳色青青映短裾　花未放草先舒遙知原上已平鋪課餘飯罷今無事默聽諸生晚誦書

又 春遊

麥映桃花分外明風和草長囀鶯聲扶笻偕友登樓望愁對江山百感并　尋芳徑徑幽清畫橋人渡水盈盈天邊雲合深林靄化作山前翠黛橫

壽樓春 賀李亦卿母壽

設帨畫堂中瞻慈容壽母樺燭輝紅素仰持家淑慎儉德可風庭梅放樂雍容太君數十年教育覘令嗣

學行可知辛苦今致祿千鍾惟伉儷道能同喜蘭玉盈庭含飴色養最是童顏鶴髮壽比喬松眞不負少時功看後昆事業興隆積厚澤傳家福德巍然女界宗

虞美人 贈呂美蓀

西風蕭瑟梧桐落纖月明樓角春申江上雨初晴往事淒涼怕聽是秋聲　自傷皓首蒼江上相顧能心賞羨君詩境得清閒長吟瀟洒遊遍好湖山

浣溪沙 除夕驅車至校與同人度歲憶去年填小詞今復填此以誌歡樂而贈諸弟

逝水光陰一瞥中去年今日醉顏紅飛花如絮舞迴風驅車來聽絃歌美年華雖異喜情同歲寒始識後凋松

減蘭 新秋示景石侄孫

風起疏桐玉露如珠月似弓桂子飄香漸消殘暑覺新涼舊感新愁雲淡天高滿徑秋學成及早蕭蕭白髮重堂老

菩薩蠻 贈馬妙光居士

良宵漫說無生話桐陰竹影眞堪畫皓月照高樓蟲吟滿地秋　也知空是色色裏參心得且誌故鄉情妙光潑眼明

連理枝 贈張幼溪結婚

文字連鴛牒香裊同心結畫眉深淺試看新月正清秋節望三星朗照百年佳偶和鳴琴瑟

南柯子秋夜

林薄秋聲散黃花遍地開雨餘微月入簾來嘹唳衝雲過雁數行排

滴滴金題易君左半月報

憑將眼底江山影筆端描芳菲景傾寫遨遊消晝永惜孤懷誰省　優遊文史嗟萍梗釋清愁舒新穎風月無邊供詩境任主人長領

賀新郎和黃學藝原調卽以贈之

聽蟬鳴高柳欲語芙蕖暗香馥晚涼時候忽須來新詞綺句知道君年卅九北堂喜有遐齡母況夫婿文壇泰斗玉樹盈庭皆爲俊秀歡歌舞進巵酒　當門萬綠深林藪鳥唱林間清脆遠樂其佳偶却憶卅年前舊事黯淡神傷逝友僻處窮鄉慚老朽誰是出羣雄整頓河山治國安民學術新道德舊

滄海歸來集續集

桐城范姚倚雲蘊素

壽施德涵母九十

太君能以貧爲樂化及家人亦樂天默守孝慈傳世範克遵儉德並前賢紅梅春獻香松壽白雪詞頌玳瑁筵無量佛光常護佑清樽旨酒詠遐年

壽楊晶卿姑七十

華筵開處新秋爽鄉里咸稱節母賢淑愼持家崇百忍艱難德教重三遷並佳子婦堪承志繁衍孫曾卜大年貧病我慚親獻壽祇應遙祝玉堂仙

題季貞節母傳

誦傳欽懿範披圖識女宗艱難盡慈孝辛苦致家封貞操清如菊高懷潔似松世風關淑德景仰慨千重

題孫松濤松廬校譜圖

虔求譜系遇仙槎累世簪纓各自華堪歎於今寰海薄古風猶見舊名家支分衆派共源流一本同均德澤稠亦有榮枯緣底事栽培敎養好研求

歲暮喜南雲小妹書至賦寄

十載暌違値歲闌忽傳書到爲開顔知君娛樂庭闈下慰我平安尺素間杳杳龍山明積雪悠悠崇水隔

塵寰苦辛羸得頭如雪六十餘年事可歎

代人賀壽

共獻南山壽同傾鞠膽杯兒孫羣繞膝伉儷永齊眉醉映盈庭雪香清透戶梅管絃呈妙舞觴詠盡瓊瑰

葉沛青爲其叔鶴年徵和六十述懷原韻

先生修養得眞如林壑能專不羨魚偕老早營三徑宅遺安惟有五車書祇緣愛竹和煙種端爲憐花帶雨鋤千里緘詩聊獻壽期頤可卜定非虛

殘年媿我鬢如絲故里溪山憶昔時苑敞有花堪貰酒世艱無調可吹箎聞憐猶子行高誼並卹鄉人勇護持想得春秋佳日裏龍眠勝境好吟詩

題許松甫仙姑圖

十洲三島又瑤池開遍仙葩幾萬枝採得羣芳能益壽故來筵上獻瓊巵

滬上贈亞琴族妹

遼甯燕北又江南廣座春風着意看邂逅正逢梅子熟放懷江海酒杯寬亞琴曾充奉天北平南京教習

自惜殘年百事乖堪嗟身世媿君才春申江上憐萍梗相顧殷勤倦眼開

贈呂美孫女士

良會如蘋梗神交已廿年海天秋氣肅山影月華妍慷慨聞高論清新誦俊篇陣雲何日散民困在窮邊

顧賦芬六十生日賦贈

清德傳家世有源詩書雅教古風存辛勤已達平生志小閣青燈猶課孫

秋夜寄懷黃國巽女士

白頭憂患苦侵尋雲水迢迢秋思深遙憶北平明月夜想應有感惜知音

和馬其昭壽彭同九夫婦六十原韻

相莊白首樂天倫梁孟高風舉案親儉德平生堪世法雍容眷屬物皆春

先生杖屐樂優遊湖海長歌暇日悠閱盡人間興廢理禪心自在若爲儔

頒到佳章喜欲狂遙知巵酒宴華堂海隅媿我無珍獻詩倩鴻鱗聊佐觴

風月江山到眼妍烟波美景各熙天回思少日嬉遊處人事升沈已卅年

壽徐陶夫人六十

柏舟清操比喬松敎子中西學業充加惠鄉邦能不伐詩書猶守舊家風

畫荻和丸並昔賢黎明課讀道能宣從容德化兼慈孝福慧頻增享大年夫人守節教子讀書必令黎明背誦

題于稚香添丁册子

通家喜見產甯馨繩武他年定席珍蚋館桂華湯餅宴蟾圓前夕是佳辰小兒中秋前一日生

馬伯閑六十徵詩

採芝仙露溢霞觴賓館筵開樺燭光梁孟齊眉雙甲子折肱隱德世其昌伯閒世爲名醫

避七十生日於石港陳氏漁隱山莊賦謝稚樵先生

惕齋軒前月春和澹蕩風殘年悲世亂高誼感情隆嫩柳含烟碧夭桃帶雨紅范公堤上路芳草遍青葱

和陳公良見贈原韻

清貞早賦柏舟詩甘苦平生祇自知獨立卅年頭漸白傳經雉水作名師

維持懿德眼中稀惟子淳風可嗣徽悟澈佛儒眞妙諦自然心境解重圍

默識高行已有年忮求不着卽爲仙更須參透菩提訣戒定能堅慧可綿

代人挽辭

北窗披傳仰高行有子能賢續令名幕府清華膺憑弔先生才並玉谿生

題榮秀册子

十稔辛勤學業優海深能導百川流惟期挽得狂瀾轉滌淨江山萬斛愁

詠柳

和風裊娜颺疏絲媚眼拖青不自支攀折從來惟惜別更憑紅豆寄想思

壽洪蝶君母八十

生平修養證西方德教能令世澤長辛苦囘甘到今日大家風雅永傳芳

步漪如見訪韻

花木迎春茂衰年隱敝廬願皈三寶界喜迓七香車道義交情摯虛懷意志娱所嗟生命舛接物況多疏

題潘對鳧老人百八鐘聲

儒釋淵源本一宗奈何背道不相從安婆但願由兹醒悟澈鳧翁百八鐘

和呂美蓀春雪原韻

處兹濁亂世淡泊惟忘機徙倚南窗下花鳥相因依天風墮瓊章佳句耀清輝朗誦數開闔梅影窗前欹陌上桃李姿春光照眼迷雙鬢亦如雪那得發英奇聊答千里意申江憶昔時相見在何年或可手重攜陽春詠白雪高士門寒威原草漸舒綠庭花纔含緋寒燠失節序幾度易春衣賦詩慚古人白戰嗟才微道韞蠻飛絮飄揚去復回大地已回春玉屑猶入幃空懷江海思恨不能奮飛惟應萬念寂所願西方歸

張氏母哀辭

彤管流芳直到今昔年辛苦柏舟心永傳德教遺孫子慈惠鄉邦利濟深

外子降乩感賦

身世悠悠百感并卅年前夢不堪尋清愁萬斛誰能識義務空勞後死心

送李振麟遊學美洲

新涼八月海天秋文藝期成萬里遊今日離筵須盡醉長風波浪出神州

挽周樂君祖母

年登髦耋羨齊眉含笑西歸德不違更喜文孫賢伉儷家聲能振慰重闈

壽胡伯宣先生七十

造物開宇宙生民爲主宰何以治斯民儒術之所在吾皖獨胡侯政治兼文彩鳴琴善任人延士懸榻待民贈一大錢政聲薄四海至今留去思教化總不改致仕何所有娛情惟詩酒今値古稀辰絃歌多新奏媿我隔江天獻辭復居後華筵集高朋遥祝南山壽

易君左以著書招尤書此誌念

儒雅翩翩易公子却從閒話起糾紛東坡賈誼曾遭毀文字招尤豈獨君

可惜一首柬李秉貞

浩刧塵寰那得平私緣搆造起心兵圍花嫵媚知多少可惜寒梅伴月明

挽顧端卿

高行不媿柏舟詩淑慎温恭德可師今日西歸蒙接引功成含笑到蓮池

賦贈玉衡北強兩弟

青青琅山松籦籊林溪竹各抱歲寒心淩霄氣清淑堅貞誰與友孤芳有梅菊超羣惟羅君文質如美玉淵雅吾范子契深更同族二子材濟世辛勤事教育幽谷導諸生引之遷喬木我媿宣文君子義逾骨肉

但願賢於師學遂光其續冰天開凍雲高峰朝日旭

賀姨姪孫馬茂元授室

桐城大孺孫世族詩禮系英姿幼不凡繼武定可繼賢母賦柏舟教養成文藝憶昔爾祖慈希望兼保衛
俏我戲庭前有樓名雙桂今當授室辰慈母施衾帨申戒意諄諄齊家付伉儷清和人月圓雙清增福慧
我欲參婚禮遠爲雲山蔽琴瑟詠六珈和樂魚水契學術屬青年但期進志銳靜好宜室家其昌興百世

誦經自懺

心澄志定念彌陀功到圓明却百魔從此精靈離浩劫西方路近出娑婆
殘年七十光陰短身世迍邅不必愁安命樂天隨分過蓮池佛界是前途

書慰彥妹三姪女並勉澤芳

憐汝艱難千劫身經過悲影夢中塵岐嶷幸有垂髫女學行他年慰寡親

病起書謝親友與諸生

已死何須竟乂還親朋猶子易悲歡深情顧復衷師弟病味呻吟在肺肝漸去秋光楓葉醉頻聞鳥語桂

花殘餘生秖合禪床了飛度江天雁陣寒

夜讀先外子遺詩有感示孫增厚

夜讀遺篇百感來文章識度惜君才丈夫不遇尋常了埋沒荒邱太可哀

滄海歸來集選餘卷上

桐城范姚倚雲蘊素

月下懷大姊

萬里明如鏡寒光一片清長天羣雁叫空谷草蟲鳴對景增幽思臨風動遠情憶君同此夕兩地各愁生

山中晚眺

薄暮山前木葉飛晚霞遙映碧峰暉野航橫繫無人渡風送樵聲入翠微

秋宵聞雁

月到天心映碧波風來池面縠紋多秋宵嘹唳知南向時見空堦有影過

偕大姊晚眺

月上東山一望賒野塘波影繞桃花晴空煙樹無人徑春水長天接落霞

自曹崗歸山途中口占

水繞垂楊一徑花草廬籬落野人家遠峯橫翠天將暝一片殘陽飛暮鴉

平蕪麥浪豔陽天陌上風光着意妍蝴蝶引人幽徑去山花夾路發谿邊

卽目

薄暮數峰青斜日深松裏村前橫碧煙欸乃一聲起

夏夜

夜靜挑燈坐空山約四更半窗殘月白一院暑風輕市遠聲常寂心閒夢自清悠然淡吾慮涼月滿柴荆

留别大姊

何處寒砧起淒然夜氣浮雁聲添别緒蟲語識離愁雨過深宵冷風來小院秋明朝惆悵處江水送行舟

泊樅陽訪漱芳叔母不遇

晚泊樅江岸千峰映夕陽潮來寒霧白日落暮雲黄楓葉紅如火蘆花白似霜雁兒投野渚煙火聚漁梁

放眼乾坤闊舒懷宇宙長到來何寂寞空去意悲涼雅愛思高誼交情憶草堂挂帆秋水上天際碧滄浪

過靈澤夫人廟

古廟秋風起舟行亂水兇江聲千古慨寒日一帆孤憶帝常懷蜀依兄恨在吳經過空悵望暮靄落蕪湖

秦淮雜感

棲霞山影帶朝煙楊柳初舒泊釣船無限春風吹古渡桃含宿雨隔谿妍

春水漸漸綠浸堤前朝興廢付芹泥煙絲無復臺城柳空有飛鴉野外啼

客思憑欄望落暉娱親深愧老萊衣重闈笑指天邊雁謂我鴻歸人未歸

臺城

偉哉梁武帝功業亦何榮未晤貪癡理空餘負負聲

江甯歲暮懷兄姊

寂寞近三更高樓聽柝聲雪光侵牖白燈影隔幃清寒月明山岫鄉心絆石城遙知故園意此際亦同情

泊銅陵

停棹泊芳洲湖山紀勝遊暝燈橫似帶江月屈如鈎荻港明漁火楓林現酒樓青青原上草今古動鄉愁

歸山

犬吠雲深處山村是我家白飛寒谷瀑紅現竹籬花掃罷庭前葉粘齊窗上紗侍親沽美酒隨處樂生涯

初冬與大姊烹茶於春滎軒作

近日疎風已送秋嘉禾瓜芋熟田疇山居寂歷渾忘世門對千山好臥遊

烹茶清興稱幽居曉露瀼瀼自剪蔬每共惜陰勤所業虛窗晴日讀詩書

山居春日雜興

遙見松梢挂夕陽歸鴻又過兩三行一時詩思清何着祗在山容與水光

澗上精廬近翠微四時風景有清暉門前溪水連山綠滿徑花開蝴蝶飛

桃花零落尙輕寒柳葉舒長春色闌更有一庭書帶草漸移晴翠上欄干

雨潤園畦春菜肥老農社酒荷鋤歸花邊採蜜黃蜂鬧溪上啣魚白鷺飛

照眼芬芳盡可詩風和日麗影遲遲黃鸝清脆鳴喬木白蝶翩飛撲釣絲

寂寞山村少客車午雞聲裏是田家閒乘薄醉尋芳徑處處新開雨後花
鳥倦花飛柳欲眠寸心開處卽安便椿庭但祝常清健好把新詩托碧川
綠深庭樹漸婆娑燕子歸來覓故窠迸起幽人無限思廿番花事已無多

由靜觀草堂回城題呈姨母

蕪菁滿地色葱葱竟歲風光景不窮靜掩華門清晝永虛窗日上竹簾籠
地僻幽棲不計年綠楊墟裏起孤烟人間美景甯能少誰結溪山靜處緣
忽聽催耕布穀啼長松蒼翠草萋萋桔槔聲裏斜陽晚千頃秧針一剪齊
到來正是麥初黃去日秧歌繞草堂村婢遠沽茅店酒傾壺酩酊餞行觴

夏日卽事

日長當晝靜風送採樵聲宿鳥驚枝動新蟬抱葉鳴野花紅屋角細草碧烟潯一徑茅茨掩翛然逸興生

題秦良玉傳後

聞說巴江烽火生夫人百戰劍光橫至今石柱悲風起猶帶淒涼暮角聲
盟心萬里蜀江清寶劍光寒五夜鳴野老至今傳斷袖騷人何事說東平

閨端午

驚心艾虎猶留壁朱索飄搖仍挂門此日漫傳曹女恨依辰再弔楚臣魂堦前樹色搖風影山外晴光帶

雨痕最愛漁樵幽谷裏梯田環繞幾家村

茉莉

娟娟璧月挂峯頭細細泉聲繞石流忽有幽香來檻外玉英半吐正新秋

寒食後四日奉和七姨母原韻

雨後春風到檻邊時吹餘滴落堦前溪山乍别還相戀佳節初過思渺然美酒何須誇滿榼浩歌且欲效斜川遙知此日江村外草色湖光翠接天

幾點歸鴻天際來棠梨花發映莓苔深慚知己彈珠柱好放襟懷向玉杯小澗水生青草滿長空風捲白雲開幽人只恐春將老拄杖尋芳日數回

七夕欣逢大姊歸甯

疎疎庭樹獨婆娑佳夕欣逢共子歌一院秋風看牛女碧天無際渡銀河

春日正長無端感興偶憶西山故廬得四絶句

十載山居養素眞一川風景總宜春孤城疎雨如絲裏惆悵當年谷底人

庭草青葱旭日遲幽香初放砌蘭枝芸窗忽聽黃鸝囀髣髴風光似昔時

暮山含靄漸黃昏竟爲花姿破醉痕最憶月明幽徑裏松崖猿鶴嘯柴門

偶思往事動幽情翠蘚盈堦冒雨生一樹碧桃花隔牖步隨蜂蝶趁新晴

酬漱芳尊者原韻

雨催花事太匆匆迎檻東風送落紅鎮日孤城惆悵裏天涯忽喜寄詩筒

小窗漸碧展芭蕉滿苑蒼藤鎖寂寥萬斛詩懷何處寄一天斜日暮山遙

題畫

碧簾櫳外放花枝無限春光燕到遲正是清和好風日冰綃一幅寫生姿

朝曦入屜喜初晴閑聽空庭啼鳥聲紅苛着花偏有態若含春雨更多情

新綠叢生曲徑通碧桃花謝小樓東穿廊三五飛蝴蝶栩栩隨風趁落紅

深藏幽色是誰家迎夏山梔已吐花更有暗香開月季晚風初放幾枝斜

一池春水映籐蘿時見文魚躍碧波最好滿庭佳日麗東風吹漾白蘋多

夜醒口占

流螢怯雨入帷明風展芭蕉葉有聲夢醒四更殘月白一燈清思聽蟲鳴

初秋閑理小園因作十韻寄仲兄時在天津

城市非幽境心清自不喧餘閑耘小苑乘暇掃茅軒蟬噪庭槐裏蛩鳴砌草根秋風穿屜冷疏雨撲簾繁花徑紛殘葉壁苔長細痕徘徊看天末回首憶津門客況生新感故園思舊言典型舒大雅宿學抱乾坤高樹月華隱平林暮靄屯篝燈修尺素眠食愼朝昏

中秋月夜懷二兄三弟

庭桂幽香襲清霄月更明感時懷遠道佳節倍關情秋露凝花墜涼風掠袖生徘徊良夜永游騎雜歌聲

秋夜述懷寄漱芳尊者

霜天斜月夜迢迢小苑秋聲動碧霄四壁蟲吟清夢醒五更雞唱素心消陶潛高尚緣能淡賈誼遭讒豈自招料得幽懷能曠達不爲貧病惜飄搖

雪中憶仲兄兼送伯兄季弟之天津

寒梅横檻放幽香點綴盈庭白雪光念我清寒增悵望知君蕭瑟倍思鄉鐘搖投子山光白風急津門海氣黄鞍馬孤城又兄弟輪帆南北望高堂

江行月夜懷大姊

寒渚清霜肅空檣皓月高村荒少人跡野闊静江濤遠火横前渡孤煙隔短橋徘徊停櫂處坐憶碧天遥

懷大姊

空庭明月影照我故園心憐此娟娟夜誰歌緩緩吟潤花涼露濕穿戶落輝沈衙鼓頻催曉遐思在碧岑

安成聞鵑

迎春煙透碧峰寒麥隴青青楝子殘無限落紅飛滿徑子規啼過武功山

月夜有懷嫻存族妹

碧天望斷白雲清風露凄清萬里遙飄忽夢魂飛不到相思隨月渡迢迢

寒夜思母

自惜髫齡廢蓼莪廿餘歲月只蹉跎誰憐失恃清宵淚更比蕭蕭寒雨多

滄海歸來集選餘卷下

桐城范姚倚雲蘊素

題西山圖次三弟原韻五律四首

客裏披圖畫峰巒到眼中參差山果紫濃淡苑花紅林敞來游屐潭澄下釣筒坐看飛鳥沒淸思欲翻空

廿載慚無學新篇強唱酬年華輕過眼春思展枝頭冰解魚兒泳晴暄鳥韻幽誰憐邱壑意淡泊不知愁

竹石侵茶竈藤蘿繞蓽門放懷忘檢束列坐雜卑尊樵子穿林杪漁人釣石根好將淸絕景付與畫師論

骨肉幽棲樂悠悠任性天閒情弄風月生意托山川久宦勞車馬歸耕問舍田冰綃能寫意應與此山傳

秋杪雨後懷漱芳尊者

風颯宿雨洒殘蕉小院晴霞鎖寂寥動我遐思秋漸老憐他淸況景將凋惟嗟徐淑辭情雅仰慕班昭著述饒想得湖光淸萬頃一庭涼月度中宵

秋日懷漱芳叔母

風雨散秋聲溪山喜放晴索居思舊事知己感生平恐負三生約虛勞五夜情碧雲靑嶂外雁字幾行橫

春日漫題有懷夫子信筆書來聊以撥悶

二月東風展物華鶯鶯燕燕又煙花春庭日午蜂聲暖簾捲爐香透碧紗

曲欄干下獨徘徊種得芳蘭次第開花鳥宜人無限意十分春色待君來

幽閨子夜怯春寒遣興揮毫強自寬最是可憐天際月不知此夕共誰看
官齋鎮日憶高堂椿壽萱榮春興長悵望空慚千里意天涯遙祝海山康
玉蘭初放夜香寒杏蕊將殘長嫩蠶萬斛寒光同此夕心隨明月到江南
帶雨山容秀繞城閒愁觸處總關情空庭一片嬋娟月涼透簾櫳入夢清
別來況味念相如一種心情未忍書春自無心戀蘭芷芳香空繞綠庭除
安得身如比翼禽一爲錦字問消沈誰憐蘇蕙迴文意迢遞空勞萬里心

補和舅大人寄家君韻

杖履清臞堂上翁孤懷嘯詠海天中有時感慨憐遊子萬里謀生客鬢蓬
雲影依微月影重先春梅蕊綻牆東誰憐孤館寒宵裏有客高吟擬放翁
中庭雪月兩交融車馬閒閒少過從稚髫自慚居廡下療貧戀祿滯梁鴻
漠漠黃塵宇宙蒙乾坤清濁那能同風號萬竅甯須我獨抱澄懷味自濃
憶昔西行正落楓牽衣兒女未能從最憐佇立看帆盡淚墮江流咽鳴風
涼月紛紛怯勁風碧天遙望夜光同他年飄忽又何處誰向荒庭問往蹤
富貴輕塵本素衷遺安有計古龐公若成邱壑能專志管領溪山十畮宮
鄉思迴腸九曲中趨庭屢隔愧吾翁倚門若問歸來日秋水將生一櫂東

詠櫻桃花柬張冰如

茜媚盈庭帶雨含雲裝雪緞綺窗南破愁杜甫興亡感憐豔張卿雅俗慚來日清娛君未艾餘生憂患我何堪祇今邂逅櫻花下鬢影羞窺鏡裏鬖

題陳康晦蘭花冊子

香卉奇葩逗碧氛深紅淡白總紛紜眞香不與繁花競默抱孤芳獨冠羣

青春白下記曾遊卅載淒涼賸舊愁今日祇餘霜鬢影蹉跎人事愧沙鷗

閱報書憤

眼昏頭白空知恨利欲眞能死萬夫安得英雄造時世頓教江海一朝蘇

送別春綺

宇宙韶光本易消那堪行色更蕭蕭芙蓉裛露嗟朝落松柏凝寒識後凋再會願乘潮信到相思毋使雁書遙正憐心迹雙清際誰遣春風送柳條

酬呂惠如校長原韻

差差春水縠紋生片片飛花似有情屢歷危機思遯世曾經毀譽欲逃名孤懷且喜多君識故里書招速我行（時叔弟招予回里）讀子新詩愜心賞筆端清峭玉谿盟

題馬伯固遺册

小謫塵寰已了因却將手扎證前生關情我有莪孝感展覽遺文一愴神

月下聞笛贈子玉

飛聲鄰笛韻悠揚一架藤花蔭曲廊玉宇月明涼似水淸宵陳迹莫相忘

題張紹南中外冊子

地變天荒枉泣歌中原民氣未消磨蒼生血汗吾儕淚自古興亡感慨多

題顧昂千五十壽徵詩

扶海名儒性樂天故家詩禮舊靑氈齊眉梁孟能偕隱觴詠新聲被管絃

危世棲遲抱獨醒優游湖海漫窮經揩筇笑傲閑風月浪跡琅山五點靑

題許夫人七十壽屏

樺燭金樽燦登堂瑞氣隆興家稱儉德淑世仰賢風繞膝芝蘭茂齊眉伉儷雝祝君松鶴壽長樂健康中

爲無錫陸蓉芬題其父五十壽

遙祝先生壽且康齊眉相敬老鴻光詩書雅教宜孫子丈履優游江海長

高歌斗酒自怡顏蘭玉盈庭學更淵慈孝一家傳盛事雍容長樂惠泉山

雪晴

雪光雲影耀書帷忽櫟風聲竟夕吹今日喜晴簷鵲噪耐寒祇有老梅姿

春曉

夢殘春曉曙光晴百舌枝頭弄妙聲草木萌芽和雨長膽瓶花放暗香清

和謝林風哭花韻

廿番花過尙餘香堪歎詩人枉斷腸開落自然循節序靜觀物外對斜陽
蝸廬僻靜可安禪幻影由來本可憐已去芳春君莫惜陰陰夏木蔭雲天

贈馬伯閑夫婦五十同庚

綺筵樺燭瑞烟青玉樹芝蘭喜繞庭梁孟齊眉增百歲優游偕老水西亭伯閑家有此亭
書法驚龍隱曲阿嘉賓美酒慶笙歌折肱家學能名世吾祝君家福慧多王右軍傳論者稱其飄若浮雲矯若驚龍伯閑世醫而工書

馬田夫人挽辭

乾坤健設人間世坤德實居敎育源縱觀古今賢哲士多出母敎能宏宣今誦馬母之懿行生平甘苦誰能言訓育諸郎成其學相夫眞不愧蘋蘩勞則家興逸則敗敬姜千古之名論夫人操守能實行故積福澤遺子孫家治端爲國之本困窮方顯道義尊淑愼勤儉孝且慈我雖未識素聞之音容雖杳德可法徽音永垂後世師

壽顧夫人七十

瑞藹蔭華堂青烟樺燭長持家稱儉德從宦助循良詩獻千齡壽花開四座香芝蘭依玉樹繞膝祝康强

壽尤彥清先生九十

誦經禮佛日參禪花燦清溪月滿天隱德不名爲至善故敎壽考子孫賢
白髮斑斕舞彩衣期頤定卜駐春輝孫曾繞膝崢頭角色養雍容志不違
北宮孝悌嬰兒子磊落襟懷性率眞始信義方原有訓故能免俗獨娛親
昆玉齊名各擅長佳賓旨酒宴華堂新詩觴詠南山壽共祝先生丈履康

滄海歸來集消愁吟卷上

桐城范姚倚雲蘊素

避亂馬塘鄧氏義莊用去年病後謝親友韻以謝翰芬姪壻

去年今日喜生還今日重逢倍覺歡霜稻未登瓜芋熟木樨欲放芰荷殘相依貧老憐離亂古誼周旋照胆肝滿地烽烟雖未靖成城衆志莫心寒

翰芬姪倩以其尊公孝恪先生義莊題册徵言於余昔先生宦遊於山左數十餘年政治清廉愛民利物晚歸鄉梓以所有俸錢創立義莊以贍合族之孤貧無告者又提倡佛學志度衆生鄙人欽佩之餘勉成俚句以誌景仰非可謂之詩也

創業先賢文正公後興孝恪濟同宗千年范鄧遺仁澤永爲孤寒立惠風

贈嚴生敬仲

極目兵戈滿韶光感逝波少年眞可畏老憊奈愁多殘月凝霜落寒風繞樹過烽烟何日已歎息枉悲歌

丁丑冬夜不寐

風雪盈窗映眼明寒宵展轉念蒼生無窮家國安危事臥聽鄰雞唱五更南北各省以砲彈喪亡者不可以數億計

馬塘除夕

鄉居亂世小桃源境外哀鴻太可憐敬老親朋敦古道兒童待旦樂新年

明朝七十五年華眠食能安卽是家一串摩尼消歲月杖藜村落探梅花

除夕寂寥因禁爆殘冬過去物華新飄揚臘雪豐年兆梅綻枝頭又報春前二日大雪明正五日立春

戊寅新歲有感賦贈于周王羅張范諸子

平昔論交有故新直須患難見情眞分金管鮑相知少況是桑榆暮景人

王芝生招飲席間半屬弟子卽席賦贈

未能酒醉情先醉亂世師生意更長我本平生輿蕭瑟相逢相惜鬢如霜

贈趙生景桓

無限蒼茫感干戈何日銷草萌春水長思逐故山迢學術慚先覺艱難識後凋多君勞遠道卅里慰無聊

馬塘初春雜興

田舍人家亦整齊竹籬花放隱雞棲鴨羣浴水知春暖芳草萋萋聽鳥啼

劫後申江憶故人書來喜慰病痊身白頭我願能清健好作他年舊日賓得瀠如信喜其肺疾痊愈

西疇春及事農忙二月新蠶採嫩桑芳樹連雲林薄遠郊原麥綠菜花黃

久居安境賴親情堤柳舒青春日明筍脆菜甘村釀熟澆愁惟有盼昇平

蓮池法界主禪宗祗在精誠一念中佛會聽經開慧悟也知身世本來空此間先賢鄧璞君先生設立佛會住持僧爲東瀛惠芬二師

營巢燕子趁風斜淡白梨花間杏花忽憶故山風味美芬香烹啜雨前茶江蘇茶均產於皖浙

夜來時雨發輕雷滋潤園畦春韭肥佳膾盈盤產東海漁人挂網弄潮歸

嚴生餽我玉盆梅雅誼清芬各異材誰賦東坡春月好花前宴客醉瓊杯王夫人謂東坡曰春月令人和悅秋月令人慘悽今夕月明梅放何不召佳賓飲於花下東坡大悅宴客大醉爲賦春月好詞一闋

嚴敬仲世講贈梅花後二日大雪賦詩致謝

客窗靜坐愉無事何處春風飄暗香嚴生雅士抱雅致走送紅梅置我旁豈其預料有春雪雲助清興情何長雖非放鶴亭閒景點綴虛齋意已良氷姿耐冷如高士霏霏柳絮凌風揚平原萬樹皆皎潔曠懷才解憐孤芳須臾天霽明月出庭前交映開清光對梅把酒誠足樂慨然洒淚哀流亡橫飛碧血骸遍野民生無辜罹禍殃嗟哉頭白遭亂世幸有親友留斯鄉我媿清貧何以謝聊賦新詩貽子藏

戊寅鄧氏義莊歲暮懷尤璞君

寒宵獨憶嬰兒子清澈胸無一點塵雍睦一家存孝悌卅年於我更情眞

避亂秦家園贈楊芷芬

楊君義俠亦豪雄小隱農村季布風萍水我來尊白髮相看青眼亂離中

農村散步

潺潺野水環農舍平隴青青麥浪深喬木枝頭發天籟臨風好鳥弄清音

翰芬策杖出門余問何往對曰閒來無事下南鄉余戲續成一絕聊以撥悶

閒來無事下南鄉戴勝催耕初夏長水鏡秧針開淡綠桔槔汩汩送斜陽

爲人題山月幽蘭圖

空谷孤明月寒輝照國香禪心和皓魄應共海天長

敬仲延汾相邀小住清談數日道義可感適遇中秋有感家國賦詩贈謝

離亂逢佳節覊愁寄異鄉金風雲慘澹玉露月淒涼古誼憐衰朽交情感意長如何問興廢身世兩茫茫

贈鄧吉餘夫婦

海岱歸來世味殊胸藏文史五車書鷗波小築開三徑花木扶疏稱隱居

吉如豈是尋常眼亂世高情爲我青萍梗相逢賢伉儷不嫌衰朽惜飄零

贈青島楊星階燕台林惠生

飄泊同爲客萍蹤友誼成聞言知異俗覿面識高行月冷霜華重風吟落葉輕烽煙無樂土政教是民生

題李徽盟萍園

主人雅抱葛天民小隱萍園與物春萍占千秋名劍客誰云柳絮是前身（劍名青萍）

蜀士余眠琴來訪索題

南北陣雲何日散蜀山迢遞皖山青白頭我亦同飄泊憔悴荒村識客星

題趙氏老人趺坐誦經圖

木落郊原遠晴光極目開老人獨趺坐心月見如來

鄉居喜施志淳弟見訪

朝曦羣鵲噪知有故人臨道義情關切衝寒慰我心

贈周筱齋醫士

悵望郊原曠落木遠參差氷天飛凍雲寒鳥欲何之策杖場圃遊且復安棲遲井里有幽人抱道養其親不得爲良相良醫濟斯民田園開三徑花鳥宜秋春周子懷所學甯靜甘澹泊同志二三子盤桓登小閣詩畫互相娛亦各樂其樂濁世惟讀書興操九皋鶴因澜我來晚避亂嗟貧薄聞名即相邀雅誼眞且確爲我診衰病更兼求良藥摯愛居師友自慙何所有文史不計年清論間老朽賦詩聊致謝以誌交情厚

冬晴西村招飲

河水澌澌夕照暉冬晴風細不吹衣一篙小艇微醺裏適自西村赴飲歸

聞仲兄避亂秦中有懷復以自勸

殘年風雪越關山離亂誰憐道路寒五十年來悲遠嫁桑榆珍重不須歎于歸范氏五十餘年歷盡艱辛今逢亂世無家可歸較之兄則路猶近矣

除夕有懷希靜姪媳示祖玉姐妹

扶持衰老賴周旋共憶雲山路幾千客舍一樽聊共醉亂離風景又除年

和陳玉白見贈原韻

春寒不禁透簾幃無限歸思逐夢飛今日開顔逢俊秀如君才智眼中稀

聞河北警報示王桐生補錄

億兆同心始奮揚誰衽金革北方強風過荷徑香穿戶月上槐陰影拂廊誰哭秦庭能踐誓獨憐漆室枉悲傷腐儒亦有興亡感北對河山淚幾行

題春曉賣魚圖

欸乃聲中樂意多西巖春曉碧煙波賣魚沽酒雖徒醉也解防陰備笠簑無論家國預防則皆可免禍

乙卯潮橋商校暑假三年級學生倩曾孫臨乞詩賦此貽之

百里能安賴宰賢平疇萬綠稻芒田齊家治國男兒志還我河山屬少年

新秋散步

日行西陸又秋風荏苒三年憂患中綠野晚涼時策杖夕陽蟬噪過橋東

示恒臨二曾孫

年少韶光必讀書莫教嗜欲悔當初中西學術能崇實事業何愁不展舒

憶故廬

避亂藏隣境羈愁憶敝廬門前雖陋巷室内俗氛除春日花常茂秋宵月浸虛何時得歸去禮佛可安居

沙士度六十徵詩

先生杖屐樂優遊物外襟懷自不愁避亂農村聊小隱朋儕卮酒祝高秋（時值仲秋）

余將返潮彥姝姪女亦卽往滬離緒萬端無以自釋時值初冬月明賦詩貽之以爲互相珍重而圖後會勉之

月皎霜華冷宵深樹影移時危惟曠達理直免猶疑眠食如安健相逢自有期無爲在憂患惜別兩淒其

潮橋遺悶

己卯吾年七十六遭亂無家心局促日薄西山愁累人生不逢時思反復三載烽煙無好懷辜負春蘭與秋菊摯友賢徒阻江海疇昔歡娛那能續嘗誦古人曠逸詩消遣煩憂轉可淑朋儕弟子交情眞愛惜衰老憐風塵且復作詩聊自慰有孫伉儷能相親（次孫在此爲商校教員吾故依之）忽憶伯子有警句悼其前室悲情頻我用其語以解悶得福當足蒙天仁若爲近死復愁苦達者胡爲不自寧（末二句伯子詩眞青二韻通用）

贈謝陳稚樵老翁

先生道義漢朱家田園千頃開桑麻庭前玉樹皆國士政治教育強中華邀我避亂特青眼高風古誼干雲霞栽培隱德昌其後善爲壽相徵齡遐

步前韻贈秦老

主人秦老世農家秋場霜稻春桑麻婦子怡然意無忤萱堂九十觴齡遐（來之日適其母九十壽）我來賃居善招待

尊賢敬老思毋邪四時花鳥足風景臘酒雞豚樂歲華

贈慕昭賢弟

松柏清貞張慕昭生平尙義不辭勞嗟余白首逢飄泊卅載關心識後凋

滄海歸來集消愁吟卷下

桐城范姚倚雲蘊素

大雪有感

自嗟耳目聰明減去住隨緣媿累人曲苑寒侵松色翠平蕪風勁雪光新已醒蝴蝶勞塵夢未息驚鴻困頓身逆順窮通皆係命平心消遣了餘因

犖如案頭讀先外子詩集有感身世

知己久亡誰解識不堪身世度春秋而今滿地干戈裏無奈愁何聊寫愁

聞女師遷至豐利書以慰勞玉衡等諸弟

客舍遙憐諸弟子舟車風雪正蕭蕭祗緣教育儲才地跋涉寒江不憚勞

漁隱山莊歲暮雜感

何者稱三友歲寒松竹梅冷香和碧色風雪不能摧門外瓊瑤潔庭前飛絮斜枇杷枝上積似放款冬花（枇杷經冬不凋花名款冬）

患難能相恤眞當骨肉看一樽白臘酒可以禦嚴寒（謂次樵老先生及慕昭）

忽報吾兄喪哀深淚反乾亦將精力盡排遣强從寬（仲兄歿於桂林）

避亂三年客消愁惟藉詩况當値歲暮歸櫂返何時

天霽凍雲散孤懷萬斛清衰年無所祝希望祗承平

計程纔百里烽火隔千重世亂憐兒姪（作詩時余尚不知吾兒彥殊已死傷哉）艱難守固窮

我有金蘭友危城獨苦辛遙知風雪夜應念白頭人（謂尤璞君）

如得歸邱壠平安仗佛慈虔誠香一瓣賜我到蓮池

我爲風雪阻卅里路非遙又近除年日清貧念爾曹（謂次孫夫婦）

三番除夕

佳肴美酒薦春盤主誼殷勤客意寬歎息有家歸不得三番除夕未眠安

贈王守銘

萍蹤如行雲亦復若飄蓬王君世通家比鄰常過從令堂本摯友情話杯酒中君室我弟子更覺交情濃世態務衰薄子獨尚豪雄人情貪私利子獨秉公忠嗟我依孫處避亂權小住聞有故人來停驂暫延駐相見互致詞恤老和温語向我乞詩篇心煩無佳句別後吾復病炎暑更虐助病已稍稱愈涼爽得好雨拂箋寫蕪辭聊爾述平素

贈言行一孫士枚夫婦

守銘春暮索吾詩行一新秋又致辭媿我枯腸無健句感君雅誼有清思白雲縹緲金風爽碧樹縱橫玉露滋鴻爪相逢欣小聚爲憐衰朽共扶持

余年邁力衰恐旦暮不保有累親友溯自癸丑戊寅己卯庚辰四載承此邦士君子敬老隆情青眼相遇今當九月高秋買舟還里臨行作此留別嚴敬仲周小齋汪鏞生吳璞丞楊同蘇鄧懷農姪壻鄧翰芬諸君以誌感謝

祗緣歸骨買行舟鴻爪泥痕四載留今日還家還惜別諸君高義似清秋

冬日晴暖義莊散步述懷

今日天氣佳但恨無明眸川原好風景惟有心能圖冬晴鴉鵲喜飛鳴繞高樓輕風吹我袂日暖如深秋久客聊自遣策杖場圃遊本欲遂歸去親朋情再留難竣太平日姑且返故邱人生處濁世譬如不繫舟環境雖惡劣安命復何尤殘年近八十世亂空懷憂艱苦嗟難度安樂如朝露所恃誦佛誠祗待慈航渡

余自避亂以來於茲四載慕昭弟每歲親迎情意備至復承陳氏父子兄弟青眼招待此次來迎余以事未果而令其空勞往返余心惻然感愧賦此致謝

車轍衝寒曉霧侵載馳感我故人臨青天千古懸朝日照耀寰中道義心

庚辰除夕自儀

雉水留連四度過關心家國又如何但期宿債從今了早達西方樂境多

寄贈徐渭師姚宜澤夫婦

三日西北風春深猶苦寒桃李雖放華芳菲爲之殘嗟我蟄窮鄉老懷失其安幸賴諸弟子眠食得盤桓

所親隔萬里離亂各艱難況我貧且病有琴向誰彈頻年遭死喪與會成辛酸忽得天外書喜爾結鳳鸞于歸得佳壻愔愔琴瑟歡徐君乃人傑學行爲士冠他年達其志事業成大觀兩家世澤覃和樂同苦甘勿謂詩禮古新舊當相參婦德汝勉之雅教冏所諳福慧合雙修義利理宜探有感伉儷意故作曷辭談賀言留紀念遠道寄雲南

贈閔孝同

皖水烽煙漳水渾風塵浩劫夢魂驚異時林谷藏才俊治世徵賢在逸民

病中有感

高飛鉄鳥過滇緬閔子澄懷且自豪萬里讀詩歎景慕淒涼餘我沒蓬蒿余兄弟外子均前後先我而沒亂世貧病餘我老朽傷哉

示不平者

浮世艱辛皆是債但能無媿卽光明直須到死塵緣畢還我西方清淨程

壬午元旦有感耳目昏瞶有失愉快作此聊以自嘲

事遇不平當自反常存責己勿尤人胸懷恕道能容物好爲兒孫種德因

贈張雍九

白首歸來耳目昏佛經儒典不能溫自憐朝夕無消遣幸有胸中性理存風月無邊遠視無心清未許失眞吾難除濁世諸煩惱理得觀空自可除

擁九孤懷亦自豪生逢亂世隱蓬蒿殘年於我加青眼愛護交情感義高

孫靜宜吳允誠二君以余目力昏暗邀至市購鏡以助光明未得如願悵然而返此情此義銘感於心賦詩致謝

師生道重義難尋更比桃花潭水深患難交情如子少殘年愛護感知音

玉衡爲我七九之年置酒祝壽北强挹清親自烹調並邀易王志淳兩弟同席盡醉盡歡賦詩致謝

盈池碧水叠荷錢初夏風清麥熟天餚饌親烹知味美世情驗久覺愚賢非常浩劫皆因造禍福由來豈偶然多謝諸君期我健他時同樂太平年

贈馮氏弟昆仲

龍山世毓文扶海亦鍾秀此間有馮氏詩禮傳家茂馮君富文學有女續其冑長鋼字太名天性極温厚風度出大家佐夫永世守子女皆教成言行無慚疚夫歿禮空王清淨超世宙次鎮字誌芹書法父所畀習畫廣求師道遂顯於藝慷慨師友間分憂重俠義亦若北風强饒有男兒氣馮范世通家於我稱師弟從游數十年愈覺敎崇誼卻憐二子賢所遇同乖戾願保千金軀佇看邦家治

八十生日病中口占

坎坷身世不須傷八十殘年豈久長無忝所生堪自慰蓮池樂境是吾鄉

病中口占贈陳韻珂

仁義光明如皜日俗塵那解見分毫此中卽是菩提果儒佛同歸道一條

病起

自名慙慧是癡人未了娑婆宿孽因但願無災還淨土早教魂魄返天眞

承諸君捐貲印集感賦

不惜兼金慰暮年諸君厚誼達雲天有才傳世吾滋愧刋集高風卻可傳

滄海歸來集文

桐城范姚倚雲蘊素

贈易仲厚歸龍陽序

丁未季夏易仲厚辭余歸龍陽余慨然謂之曰吾甚悔以尺書招子千里東來未竟期年而子舍我去矣然子誠欲去乎不得已也初令兄實甫與先夫子爲詩文之交有年矣余恨未能識子今以教授吾鄉之故始得與子相見夫人生所謂相知者貴相知心杯酒接談朋儕歡讌而趣類之不相屬者比比皆是求其相契於淡泊之中隱合於無言之際所謂性情眞感者乃天與之非人力所能致也余幼失恃從先君宦遊於江右後從夫子橐筆北遊閱所謂名門大家之閨彥者多矣間有才華秀麗氣質敦良然覽其著述考其言行終難脫闤闠之習至於胸懷瀟洒言行樸質蘊瑰文負學術而不自伐如吾子者豈可得哉是乃抱士君子之行者歟余自夫子歿後生氣殆盡乃遇子之雅愛解我不散之隱憂以爲不見則良已矣既相見而終散孰若不相見乎此吾所以深悔招子之來也子行有期又值朔風凜冽益增人之離緒行矣強飯善自珍衛余以區區哀感之病體焉知來日之何如聊爲言紓吾意并贈以歌歌曰奉君金巵兮與君離羣薄言遄歸兮何以贈君仰睨征鴻兮思逐飛雲人生百年兮終須歧分庶接以神兮挹君清芬

侯蕊金女士詩序

吾於光緒辛卯來歸通州范氏先夫子肯堂語曰鄉中侯氏與吾爲累世通家有女士蕊金者爲吾友周君小樓之配未婚時周君患疾甚劇其家人戒不以聞女士知之毅然獨往周氏爲親調湯藥衣不解帶者累月周君賴其護持病卒以痊成婚後克盡婦道而素嗜吟詠猶嘗賦短章寄其幽思吾謹識之然以數十年舟車於江湖之間憔悴於哀樂之境未能與女士欵洽中相慕之忱自罹大慟亦無心寄與筆墨之間訪女士相與倡和去歲本州巨紳振興女學舉鄙人長校以吾夫子宿抱教育鄉里之志天傾大命不得竟其願遂起熱心於死灰之中勉盡緜薄補遺憾於萬一昨者吳芝瑛女士寄其創辦女子國民捐册令爲募貲校中監理吳毓滌女士持以示其姈氏姈氏者即女士也首先慨助多金吳女士喜而告余并攜姈氏詩稿屬余爲序讀其詩益想見其爲人蓋胸襟磊落深明大義慷慨有素者也噫此女士少時所以能脫兒女之習有以全其夫於危乎吾爲之序述其平生之梗概如此

圓穉愜適兒仲實

胎教

列女傳曰古者婦人妊子寢不側坐不邊立不蹕不食邪味割不正不食席不正不坐目不視邪色耳不聽淫聲夜則令瞽誦詩道正事如此則生子形容端正才德過人矣周之太任德行純粹實行其教故生文王爲世聖人夫人性之臧否本於胎教猶水之發源源不清則流不潔凡當初娠之時妊者言行與起居飲食均須確守規矩子在母腹日夕滋生稟受其氣質有納母教之感覺其母不淑即感其惡長而教

之爲能易性愚戇以爲胎教有德智體三者之關係言行合於道德胸懷磊落受良善之箴規無悖謬之舉動是種其德因神致清明思想中正常抱靈敏之懷是種其智因血氣和平飲食有節勞逸合度運動適當是種其體因留意此三者自得胎教之善果既有善根然後施以教育則易於成器矣爲妊婦者可味斯理耶

論爲繼母之義

家庭中有天然之親有義合之親父母兄弟天然之親也繼母姑婦娣姒姑嫂皆義合之親也妾生子女又居天然義合之間者不可因義合之親致傷天然之恩處其際者自非熟讀詩書富於學力德行醇粹極有涵養加以嚴肅精幹之才力洞徹乎情理善施其德義不足感人使之誠服致一家雍睦渾然相忘以召嘉祥也

夫爲繼母者實居倫常中最艱難之境苟非才德優美不能善處其家而執家政若其人德雖溫良性過懦弱仍不得家庭之安謐況失之強悍者乎蓋常人之情多畏惡而凌弱故須教育之陶鎔而後或改爲繼室者須知己既續其名位乃爲死者之代表死者之責任己卽負之然才德不稱之庸人又烏知己爲他人之代表卽應盡其義務故生種種不平之現象致一家無安樂之興味

繼母不慈子女必受其荼毒子女桀傲不馴繼母必受其忤逆此人情不平之常理顧不平之原因由何而起蓋天然義合之理未明彼此各相異視暗存心跡以致乖戾嗚呼舜遭極不慈之後母而能大孝後

世有幾人耶嘗聞古今賢哲多出賢母之善教而繼母善教前子者罕蓋非繼母心術不公但知寶愛己出之子女不以平等眞誠之慈愛待前室之子女卽子女性質不醇恃其內外祖父母之愛護不聽從繼母之命令故作刁難存心違抗故耳欲兩方之孝慈須恃當此境者仁術程度之高低以爲主秉受一家至親骨肉維持之熱心以爲輔而後始能望其教育之有成此閒複雜原因不可槪論大抵繼母入門時前室子女年齡幼稚智識未開繼母誠能以慈愛爲心視同己出則感情易入教導之功亦易顯苟其子女已及壯或賢或不肖已成定局爲繼母者雖有賢能亦無所爲用不過徒負名分非盛德宏才不能令其悅服矣設遇兩賢相値乃其家莫大之幸福此可遇而不可謀者故古語云中年喪妻爲大不幸此之謂歟嗟乎世之親生母賢子媳猶且不肖況繼母誠不賢者乎故鮮能寧其家苟得彼此均殲其非親生之意見凡事大公無私以恩義互相感化久之意合情投自然上慈而下孝得其平焉鄙人髫齡失恃性復不敏蒙先君之慈愛受趨庭之訓誨先君以世傳文德擇壻必重文行高范伯子之英才故不辭小嫌授以繼配之命自慚德薄才庸夙夜悰懼誠恐有忝所生而累祖德故于歸之後拜於前室吳孺人墓下不禁蒼涼身世之感而揮無窮熱淚祝之曰吾爲子續殆命也夫今爲子之代表子之父兄子女我之父兄子女也應盡之義務不得辭焉子其有知乎其無知乎且弔之以詩曰他日黃泉相會見眼前人事歸吾嘗故廿餘年間兢兢操守未敢自逸每遇一家患難之秋未嘗少避不幸臨老而作未亡之人不能從死則有生一日卽有義務在焉非敢自伐以此中實有備嘗之甘苦故畧述其義理爲

世之繼母告也

古人立言必從自己襟懷素有中噴吐而出故誠立義著感人至深自非然者雖其言合於聖賢而於己則偸於人則慢不偸不慢鎧於先伯兄及嫂此作見之有功世教卓立於人天世界中恃已有耳弟亦知勉斯實吾家極貴之素蓄也弟鎧謹注

書高母喬太君傳後

時値嚴冬屏居蕭瑟忽郵傳尺素展而讀之乃無錫高君昆季爲其母徵文之書也讀太君傳不禁慨然太息景仰太君韞甫先生之爲人其生平涵養道德與操持家政之勤苦豈易幾及而高君昆季之文行又豈今澆薄之世所可多得耶世之徒稱良妻賢母者豈知眞實賢良者之甘苦致其家興隆之所以然婦德操縱一家之盛衰推而廣之澤被一族爲世模範苟非持躬淑愼器量恢宏不辭勞怨以盡厥職安能達其心志然父母賢明而子女不肖者歷代皆有豈竟有所謂命數之説乎太君爲名儒之配爲當今賢俊之母其平日佐助之賢能與夫教育之義方遺澤後世豈有涯哉此所謂眞實之賢良非尋常空負其名可比者也鄙人不能文淺質之論不足闡揚明德然既欽太君之懿行又重高君昆仲之孝思勉以數言附其傳後非敢謂之文也

曹太夫人八十壽言

嘗竊歎世之享盛名者往往徽音莫嗣况德未孚而虛譽至者哉觀人將何術乎源大者流長有子孫賢

而文其上世及其父母必有隱德貽澤於後者深也吾通曹氏昆仲敦品力學鄉黨崇重蓋因其太夫人劉太君淑慎賢孝躬行勤儉督其諸子讀書以身作則化育有方之所致也常人但知育而不知教故成偉器者寡昔先外子伯子先生告余曰城南曹氏乃吾鄉之望族以詩禮傳家其長君勛閣尤以文章名余聆之既久識之於心後不幸伯子捐館余以未亡人承乏女師校之職卽聘勛閣爲諸生師始知勛閣匪徒以文見長其孝友之淳篤接物之仁厚非世俗尋常能文者所可比擬余默識有年矣今値其太夫人八十大慶蘭玉盈庭稱觴上壽太夫人顧而樂之年登耄耋耳目清健所謂壽而康者於此見太夫人修養之有素而亦天所以報施有德者之理固然也鄙人忝在至交雖不文然亦不得不勉爲之辭以爲獻壽之敬且以報勛閣壽余七十之文於萬一也

高雅似震川

伯子詩文集跋

壬申之春吳君北江自北平郵遞徐君蔚如伉儷書徵先外子肯堂先生之遺稿將爲刋行於世北江且語我徐君徵稿既久不能得嗣得之東莞張次溪公子而所遺倘多然徐君由是大奇次溪以爲晚近少年嗜古文學者寡次溪蓋不愧爲北江之弟子徐君之女公子絡雲女士工詩畫不櫛之學士也母氏王印生夫人系出海寧右族本其家學以授女士女士所獲故不儕於常人北江遂爲之介聯兩姓之好焉余惟海寧王氏與范氏有通家之誼次溪公子之尊公亦嘗以文章受知於先外子而徐君則以深參內

典名海内者也婚姻之道作合於天以淑女配君子其琴瑟靜好可知而余尤感於以文字因緣成佳耦焉比者次溪來書告先外子詩文合集將次雕成屬余爲跋而又重之以徐君之命嗟乎先外子歿且三十年其生平懷抱瓌偉未有以稍展其志設逢盛世天復假之年其所彰豈特詩文然今之所不可泯者亦惟詩文而已外子嘗謂余曰以子之天資可學爲古文余委靡不自振拔又困於米鹽瑣屑未嘗從事及今乃爲之大悔又苦緜薄積三十年坐視其遺集湮沒未彰夙夜憂慮而無可如何今得諸君子之力俾不朽於來玆感激涕零曷勝嗚咽謹述付刊始末以謝徐君且以識士君子之知遇庶幾千百歲後或有奮揚國學於海内者覽而爲之感嘆不能已歟倚雲謹跋

主言得體情詞斐然仲兄

陳氏漁隱山莊序

癸酉暮春余以年屆七十不欲言壽將避於外張生慕昭邀遊石港主於其姊之家地曰六總埠口在范公堤之西余愛其極目平原田疇千頃萬綠當門廬舍幽敞花木敷妍鳥聲清脆誠隱者耕讀避世之所主人陳稚樵先生敦品篤學乃今之隱君子也其伉儷爲余置酒雅誼殷然謂余曰先生既賞敝廬之僻靜曷不爲題其名余應曰治世君子不逢知遇猶且抱道隱身況生於亂世乎古之賢者往往皆藉漁樵遯跡於山水之間君字稚樵卽以漁隱名莊可乎君曰隱何可當余曰處今之世不汲汲於名利之途以詩書教育子孫少君舉如舉涓皆成碩學以用於世君非隱而有道者耶君樂而請敍爰書以贈之

雅潔似震川 仲兄

送李兆蘐遊學美洲序

吾國自古以禮義敎民雖未矜言普及然民無不知倫常之懿德爲人道之大本上智之士咸以親親而後仁民之道爲治管子曰禮義廉恥國之四維舍其道則不立近世爲西學者不究其淵源與說之所以然遠遊歸遽闢古聖先賢立法爲治之宗旨釀成不可爲治之國度受侮於列強嗟乎蓋亦自侮而後人侮之也惟高明者不然然均在野無權勢則無能爲此亦國家致亂之由乎李生兆蘐學成於國中將復遠遊美洲其爲人性質篤厚學有所守富舊學之根柢抱新學之志願欲研究新舊學識之眞相發明其心得普及國中之敎育尤欲力挽數十年輕視國家之習本西學以開始生富國之源鞏國基而救民生兆蘐雖不言其志之所蘊而吾則度而知之矣噫世風澆薄於今已極惟師友一道尙有存者然所謂道義不磨之古誼蓋亦幾希吾獨於兆蘐見之耳韓昌黎曰師不必賢於弟子以聞道有先後術業有專攻兆蘐臨發無以爲贐聊紓臆說以贈不足謂之文也余年邁力衰然有無窮之希望於兆蘐者兆蘐其尙勉旃

持論正大切實筆力亦雄而暢是有關世道之文 兄仲實記

某氏婦織襪興家記

松江有貧民某氏婦者生三子其夫不事生業復深溺於雅片衣食之貲皆仰給於婦鍼黹所入時値禁

烟私售者乘機益昂其值故所得益不足以供一夕婦告子女曰今斷炊三日吾不忍視汝等爲餓殍貪生者各自爲計有志者從我入井免受飢寒之苦取汚辱也其子涕泣求救於其鄰鄰之長者憫之貸以三十金曰與汝母爲職業之基金他日獲利以本償我否則不償可也子感激投地持金奔告於母母得金攜子女學習織襪市機器且從友借機以爲佐母子日夕致勤獲利良殷三年後且積巨資增機二百餘部設公司於上海儼然廠矣其夫自慚曰吾爲男子不能養妻子反受其養再不覺悟何以生爲即投醫院誓死戒所嗜愈後還家爲婦佐理事務勤且慎吁孰謂吾國女子依賴性成乎某氏婦不但以職業自立并化其頑夫如此雖然婦能勤苦非鄰之長者相助亦安得遂其志願嗚呼慷慨仗義者其功德豈有涯哉其夫能受感化尚爲知所媿悔能自振者然某氏婦可謂貧民婦女之師表矣

敘事高簡亦有精神仲兄

周翟蔭慈女士小傳

竊嘆富貴望族中人身後受良妻賢母德行文字之稱譽者不知凡幾豈盡然哉若夫淸德之舊家其妻女言行敦實性質純潔尚義輕財終身不爲庸人所知者亦不知凡幾然今雖不爲衆人所知得爲君子所器則亦足貴周君筱齋之德配翟蔭慈女士乃其人也女士幼慕嬰兒子之孝行矣志不嫁以養老母周君重其高行聘之爲室而迎養其母以成其孝思于歸以後其仰事高堂俯教子女賢孝之道罔不待言然竟不永其年未終其志是可悲也余雖未得與女士爲深交嘗聞其行於嚴君敬仲之太夫人故略

述女士生平大概以誌景仰並倡女子崇實之風用爲模範云

孫氏妹傳

妹諱悅英貞孝公之猶子也幼而聰慧長明大義羣居七房諸尊長無不愛憐之性寬宏於母氏尤摯然任患難先外子友愛焉適孫氏後事孀姑盡婦道處妯娌獨任勞悴而無怨夫歿教子有方內慈而外嚴不令其言行稍背規矩子繼祖以孤輟學遂治商業爲人忠實不欺蓋秉母教也惜妹不永年以辛勤病卒未見子業之成嗚呼誰不欲興家家之興皆由婦德教育之所造豈易言哉吾甥嘗泣告曰吾母之懿行妗氏所深知請爲之傳以示子孫余以八十之年悽然述其大略殊未能詳也

受業馮鎮鈔校

跋

范姚太夫人詩若干卷從學弟子以今歲太夫人年七十請集貲印行以爲壽太夫人有文學道德爲國大宗教施於吾縣者亦已三十年地方被無窮之澤其可傳者必不止此太夫人前此有蘊素軒詩四卷附於先師伯子先生詩集後以活字印本無多四方來求者猶相繼不絶是又可知太夫人之詩爲世尊重不自今日始而後之讀太夫人詩者益可以爲論世知人之助也中華民國二十二年五月門人習良樞跋

右詩十一卷詞一卷伯母姚太夫人作今年七十受業女弟子羅君玉衡姪孫女北強等印行爲壽伯兄彥殊命鏞爲之跋謹筮於五月之吉齋宿薰沐而言曰吾家自先十山公於明清之際與桐城方氏有朋好發爲歌詠至今子孫識之而先伯父以吳冀州之介太夫人來嬪於是伯兄娶於馬鏞娶於方凡婚嫁於桐城者四燕婉之求室家之好通兩地親姻蔚然以厚吾宗太夫人實爲之主事閒有清一代爲年二百數十人倫之道肇端乎夫婦而吾國故基於母教則爲澤以及於子孫又豈當時先十山公朋儔樞杯酒之歡忽復能料暢人生之奇樂於今哉且鏞少聞若曹孺人之雪夜發琴若金孺人之繪蘭竹若成恭人之紡績佐餐而至今檢點先世遺册每疑有昔時夫妻母子唱和之作以發揚陰德以篤吾先人孤寒之志者存於其間讀太夫人之詩篇而益低徊信之太夫人幼嫺閨訓來施於余家逮先伯父既逝則以詩文餘業爲女師類鄉人所能識而其哀樂之異感其性情之寄託其學植之淵源則學者可於茲卷求

之猶子不得諉其尊親然浸潤於慈惠發露所深識以一言爲之宜民國二十二年五月侄毓謹跋

茅於美 撰

夜珠詞（存目）

民國三十四年（一九四五）石印本

提要

茅於美《夜珠詞》

《夜珠詞》，茅於美撰，民國三十四年（一九四五）石印本，巾箱本。上海圖書館、南京圖書館、北京大學圖書館等有藏。手書影印，收一九四〇年至一九四四年間詞作。前有柳詒徵題簽和題詞，並有民國三十一年春繆鉞序，吴宓題詞《聲聲慢·題茅於美〈夜珠詞〉》一闋，以及茅以昇民國三十四年序和民國三十三年茅於美自序。《夜珠詞》原名《靈珊詞》，靈珊爲茅於美筆名。其於一九四三年冬取宋之問「不愁明月盡，自有夜珠來」詩意，改名《夜珠詞》。

茅於美（一九二〇—一九九八），江蘇鎮江人，我國著名橋梁專家茅以昇長女，母親是揚州著名詞家戴築堯女兒戴傳蕙。丈夫爲其留學美國時華盛頓大學校友徐璇。茅於美本科階段先後就讀於西南聯大中文系、浙江大學外文系，碩士階段就讀於清華大學研究院外文系，後至美國華盛頓大學公費留學，博士階段考入伊利諾伊州立大學攻讀英國文學，一九五〇年放棄博士學位回國參加建設。其先後在出版總署編譯局、天津師範大學、中國社科院文學研究所、中國人民大學、首都師範大學等單位工作，一九九八年因肝癌病逝於美國。茅於美在中西方文化研究上頗有造詣，一生著述頗豐，主要有《夜珠詞》《茅於美詞集》《茅於美詞集續集》《中西詩歌比較研究》《漱玉擷英（李清照詞英譯）》《易卜生和他的戲劇》《橋影依稀話至親》等。

茅於美《夜珠詞》主要創作於抗戰期間，這一階段戰爭如火如荼，社會動蕩，百姓顛沛流離，國家正處於水深火熱之中。但是此期的茅於美仍在求學階段，從校園走向校園，國家的深重災難儘管不可避免地影響到象牙塔中的學子，但是視野所限，其詞作尚未有較爲直接的反映，儘管已有部分詞作如「劫後誰憐身外物，兵餘解惜眼前人」（《浣溪沙》）等表達了戰後感悟，總體仍以抒發懷思、閑愁爲主。繆鉞對茅於美此期詞的評價爲：「雖内涵未廣，而情思真淳，謹守韻律，如山中泉水，流爲曲澗清溪，雖無壯闊之觀，而有澄澈之致。」（《茅於美詞集》序，湖南人民出版社，一九八五年，第一頁）

沈祖棻撰

涉江詞

民國三十五年（一九四六）鉛印本

提要

沈祖棻《涉江詞》

《涉江詞》一卷，沈祖棻撰，民國三十五年（一九四六）鉛印本，收詞七十八闋，收入楊公庶所編《雍園詞鈔》。《雍園詞鈔》封面有「雍園詞鈔」「丙戌孟陬大壯署」字樣，内有民國三十五年一月楊公庶《雍園詞鈔》序、樂曼雍《雍園詞鈔》跋，最後有《雍園詞鈔》勘誤表。

沈祖棻（一九〇九—一九七七），字子苾，别號紫曼，筆名蘇珂、絳燕，祖籍浙江海鹽，著名文史學家程千帆室。沈祖棻曾先後就讀於上海坤範女子中學附小、上海坤範女子中學附中、蘇州女子職業中學、上海南洋女子中學。一九三〇年秋考入中央大學上海商學院，一年後轉學至中央大學中文系。一九三四畢業後考入金陵大學國學研究班。畢業後在《南京朝報》任編輯，兼任南京匯文女子中學校刊編輯。此後又先後在國立戲劇學校、屯溪安徽中學、重慶四川貿易局、巴縣界石場蒙藏學校、成都金陵大學、成都華西協和大學、武漢大學等處任職。一九七七年遭遇車禍去世。沈祖棻是我國著名的詩人、詞人、文學家、文論家，著有《涉江詞》《微波辭》《宋詞賞析》《唐人七絶詩淺釋》等。

沈祖棻學詞受到汪東的啓蒙與指導。一九三二年秋與南京中央大學的王嘉懿、龍芷芬、曾昭燏、尉素秋等志同道合之人組建梅社，開始有組織、主動地進行創作，並得到吴梅指導，直到一九三四年夏沈祖棻從中央大學畢業，該社方才結束。但此後，她仍繼續受教於吴梅。汪東和吴梅對沈祖棻爲詞之路産生了重要影響。沈祖棻曾在自傳中説：「在校時受汪東、吴梅兩位老師的影響較深，決定了我以後努力的詞的方向，在創作中寄託國家興亡之感，不寫吟風弄月的東西，及在以後的教學中一貫地宣傳民族意識、愛國主義精神。」沈祖棻進入高校工作後，詞體創作與教學研究結合，並與其夫程千帆一起，組織「正聲詩詞社」，積極宣導詩詞創作。沈祖棻的詞堪稱爲一部亂世詞史，她的詞摒棄吟風弄月、閑愁別緒，而是在中國内憂外患之際，結合自身的經歷，尤其是抗戰後顛沛流離的避難經歷，用一個高級知識份子的視野，觀照國家與社會以及個人小我在戰亂中的沉浮，詞作皆是「有爲而作」。隨着自身經歷的豐富，沈祖棻的詞風亦爲之而變，誠如汪東《涉江詞稿》序中所言：「余惟祖棻所爲，十餘年來，亦有三變：方其肄業上庠，覃思多暇，摹繪景物，才情妍妙，故其辭窈然以舒。迨遭世板蕩，奔竄殊域，骨肉凋謝之痛，思婦離别之感，國憂家恤，萃此一身。言之則觸忌諱，茹之則有未甘，憔悴呻吟，唯取自喻，故其辭沉咽而多風。寇難旋夷，杼軸益匱。政治日壞，民生日艱。向所冀望於恢復之後者，悉爲泡幻。

加以弱質善病，意氣不揚，靈襟綺思，都成灰槁，故其辭澹而彌哀。」（沈祖棻著、程千帆箋《涉江詩詞集》，河北教育出版社，二〇〇一年五月，第三頁）

雍園詞鈔序

僕往與內子溯江入蜀卜居巴縣沙坪壩之雍園並嗜倚聲雅志蒐訪越明年抗戰軍興並世詞客多聚西南刻羽引商備聞緒論比九更寒暑矣遂用弘基公謹故事裒爲總集兼志游從第限於物力聊嘗鼎臠加諸家惠章先後不時每得一集輒付手民未遑詮次命曰詞鈔云

民國三十五年一月楊公庶識

雍園詩鈔目録

序

倦鶴近體樂府……陳匪石（一〇〇）

看倒影霞杯入把絲管闌入墮他州枕障昏煤爵　街漏漸催禁夜縱銀花千樹長照妖冶墜鞭遺帕相思地過盡少年車馬燒鐙近　也禁幾度鬧蛾飛謝風信邊鴻去鶗啼剛紫姑占罷

木蘭花

東風起處啼鶗急新樹亂雲隨意碧漫天飛絮有風流到地殘花無氣力　闌繞徧秋千拆照影池波頭更白而今祗怕醉無鄉自古相傳春是客

清平樂

畫簾鉤重驚起孤衾夢二月初頭桐花凍何處綠毛幺鳳　日日苦霧巴江歲歲江波路長樓上熏衣對鏡樓外芳草斜陽

涉江詞　海鹽　沈祖棻　子苾

蝶戀花

塞迴洲荒何處住南雁相逢解道飄零苦目斷平蕪來日路碧雲四合山無數欲仗江魚傳尺素愁水愁風還恐無憑據已向天涯傷日暮黃昏更送瀟瀟雨

轉轂輕雷腸九折月逐征塵夜夜清輝缺落盡繁香春早歇西風吹自吹黃葉幾曲屏山山萬疊翠幕金鑪此後應虛設不惜流年供久別歸時可有餘香爇

苦恨重簾消息阻十二闌干曲曲迷塵霧幾日青禽頻寄語鏡中顏色渾非故別後關河秋又暮枕障熏鑪都是相思處歸夢欲隨明月去高樓夜夜風兼雨

斷續鄉心隨晚汐江底愁魚吹起波千尺戍角一聲人語寂四山無月天如漆
午夜寒風欺敗壁蠟淚縱橫試問今何夕敲缺唾壺秋雨急新詞欲譜冰弦
澀

臨江仙

昨夜西風波乍急故園霜葉辭枝瓊樓消息至今疑不逢雲外信空絶月中梯
轉盡輕雷車轍遠天涯獨自行遲臨歧心事轉淒迷千山愁日暮時有鷓鴣
啼
繚亂關問生死別悲笳吹斷離情朱樓從此隔重城衫痕新舊淚柳色短長亭
明日征程君莫問丁寧雙燕無憑飄零水驛一星鐙江空菰葉怨舷外雨冥
冥

一棹蒹葭初艤處依前鐙火高城水風吹袂酒初醒鏡中殘黛綠夢外故山青月墮漢皋留不得更愁明日陰晴涉江蘭芷亦飄零凄涼湘瑟怨掩淚獨來聽

畫舫春鐙桃葉渡秦淮舊事難論斜陽故國易銷魂露盤空貯淚錦瑟暗生塵消盡夢香留月小苦辛相待千春當年輕怨總成恩天涯芳草徧第一憶王孫

望斷小屏山上路重逢依舊飄颻相看秉燭夜迢迢覆巢空有燕換酒更無貂風雨吟魂搖落處挑鐙起讀離騷桃花春水住江皋舊愁流不盡門外去來潮戊寅春避地益陽嘗賃廡桃花江上

百草千花零落盡芙蓉小苑成秋雲閒迢遞起高樓笙歌隋酒暖鐙火與星稠

霏霧冥冥闇闔遠憑誰訴與離憂吟邊重見舊沙鷗巴山今夜雨短燭費新愁

碧檻瑤梯樓十二驕驄嘶過銅鋪天涯相望日相疏漢臯遺玉珮南海失明珠銜石精禽空有恨驚波還滿江湖飛瓊顏色近何如不辭寬帶眼重讀寄來書

寂寂珠簾春去也燕梁落盡香泥經年歸夢總迷離拋殘鏤玉枕空惜縷金衣喬木荒涼煙水隔杜鵑何苦頻啼鳳城幾度誤心期憑闌無限意腸斷日西時

浣溪沙

一别巴山棹更西漫憑江水問歸期漸行漸遠向天涯　詞賦招魂風雨夜闌

山扶病亂離時入秋心事絶淒其　臏水殘山供悵望舊

久病長愁損舊眉低徊鸞鏡不成悲小鬟多事話年時　歡新怨費沈思更無雙淚爲君垂

家住吳門飲馬橋遠山如黛水如膏妝樓零落鳳皇翹　藥盞經年愁漸慣吟箋遣病骨同銷輕寒惻惻上簾腰

庭院秋多夜轉賒寒凝殘燭不成花小窗風雨正交加　客裏清尊惟有淚枕邊歸夢久無家斷腸更不爲年華

雲鬢如蓬墮枕斜病懷禁得幾銷磨鈿盟釵約恐蹉跎　刻意傷春花費淚薄游扶醉夜聽歌清愁爭得舊時多

折盡長亭柳萬條天涯吟鬢久飄搖秋魂一片倩誰招　沽酒更無釵可拔論

文猶有燭能燒與君同[illegible]宵

斷盡柔腸苦費詞朱弦乍咽淚成絲年來哀樂儘君知　病枕愁迴江上棹秋風重檢舊家衣見時辛苦況分離　心篆已灰猶有字清呵壁深悲問不譍蠹天一望[illegible]無情鬢絲眉蔓各飄零

歡化淚漸成冰難將沉醉換長醒

今日江南自可哀不妨庾信費清才吟邊萬感損風懷　應有笙歌新第宅可憐煙雨舊樓臺謝堂雙燕莫歸來

碧水朱橋記昔游而今換盡舊沙鷗江南風景漸成秋　故國青山頻入夢江潭老柳自縈愁強因斜照一登樓

鷓鴣天

何處清歌可斷腸經年止酒賸悲涼江南春水如春碧塞上寒雲共月黃 波緲渺事茫茫江鄉歸路幾多長登樓欲盡傷高眼故國平蕪又夕陽

解連環 余既賦金縷曲示印唐來書云得詞泣誦再三並傳觀師友以博同聲一哭因更寄此解

暮雲天北趁歸鴻說與病中消息望故國千尺胡塵歎零落錦囊枉拋心力絕塞冰霜早催換春風詞筆想吟殘燭影濕透墨花彩箋無色 京華古歡已擲念過江意緒同是愁客算此日餘淚無多便傷別傷春忍教輕滴滿目山河且留向新亭悲泣漫關心斷腸舊句幾人會得

燭影搖紅

喚醒離魂熏鑪枕障相思處漏驚輕夢不成雲散入茶煙縷密約鸞釵又誤背羅幃前歡忍數燭花吹淚篆字迴腸相憐情苦 題徧新詞問誰解唱傷心句

闌干四面下重簾不斷愁來路將病留春共住更山樓風翻暗雨歸期休卜過了清明韶華遲暮

浪淘沙慢

斷腸處樓頭柳色陌上車轍殘篆和灰再撥吟箋卷淚自疊待贈與連環情不絶又還恐輕碎成玦賸欲託微波向君訴沉沉暮天闊　淒切素弦未弄先折便一片春江流愁去更奈江水咽拚挽斷羅巾從此離別舊香未滅偏繫人鸞帶當時雙結　休憶江南芳菲節闌干外月華漸缺念前約相思銷病骨怕春晚寂寞空庭伴獨客梨花滿地鵑啼血

大酺 春雨和清眞

望暮雲重香鑪潤煙縷微颺深屋絲絲愁影亂正珠簾低掩玉鉤輕觸沁骨商

聲銷魂遠韻慵聽人間絲竹難忘當年事漸江南地溽脆梅將熟歎鶯枕添寒畫簷驚夢錦衾人獨　題紅流去遠問行客何處停車轂對暝色繁枝飄淚社燕尋泥倚危樓爲誰凝目卻念多情月應不到舊時闌曲又寒汐生江國風卷羅幕涼逼鐙花如菽夜深共誰翦燭

雙雙燕 白匋寄示新製燕詞謂有華屋山邱之感依調奉和

海天倦羽又苔井泥香柳花如洒紅英落盡忍憶故臺芳榭深巷斜陽欲下更莫說當時王謝尋常百姓人家一例空梁殘瓦　聊借風簷絮話甚信息沉沉繡簾慵挂移巢難穩是處雨昏寒乍無奈鄉愁苦惹枉盼斷年年春社朱戶有日雙歸卻恐歲華遲也

六幺令 殘年新歲有感京都舊歡賦寄千帆

滿城簫鼓相趁城南陌歸來小簾私語約燒鐙夕立盡花陰淡月暗把金釵擘雲羅千尺屏山一角歡事瓊樓忍重憶　星辰依舊昨夜露冷蒼苔濕銀字待譜新聲轉軸商弦澀相守空憐蠟炬殘淚中宵滴詞箋吟筆清狂鎖盡始信相思了無益

蘇幕遮

短檠前微雨外欹枕熏鑪都換年時意欲仗清歌成薄醉夢斷高樓舊日笙簫地　翠尊空哀角起零落朱闌休爲傷春倚一點愁心無處寄付與楊花灑作彌天淚

玉樓春

目成未必心相許經歲高樓江上住熏樓繡被夢猶寒亂水流花春自去　晚

風吹斷沈煙縷一桁疏簾垂細雨卻將香篆此時灰苦畫鈿釵當日語

燕山亭

花外殘寒垂下畫簾盡日絲絲風雨繞道這回遣得愁心又被兩眉留住篆字成灰費多少沉香煙縷無據漫記取書中那時言語　嬾嬾別傷春任雙燕梁間暫來還去山長水遠忍憶當年江南舊逢君處忘卻相思猶夢見墜歡如故何苦連夢也不如休做

薄倖

臘寒做雨嬾料理傷春意緒甚點點楊花吹起又是舊愁來處縱賦情猶似當年沈吟忘了相思句數只此雙蛾能供幾盼容易新妝成故　便望盡天涯路惟只見綠陰無數也知潮難準黏天風浪不辭更向江頭住水窗山戶怕輕煙

薄霧尋常化作行雲去鐙殘夢醒還共餘香自語

水龍吟 與千帆共撿行篋得曩日往返書簡數百通雜亂經年歡悰都盡因將綺語悉付摧燒紀之以詞云爾

幾年塵篋重開古芸尚護相思字釵盟鈿約此中多少故歡清淚學寫鴛鴦暗睇鸚鵡封題猶記更飄鐙隔雨吟箋小疊憑商略遊春意　惆悵玉鑪紅起攪三生夢痕都碎傳恩遞怨風懷漸老柔情漫費烟裊殘絲灰温賸火舊愁銷未算從今但有平安一語倩飛鴻寄

鵲踏枝 往半塘翁以馮正中鵲踏枝擬伊惝恍義兼比興端居嗜誦依次屬和情韻之美蒙竊慕焉比弘度丈亦拈斯調新製秋詞見示風力所詣揖讓陽春退不自揆繼聲爲此非敢上方王氏也

零露繁霜芳序換漏盡銀屏畫燭秋光短夢裏歡情猶未遠羅衾一夜思量偏天氣新來渾不慣半日陰晴頃刻寒還暖別久音稀心忍變人間有日終相

見
芳草凄迷秋更綠不上層樓怕縱傷高目早晚歸期渾未卜無端更近彈棋局
魂夢天涯隨轉轂亂撥秦箏容易蠻弦促恩怨紛紜情斷續傷心舊譜翻新
曲
西北高樓雲隱隱誤盡前期後約還無準淡日牆陰晴未穩拚將殘醉添新困
見說花開歸路近謝了江蓮不寄西風信塞雁來時休問訊沉吟留得相思
分
搖落最憐江上樹秋到天涯何處無風雨休共浮萍商去住蓮房自守芳心苦
倚徧闌干還自語一霎輕陰未必眞成暮萬水千山君莫誤嘶驄只認歸時
路

西河

天盡處殘雅數點歸去遥峯隱約隔漁村淡煙一縷莫將摇落問西風秋聲徧在疎樹　曲廊外黄葉路獨吟著甚情緒新寒乍到小闌干晚陰做雨四山暝色擁孤樓蒼茫愁滿今古　遠書漫道過雁誤想蕭條人事非故聽徹嚴城笳鼓向黄昏片霎憑高凝佇飄渺神京重雲暮

八聲甘州

正寒潮乍落晚江空危闌又孤憑問斜陽哀角西風殘葉多少秋聲錯怨春來柳絮宛轉化流萍一片蘆花雪依舊飄零　有限荒煙衰草惱亂蛩絮語倦客愁聽賸扁舟心事重與白鷗盟怕歸時煙波非故早斷烽青燐换漁鐙銷凝處洒傷高淚還在新亭

虞美人

朱門盡日橫金鎖自愛薰香坐畫眉渾嬾學春山未恨人前時樣淺深難　頗黎枕上屏山曲臨夜燒紅燭煎心不惜淚如潮留得孤光一穗照長宵

浣溪沙

滿目青蕪歲不芳啼鵑聽慣也尋常而今難得是迴腸　燕子簾櫳春晼晚梨花院落月微茫人間何處著思量

忍道江南易斷腸月天花海當愁鄉別來無淚濕流光　紅燭樓心春壓酒碧梧庭角雨飄涼不成相憶但相忘

清平樂

梳妝草草初日簾櫳曉難得今朝天氣好浣取衣裳趁早　斜陽樹影頻移橫

竿須揀高枝屬付簷前燕子等閒莫墮香泥
山迴路轉隔水煙村遠行過小橋人未見林外晨喧一片　兩三上市新蔬擔
前問價躊躇幾日杖頭錢少盤中何止無魚
描花繡鳳不比年時空針線欲拈還未動綻盡羅夜金縫　如今忍鬬新妝休
憐響屧迴廊自製平頭鞋子何妨綠野尋芳
樵蹊漁舍行到前村也認取青帘樓外挂休問新來酒價　昨朝乍典春衣今
朝日暖風微拌得醉扶歸去深山臥聽鶯啼
鸞刀乍試膾玉絲難細一味從容憐小婢卻問高朋來未　座中草草盃盤丁
寧酒盞須寬歸晚不須紅燭山前月子彎彎
茶遲火緩一卷偷閒看侍女嬉遊行漸遠短道今朝飯晚　詞箋待寫離情宮

商細酌新聲簾裏苦吟纔罷空憐廚下焦鐺

渡江雲 壬午春寄紅妹海上時聞有入蜀之意

胡塵迷故國失行旅雁難覓舊田廬轉蓬蹤不定極目層雲海上一樓孤新聲玉樹更此日歌舞都殊爭忍聽雪鹽香稻餘恨到春廚　音書三年萬劫一紙千金望飛鴻何處憐別後朱顏暗換吳語生疏相思卻怕相逢近況客情不比當初愁問訊高堂白髮添無

蝶戀花

樓外重雲遮碧樹山上鵑啼山下流人住別淚濛濛知幾許夜來寒雨朝來霧漫問荒煙家在否猶望生還重到江南路飛盡楊花春又暮沈吟忍信歸期誤

乳燕交飛鶯亂語如此江山只有鵑聲苦楊柳無情千萬縷年年卻繫行人住
水上流花枝上絮已是天涯何必愁風雨極目綠波芳草渡轉憐春有歸時路

浣溪沙

歲歲新烽續舊煙人間幾見海成田新亭風景異當年　如此山河輸半壁依然歌舞當長安危闌北望淚如川

莫向西川問杜鵑繁華爭說小長安漲波脂水自年年　箏笛高樓春酒暖兵戈遠塞鐵衣寒尊前空唱念家山

辛苦元戎百戰還渝州非復舊臨安繁華疑是夢中看　徹夜笙歌新貴宅連江燈火估人船可憐萬竈漸無煙

過秦樓 病中寄千帆成都

病枕偎愁燭幃扶影幾日藥鑪誰管穿風敗壁破夢昏鐙一夜擁衾千轉更永月暗高樓山鬼窺窗野蚊縈扇但朦朧向曉歸期重數去程猶遠　休更憶賭酒遲眠傷春慵起便覺畫眉渾嬾漿傾略盌香滿橙盃儍侶紫騮來慣還念空簾此時衣裄塵侵茶鐺煙斷況新方未檢門掩青苔靜院

浣溪沙 山居苦熱有憶江南舊事

竹檻蕉窗雨乍收紗廚輕簟小茶甌枕邊茉莉暗香浮　繒彩磁盤供佛手鏤銀冰盌剝鷄頭晚涼庭院憶蘇州

夾道垂楊百丈長青驄朱轂大堤旁萬荷迎槳月生涼　電扇風迴蘭麝膩冰盤雪凝橘橙香白門清事最難忘

流綫輕車逐晚風摩天樓角十三重播音新曲徹雲中　銀管貯涼欺舞扇繁鐙團夢入瓊鐘中江回首昔游空

拜星月慢　夏夜病中念白門舊遊和清真

片月流波千荷迎棹繞堞花明葉暗隔水笙歌出秋千深院繫船處但覺樓頭玉甕香滿檻曲珠鐙星爛小扇輕綃只尋常相見　料芙蓉褪色如人面江南遠病臥荒江畔夜半旅夢驚回早歡痕煙散賸吟蛩絮夕　空山館城閉畫角成長歎甚更教別恨縈迴折柔腸欲斷

國香　題叔華夫人水仙卷子

粉潤脂温甚生綃乍展呼起湘魂依稀畫蘭心事鉛淚留痕日暮凌波何處步千驛羅韈生塵回頭楚天遠解珮江空鼓瑟雲昏　國香流落久歎東風換世

殘夢無春晚潮淒咽應悔翠帶輕分更怕瑤簪凍折誤幾多雒浦歸人青青數峯在賸水流愁尙護靈根

鷓鴣天

盡日疏簾不上鉤鳳奩鸞鏡一時收最新眉樣終成故似夢歡痕竟化愁　腸易斷誓空留當年枉自笑牽牛高樓未怨西風急冰簟銀牀耐不秋

添得吟蛩夜更長玉罏香映替迴腸半牀濃睡沉沉夢一枕秋聲細細涼　花歷檻月侵廊年時眞悔不疏狂自盡清露梧桐滴還怕珠簾一夕霜

永夕風簾蠟作堆鴛鴦簟冷夢初回連環珍重休成玦心篆分明久化灰　消宿酒墜殘煤高樓明月自徘徊青天碧海茫茫夜不分人間更可哀

八尺龍鬚換錦裀空山落葉掩重門當風團扇知秋意繞榻茶烟淡夢痕　新

露點舊星辰一般良夜有寒温從橫未了彈棋局何必箏絃絮怨恩

臨江仙

小閣疎簾風惻惻客窗幾日寒深斜陽容易變輕陰江山成悵望杯酒怯登臨　無益相思無用淚當時苦費沈吟閒愁何處可追尋秋鐙千點雨春夢十年心

鷓鴣天

鸞鏡經年罷晚妝尊前倚醉不成狂已拚蠟炬銷殘淚猶對鑪灰念舊香　花信早客愁長流波只解送流光啼鶯欲喚東風醒無限春寒鎖夕陽

獨上層樓日又西一川烟草碧萋萋欲書心事無花葉暗繫春愁有柳絲　芳序換故歡稀等閒閑過小桃枝憑闌多少迴腸處燕語流鶯未得知

漸嬾芳游逐錦韉如塵零夢付茶烟東風莫怨今朝冷缺月曾經昨夜圓　新中酒舊題箋忍憑絃柱數華年飛花未惜隨春盡無奈空枝有杜鵑　壓枕濃愁只夢知倦懷慵寫酒邊詞無多新綠憐螺黛有限殘紅付燕泥　拈綫嬾校書遲年年寂寞度芳時東風未解傷春意吹盡楊花作雪飛

浣溪沙

蠹紙經年句嬾賡春風秋月掩重扃人間猶有未亡情　蓮子枉教裁作藕柳花何惜化爲萍不成沉醉更難醒

鷓鴣天 華西壩秋感

遠樹鳴蟬動客愁西風更到最高樓昏雅早雁紛成陣蓮葉蘋花各自秋　蛩亂語燕難留新涼團扇自然收月光欲照如年夜爭奈珠簾不上鈎

時樣妝成故故硏廣眉長袖總堪憐浮雲作態頻離合明月無心任缺圓　秋露露重碧苔斑飄鐙未惜夜歸寒不知多少傷心語換得尊前一晌歡　銀斷夢應羞卜錦鞋窺簾鸚鵡莫相猜蛾眉不畫何須妬棋局頻翻亦費才　銀燭短繡帷開繁絃急管未堪哀秋聲卻起梧桐樹太息當年手自栽　鐙同首紅樓隔畫牆珠簾卷處怕相望鳳箋偷疊藏深約鸞鏡重開理舊妝　鐙影暗簟紋涼西風換世也尋常最憐乍結新蓮子付與銀塘一夜霜

英臺近

候紅橋探碧渚芳約記前度春意如花香委舊游處可憐縱有并刀愁絲難翦繫多少幽歡私語　此情苦長夜深鎖重門離魂沐風雨淚作珠鐙持照夢中路甚時簾底凝眸相思潮汐待都付眼波低訴

一萼紅 甲申八月倭寇陷衡陽守將方先覺等電樞府誓以身殉有來生再見之語南服英靈錦城絲管愴悵相對不可爲懷因賦此解亦長歌當哭之意云爾

亂笳鳴歎衡陽去雁驚認晚烽明伊洛愁新瀟湘淚滿孤戍還失嚴城忍凝想殘旗折戟踐巷陌胡騎自縱橫浴血雄心斷腸芳字相見來生 誰信錦官歡事徧鐙街酒市翠蓋朱纓銀幕清歌紅氍毹舞渾似當日承平幾曾念平蕪盡處夕陽外猶有楚山青欲待悲吟國殤古調難賡

拜星月慢

舊跡迷塵新愁縈霧柳陌花蹊行徧淺葉繁枝早濃陰都換記前度俊賞春波碧草池閣暖日幽香亭館一夕西風便歡蹤吹散 算誰知再到薔薇苑低徊怕驀地回廊見漫想笑語逢迎奈琴心先變有芳期已是游情倦難忘處更覓當年燕又怎得還似春前說相思幽怨

解連環 和清真

此情誰託，嗟山河咫尺，兩心悠邈。便也擬低訴深悲，奈新雁渺茫，晚風輕薄。月冷西樓，自消受、一懷離索。歎相思幾日，病骨暗銷，嬾檢靈藥。　當時贈君蕙若，記花開陌上，春在闌角。待細理緗帙芸籤，賸零夢殘歡，只道忘卻。偶拂塵鸞，甚未展雙眉愁蕁。儘淒涼、背人對面，總羞淚落。

寄詞

汪東

夜半樂

斷雲尙滯天半，沈陰十日，寒意生庭戶。更箭激酸風，析鈴淒語。素衾空疊，香篝未暖，夜長和影相偎，亂愁千縷。念繡閣深盟竟誰主。

淚痕枕畔點點，別鶴慵彈，病慵羞舞。漫獨下芳階，留連私步。翠蘿升壁，蒼苔掩

汪浣澐 撰

瘦梅館詞鈔

民國三十五年（一九四六）鉛印本

提要

汪浣霪《瘦梅館詞鈔》

《瘦梅館詞鈔》一卷，汪浣霪撰，與《瘦梅館詩鈔》合刊爲《瘦梅館詩詞鈔》，民國三十五年（一九四六）鉛印本。北京大學圖書館、武漢大學圖書館、中山大學圖書館、華東師範大學圖書館、復旦大學圖書館等有藏。集前有民國三十五年仲夏武義湯恩伯序，目録一份，詩、詞各一卷。

汪浣霪（一八八七—一九四五），陳偉震之母。系出名門，幼嫻經史。夫早亡，其獨力撫孤，並任女校教席以資生活，暇則以吟詠自適。所爲詩詞，大多無關時事，以詠懷、贈别之作爲多。詞作多首贈友憶别之作，情致深婉，如《浪淘沙·和壽宜原韻》：「無奈别君行。離恨沉沉。閑拈湘管譜新聲。昨夜夢中曾把晤，記不分明。深院隔重門，顧影凄清。欲圖永聚計難成。一幅瓊瑶無限意，感我知音。」另有《浪淘沙·雨夜》一闋，間及感時傷事，在集中實屬難得：「風雨洒紗窗。旅客神傷。離家七載每牽腸。滿地干戈何日了，阻我歸航。無語對銀缸。顧影凄凉。欲憑歸夢返家鄉。無奈夢魂飛不到，道遠山長。」汪浣霪詞較少用典，以情見長，惜部分詞作偶有不協律之處，也造成了詞作的「硬傷」。

瘦梅館詩詞鈔序

夫詩詞所以詠志於個人則有陶冶性情之助於社會則有移風易俗之功歷代騷人墨士之作汗牛充棟顧求其能藏之名山傳之後世者正如麟角鳳毛不易多覯誠以非有得天獨厚之賦稟既難期其清新與俊逸而非修藏淵博者尤難期其富麗與雅馴瘦梅館詩詞鈔爲予幕下陳君偉震之母汪太夫人所作太夫人系出名門幼嫻經史秉性純孝處世恭寬不幸所天蚤逝矢志柏舟陳氏雖世代纓簪歷任兼圻而廉隅砥礪兩袖清風太夫人井臼躬操并任女校教席仰事俯畜之資胥賴束修所入其艱貞卓絕尤非常人所能任於講學撫孤之餘輒以吟詠自遣陳君幼承慈訓畢業軍校北伐抗戰無役不從勝利後來滬佐理受降因以板輿迎養正樂含飴奈以年高體弱遽辭塵世所遺詩詞稿經茲八年戰亂散失甚多陳君哀毀之餘從事清理僅存百餘首而已爰謀付刊藉闡先德予於披誦後實屬滿目璣珠詞壇傑構其

中寫實之作既可垂訓後昆而悲天憫人先憂後樂之懷溢於辭表尤足鍼砭末俗用知劂行其爲有裨世道默化人心當非淺鮮矣特綴數語聊申低回景慕之忱云爾中華民國二十五年仲夏武義湯恩伯誌於陸軍總部

瘦梅館詩詞鈔目錄

詩

瘦梅館詩詞鈔目錄　二

瘦梅館詩詞鈔目錄

瘦梅館詩詞鈔目錄

㝱梅館詩詞鈔目錄

詞

陳汪浣雲著

菩薩蠻 喜得弟妹書

小窗遲日春風漾翩翩青鳥庭前降珍重數行書迢迢遠寄予　開緘和淚讀展轉離情觸何日再相逢金閨樂事濃

醉花陰 用李易安原韻

簾幕沉沉垂永晝寶鴨銷金獸彈指又新年一縷幽香梅萼春纔透　碧紗窗下梳粧後粉膩沾羅袖對鏡慢凝神約略丰姿似較當時瘦

鵲橋仙 七夕

金梭罷擲璇宮宵靜此夕暫停機杼五銖衣薄不禁風看隱隱鵲橋飛渡　清涼玉宇橫斜銀漢一歲佳期一度笑伊竊藥月中人儘碧海青天何處

如此江山 秋夜

疎林漸吐娟娟月秋宵更饒清景笛韻悠揚砧聲斷續絡緯乍啼金井曲欄閒凭望一抹纖雲星河隱隱瑟瑟西風嫩涼如水碧天迥　堪愛宵長漏永向桐陰小憩試泉烹茗遣興微吟曼聲低詠四壁亂蛩相應蟾光如鏡儘徙倚徘徊欲眠不忍濕透羅衫夜深風露冷

釵頭鳳 輓沈宅李姬

花枝弱罡風惡瓊花陡向風前落歡雖盡情無盡玉容人杳神傷荀令恨恨恨　心如裂腸如結斷魂何處啼鵑血呼難應愁難罄欲憑仙客試尋芳訊問訊問

清平樂 秋夜

風狂雨驟窗下燈如豆一縷涼飈窗罅透正是新秋時候　曉來几自新寒惟聞簷溜潺潺可惜連宵好月負他一度團圓

訴衷情

東風別我苦吟身無計挽征輪擕得一尊清酒來餞落花行　春去也夏將臨最關情差池乳燕雙飛倦蝶百囀流鶯

菩薩蠻

與君今夜不須睡挑燈煎酒供吟醉拇戰快飛觴樽前笑語狂　蠻箋同展處競作留春句遮莫玉山頹城頭漏箭催

四字會 秋聲

砧聲水聲蛩聲雁聲誰家玉笛飛聲寫秋風數聲　松聲竹聲鈴聲鐸聲打窗落葉聲聲和階前雨聲

一半兒

絲絲微雨洒紗窗點點流螢度短墻薄羅衫子怯新涼月昏黃一半兒朦朧一半兒朗

前調 芭蕉

濃綠森森拂畫檐漸看分影上疎簾一葉青青雨後添曉風尖一半兒微舒一半兒捲

河傳 夏夜

長空似水映疎星幾點淡雲明滅戲撲流螢笑把羅紈輕曳下香階苔滑　奈他嬌女催眠切夜已三更玉露聲聲微歇幾掩窗紗又把簾衣偷揭莫孤負半輪明月

荷葉杯 春日偶作

昨夜人桃紅綻穠艷斜拂玉闌干無端風雨釀春寒殘瓣殘殘瓣殘

浪淘沙 雨夜

風雨洒紗窗旅客神傷離家七載每牽腸滿地干戈何日了阻我歸航　無語對銀釭顧影淒涼欲憑歸夢返家鄉無奈夢魂飛不到道遠山長

唐多令 雨夜寄宜姊

簾外雨瀟瀟羈人嘆寂寥喜隔隣良友相招聊借金樽澆傀儡逢知己興偏豪　小坐剔蘭膏

聯吟愧腹楞羨君才似左班高爲讀新詩忘夜永且休睡話深宵

臨江仙 夏夜偶作

記得昨宵新雨後納涼並坐迴廊疏林一帶隱斜陽鳥棲雲樹隱風送鬢花香　小榻橫陳亭一角聯吟興趣偏長烹來雀舌沁詩腸涼生翠袂新月上紗窗

滿江紅 秋夜有感

瑟瑟西風又到了早秋時節見幾處梧桐庭院蕭蕭落葉叢樹參差雲影淡閑堦淒切虫聲咽問蟾光何故至宵深清輝絶　思往事愁重疊懷故里向誰説嘆秋來兩鬢漸添新白楚水吳山千里夢慈萱姣女經年別念數番買掉未能歸空悱惻

浪淘沙 和霽宜原韻

無奈別君行離恨沉沉閒拈湘管譜新聲昨夜夢中曾把晤記不分明　深院隔重門顧影淒清欲圖永聚計難成一幅瓊瑤無限意感我知音

菩薩蠻　贈許德秀

有緣半載親風雅襟懷磊落神瀟灑家學淡淵深清才首讓君　閒雲難久住轉眼分飛去何以慰離情新詩反覆吟

如夢令　潯陽舟次懷友

岸上瓊瑤片片水面沙鷗點點極目不勝情深念故人日遠緣淺緣淺一日迴腸千轉

菩薩蠻

連宵夢入深閨裏醒來依舊蓬窗睡從此別情濃今生可再逢　離懷何處託欲與長江說可肯載離愁江空水自流

離亭燕　重陽懷友

並坐猶然嫌遠何況分飛難見前日偕君閒步處舊跡從頭尋遍一樣是秋宵興會教人頓減

落葉秋風庭院樹隱月華光淺離緒縈懷腸九轉或把舊名徵念屈指又重陽無酒無花心懶

滿江紅 感懷

四載離鄉久不見故園城郭歎親族風雲四散天涯海角滿眼流離家已破浮生如寄身蕭索盼得來鴻雁數行書多零落　夢不離舊池閑家何在隔湘鄂況萍踪無定雁足難託有子長征音信少使吾倚閣心焦灼羨田家婦織子耕耘飧藜藿

沁園春 有感

憂患餘生鄂渚金陵幾度浮搓憶陵園譚墓花房曲折秦淮玄武畫舫橫斜黃鶴樓空抱冰堂寂風景蕭條喚暮鴉猶堪恨是華樓大廈付與誰耶　年來兩鬢霜華嘆雁字分飛各離家念從軍孺子終年跋涉知心良友在天之涯寄跡深山恍如隔世已過重陽未見花荷鋤去向竹林掘筍松徑烹茶

玉漏遲 寄懷

故鄉思縹渺荒山寄跡半生潦倒兩鬢霜華花甲看看將到回憶昔年舊夢盡付與雪泥鴻爪

憂心怦一輪明月窗前照　寥寥一二知音隔萬水千山夢魂難找欲眠不穩輕夜由魂到曉
別女拋兒獨自更有那衆雛作鬧愁多少目斷衡陽信杳

江城梅花引 春雨即事

連綿春雨苦經旬霧籠雲白晝陰幾樹桃花一霎變落英寄寓荒山親友遠女入蜀兒赴秦我
孤身　幕簾隔斷掩柴門幽怨深百感深乍暖乍寒難對付病魔相侵日斷衡陽雁足也難憑
茆屋雨多常帶漏床幃濕日無甯睡無成

擬杜甫七歌

有客有客寄空谷遍地干戈歸未得兒在他鄉望母歸女亦從夫阻巴蜀終日忙忙代理家夜
眠枕上吞聲哭嗚乎一歌兮歌已哀目斷天涯女不囘
管城管城湘妃竹半世相依表衷曲寫盡悲哀與別離或書好景花爭發五十餘年心血枯將
要繳伊登鬼錄嗚乎二歌兮歌始放一紙書成生惆悵

有弟有弟陷武昌數年不見倍牽腸五口之家徒四壁使我有力救無方六樹荊花折一半三人三處何人强嗚乎三歌兮歌三發可有相逢那一日

有妹有妹住北碚良人遠離兒女隨去歲阿姑悲棄世獨襄大事淚雙垂爲憐甥女鳳將雛代我調護謝栽培嗚乎四歌兮歌四奏一輪皓月明如晝

幼子幼子在何處一習詩書一學商只爲頻年生活艱旦夕用功圖養娘用心過度相繼亡撇我阿娘泣無路嗚乎五歌兮歌正長魂招不來歸故鄉

良友良友寓贛縣隔絕山河不相見別來四度裘葛更幸有離情託鴻雁道義之交十五年玲瓏剔透心一片嗚乎六歌兮歌思遲臨風懷想挹清姿

大兒大兒乃次子自幼出門離家裏母子分離二十年間歲一見無限喜這次別來期最長四年不見我兒矣嗚乎七歌兮歌已終母子何年始相逢

陳璇珍 撰

微塵吟草

民國三十六年（一九四七）鉛印本

提要

陳璇珍《微塵吟草》

《微塵吟草》，陳璇珍撰，詩詞合刊本，民國三十六年（一九四七）鉛印本。集前有民國三十五年蕉領姚寶猷序，廣厦黄棨序，清遠陳居霖序，丙戌年褚問娟序及陳璇珍自序；黄祝蕖、卓右文、彭鴻元、江完白、楊海天、黄伯軒、張倫、蘇世傑、陳海天、黄棨等題詞；目録一份。卷上爲詞一卷，卷下爲詩一卷。集末有出版資訊。

陳璇珍（生卒年不詳），馬維岳室，廣東番禺人。受業於教育家黄祝蕖（號凹園），致力吟事，沉浸詞林，「詠絮逸才，胸懷壯志，離塵邁俗，嫻雅大方，無時下女子惡習」（黄棨序）。抗戰期間，其投筆從戎，歷粤湘鄂豫諸省，參與徐州蘭封羅王寨諸役，沙場征戰，不亞鬚眉之士。《微塵吟草》是陳璇珍「每當游目騁懷，賞心樂事，或感國家多難，金甌破缺，情不能已，發諸吟詠，聊志己志，藉留鴻爪」（陳璇珍自序）之作，頗不同於一般閨秀詩詞。由於其身處末世，又有沙場征戰、彈雨槍林的人生閲歷，所見愈多感懷愈深，故其作品摒棄浮華與柔媚，「幽約怨誹之言，低徊要眇之音，往往雜以雄快語，而不拘泥於古，使人誦之，幾疑身在戎馬關山間，壯心奮起，柔情隨生」（姚寶猷序）。如《祝英臺近》（亂鶯啼）、《唐多令》（蕩漾木蘭舟）、《浣溪沙》（畫角聲聲動壯思）等闋，爲詞之道與兵事互爲表裏，融家國情懷、巾幗大志於一體，「不落前人窠臼，飄然有凌雲之氣」（黄棨序）。

微塵吟草序

序一

詩三百篇，多古人行役之什，發憤之詞；楚騷漢魏以來，又多借物抒情，因言達志；洎乎唐五代兩宋詞人，更感懷家國，憂己傷時；變風變雅，因時而作，豈徒關山風月，而流連於景物也乎！

吾邑陳璇珍女史，以一弱質，萬里從軍，歷粵湘鄂豫諸省，參與徐州蘭封羅王諸役，有微塵吟草一卷，詩詞各半。幽約怨誹之言，低徊要眇之音，往往雜以雄快語，而不拘泥於古，使人誦之，幾疑身在戎馬關山間，壯心奮起，柔情隨生。昔曾文正公云：「聲律之道，與兵事相表裏」。微塵吟草，其此意歟！

今春邂逅半石，以將刊其作索序於予。噫！天下變亂，流離顛沛之際，蒼黃吶喊之間，求諸鬚眉能下馬草露布磨盾爲詩詞者，有幾人哉？今竟見諸女子，不特壓倒古之木蘭紅玉已也。嘻，是足以傳矣！

三十五年秋蕉嶺姚寳猷譔

序二

璇珍女士，詠絮逸才，胸懷壯志，離塵邁俗，嫻雅大方，無時下女子惡習。曩從先府君遊，所爲詩詞，清新奇特，不落前人窠臼，飄然有凌雲之氣。

二十七年秋，倭寇南犯，國事日亟，人心惶惑。乃易笄而弁，隻身北上，投商公起予將軍麾下，謀有以自拔而挽救萬一。由是足跡遍粵湘鄂豫，更參與徐州蘭封羅王諸役。關山戎馬，彈雨槍林，奚囊必俱。有所閱歷，輒盾鼻磨墨，詩以紀之，詞以歌之，胡笳羌笛，鐵撥銅琶，語雖雄快，聲情激楚，名曰微塵吟草。

屬序於予，嗟乎！舉世渾渾，風雲澒洞，蠻觸之爭，正靡有定。女士歷觀變幻，痛心疾首，故取佛哲之理，以名其作乎？

邇者乘中興之暇，偕其夫壻馬君維岳，歸隱羊石，卜居六榕古刹側。吾知其觀塔影，聽鐘聲，更當新添幾許微塵逸思矣！險韻新聲，其又可限乎哉?!

三十五年秋廣厦黄桑

序三

處末世而求能詩詞者，實戛戛其難，況巾幗乎？昔隨園嘗謂方外閨閣，才名每較匹夫易起，要亦視其所詣何如耳！道蘊清照之作，千秋傳誦勿衰，豈偶然哉?!

宗人璇珍女史，曩同學於祝蕖先生之門，致力吟事。抗戰軍興，又隨其外子足跡遍西南，所見廣而所作愈多，於詞尤勝，并顏其集曰微塵吟草，將以付梓，丐予敘之。

予以爲詩固莫盛於唐，詞則莫盛於宋。倘能潛心以探兩代之精髓，必有所得者焉。惜予以衣食奔走，所學日荒也！

微塵吟草序

今人每以古代詩詞，限於平仄句韵，反不若新體之易爲。夫詩詞固聲韵之學，使無其獨立格律體制，則何以別於文章？故歷千百年而不朽者，此也。

今人不多讀書，徒倡新棄舊，喜易惡難，不亦誣乎?!璇珍女史，深察此理，因拉雜叙而歸之，以見處末世而求巾幗能詩詞者之尤不易也。

民國三十五年新秋清遠陳居霖

序四

余與陳子聲氣有數而未嘗識面也，值同仁集會，因得握手道平生，訂趨向，自人品學術以至文章詞賦無不談，悉同所旨。越數日，余乃訪六榕，循古道，登樓而入，其室穆如清風，四壁琳瑯，作寫並絕，則陳子詞也跌宕有奇氣，向索全稿，於是出其珠玉曰微塵吟草使余讀之。詩清婉，風懷旖旎；詞尤峭拔。天才橫溢處，不屑屑於律呂，而格調自高。半為疆場鼙鼓之音，蓋曩參商將軍戎幕所作者也。將軍馳騁中原，驅除倭虜。陳子揮毫盾鼻，作戰鼓號角諸篇什，以文事濟武備，何其壯也！

迨後河北底定，陳子亦解甲歸。歸而出其所積，一發之於詞，

微塵吟草序　八

而其詞乃彌工。方之香南雪北，無多讓焉。然而陳子固不以是爲已足，聞將軼明清而探北宋，以窺詞學之宗。余韙其言而有深感焉。

夫古代閨秀，縱有過人之秉，而囿於見聞，其所爲詩詞，言情以外，無他長。非力不及，時不遇耳！今陳子生當進化之世，爲女子者亦得飛躍於金戈鐵馬之場，列名於朝士之位。胸次包羅既富，其發於詞者，自亦有深邃之旨，洪博之音，豈古昔才女所得想見其萬一哉?!

陳子值空前之會，當以空前之成就自期；若僅追踪古人，非區區所敢望於陳子者也。今聞吟草付梓，特書數語以爲勉。質之陳子，意謂何如？丙戌九月望日問鵑述於穗城客次

自序

余生也晚，且一介女子，學未湛深，翰墨膚淺，吟詠之工，更何敢言？惟嗜詩詞，乃余天性。溯自束髮受書，課餘閱讀，不覽其他篇籍，祇是沉浸詞林。匪特酷愛古調，尤喜現代新體。提要鈎玄，劄記數千。習染既久，竟爾成癖。

每當遊目騁懷，賞心樂事，或感國家多難，金甌破缺，情不能已，發諸吟詠。聊誌己志，藉留鴻爪。

復得凹園黄祝蕖老師及卓右文彭鴻元江完白楊海天黄伯軒張倫蘇世傑陳海天暨姚寶猷黄粲陳居霖褚問鵑諸詩長不棄，分別題序，感謝奚似！

微塵吟草序 一〇

玆承諸友好慫付梨棗，非敢言工，聊當紀事，並以自勵云爾。又蒙張拔君設計封面，黎明君精心編校，附此致謝。

中華民國三十五年冬陳璇珍謹識

微塵吟草題詞

題　璇珍女弟微塵吟草

黃祝蕖

錦字瑤箋意共深，碧桐飛上紫鸞吟。木蘭古調翻新樣，紅玉英風有嗣音。千里關山明月夜，一叢香草美人心。鬢眉壓倒休相訝，更向無塵妙處尋。

題微塵吟草

卓右文

大千世界感微塵，翠袖寒生日暮雲。欲斬長鯨踏滄海，更隨明月弔湘君。牽蘿補屋花應滿，刻燭成篇體自芬。試問古今奇女子，幾人書劍賦從軍?!

彭鴻元

題微塵吟草

騷壇法眼悟微塵，吟草清新慧絕倫！絮柳才堪振逸響，木蘭詞合認前身。畫眉更得封侯壻，潘鼻隨參入幕賓。糞著佛頭慙舉筆，瓣香南國有佳人。

乙酉遊粤獲讀微塵吟草率奉一章藉助吟興并乞　指正

橫刀躍馬氣如何？殺敵平胡志不磨。草檄應憐知己少，論詩總覺遜君多！心懸家國身擐甲，日理軍書夜枕戈。清興肯因征戰減？柳營從未廢吟哦。

皖紓江完白拜稿

奉題　璇珍女詞人微塵吟草

一覺僕主楊海天

寫盡人間絕妙詞，才如江海恨如絲。娥眉不讓鬚眉勝，一卷詩成紙貴時。

題微塵吟草

黃伯軒

馬上微塵寶刀閒，吟邊意氣尚如山。黃花不是尋常物，廉捲西風月一灣。

題微塵吟草

洪陽白湖釣叟少游張倫

一卷詩詞分外妍，新歌旖旎倍纏綿。佳人千古多留恨，罷讀微塵錦繡篇。

從來閨閣有詞人，道韞當年迥出塵。今識荼陽才女士，渴懷詩思寄璇珍。

題微塵吟草

璇珍女士，爲吾友黄先生祝蕖之高足，而同寅馬少將維岳之賢配也。高才壯志，不僅以詩詞鳴。而詩詞固工，有微塵吟草一卷，屬余鈔繕，余喜而諾焉。當時不自知目力之不逮也，比揮毫落紙，乃不能如雲烟，只迷迷茫茫，如在五里霧中，勉書六頁，賸四絶句歸之，有負夙諾，慚悚何言！

曾賦木蘭從軍詞，盾餘墨瀋寫新詩，吟懷不忘平胡虜，巾幗英雄絶世姿。

强將麾前無弱卒，大匠門中有化工。自是凹園好桃李，更誇夫壻屬英雄。

戰伐聲中幾度春，而今江上又風塵。不親桴鼓親吟管，勳業肯輸梁夫人？

東塗西抹字如鴉，几淨窗明日又斜。一卷詩詞鈔未遍，多慚老眼已生花。

壬午端陽節後三日蘇世傑時客柳州水南邨舍

題璇珍微塵吟草

南海陳海天

吾宗有妹宦邕寧，氷肌慧質天生成。昔年讀書遊太學，詠絮才華噪羊城。多文爲富不自滿，極學凹園求益精。細膩温柔李清照，間亦規模杜少陵。生當國家多難日，疾惡匡時有赤誠。厠身社黨聲籍甚，東江人識女中英。洎夫黨國真統一，功成長揖事歸耕。不謂蝦夷窺上國，蘆溝構衅陷兩京。同仇敵愾遍巾幗，前線宣慰表同情。肯

微塵吟草題詞　六

辭千辛與萬苦？粵湘鄂豫不計程。時維徐州正會戰，蘭封羅王大鏖兵。冰天雪地戰場夜，竟率嬌娃歷柳營。三軍聞風氣益勵，總戎亦喜亦心驚。戲與所俘新駿馬，挈之觀戰試平生。自倚紅顏能騎射，（借杜句）彈雨叢中並轡行。引得商公（總司令爲商震將軍）仰天笑，留飲十日壯軍聲。歸來奚囊滿詩料，吟成驢背掛銅鉦。我時從役漢江滸，黃鶴樓前快置觥。酒酣每誦得意句，咳唾隨風一座傾。從茲寇氛更未已，轅轍分馳歲遞更。近聞已締同心結，柳州尋訪笑相迎。畫眉夫婿亦豪士，投轄堅留繼大烹。士別三日當刮目，有作成囊日蒸蒸。顏曰微塵編一集，苦索題詩感慚并。嗟我依人徒壓線，廿年報國眼誰青？文非隨陸武絳灌，一言庸能倚重輕！多君誣誘情何摯，放歌聊此微名卿．於今軟紅亦市利，可愛癡兒獨好名．世上酸鹹有同味，知有佳人一辯馨。

調寄擣破浣溪紗奉題璇珍女史微塵吟草　黄榮

衣浣征塵不計年，憐人楚水與秦煙．洗盡香奩腸斷語，艷飛仙。詠絮有才原本色，微塵到處惹人憐！多少興亡家國恨？總淒然！

微塵吟草題詞

八

微塵吟草卷上目録

微塵吟草卷上目錄 二

微塵吟草卷上目錄

徽塵吟草卷上目錄 四

微塵吟草卷上目錄

徵塵吟草卷上目錄 六

微塵吟草卷上

浪淘沙

芳草綠萋萋，繡滿湖堤。青山碧水白雲低。杜宇也知春欲去，一味酸啼。　人在小橋西，夢斷歸期。更從何處寄相思？霧恨烟愁飛不斷，一片凄迷！

長相思

風凄凄，雨霏霏，陌上楊花不住飛，黃鶯著意啼。　鬢絲絲，恨依依，春去春來人未歸，問天天不知！

點絳唇

細問東君，已經吹落花多少？數聲啼鳥，却道梅青了。　春帶愁來，偷把人催老！垂楊道，恨烟繚繞，不似先時好。

調笑令

明月明月，使我傷離惜別。樓空何忍團圞？腰瘦誰憐影寒？寒影寒影，往事不堪重省！

憶秦娥

傷離別，鵑聲乍起魂驚絕。魂驚絕，風鈎羅幕，半床殘月。　去年湖上清明節，輕舟柳繫歸期説。歸期説，幾行珠淚，鈿釵分擘。

蝶戀花

戲水鴛鴦雙小鳳，見有人來著意清波弄。寶鴨香銷無好夢，卷帘乍覺春心動。　一片江山寒霧擁，萬斛相思飛絮難分送。此日情懷誰與共？我愁自比人愁重！

菩薩蠻

春風吹落花無數，春人寫盡相思句。杜宇一聲聲，燭殘蓮漏清。
卷帘扶病立，苔露空階濕。曉月向人明，人歸知幾程？！

菩薩蠻

夢迴小院擎朱萏，春風笑我情非昨。雲鬢亂釵横，娥眉嬾上青。
酒醒愁未醒，露濕空堦冷。柳絮逐花飛，妾身難傍伊。

浪淘沙

昨夜夢魂中，聚首忽忽，依稀未改昔顔容，相對相看無一語，痴恨重重！人在小樓東，欲盥還慵，倚欄狼藉數殘紅，花命也如人命薄，莫怨東風！

浪淘沙

寒食晚來風，掃卻芳踪，卷帘偏見賸啼紅，睡鴨初銷花露冷，月色朦朧。霧擁白雲峰，舊恨重重，鄭仙巖畔水淙淙，落盡相思千點淚，不盡愁悰。

清平樂

此情愁絶，楊柳枝頭月，人未來時圓復缺，窺盡世間緣孽。東風何事蕭蕭，莫非爲惱花嬌？嗚咽水聲橋下，杜鵑同是無聊。

南鄉子　十九年隨軍八十八師

不用話淒涼，駿馬輕車爲底忙？歌舞不忘家國事，何妨，一笑春風入醉鄉？弱質也痴狂，半枕華胥夢許嘗。回首當年多少恨，思量，鐵騎無端過洛陽！

好事近

烟鎖小朱樓，夢斷鶯兒聲鬧，花落畫檐回舞，惹閒愁多少？　相思未解寄相思，那管離人老？霏雨昏黃時節，正連天芳草！

南鄉子　荔灣游泳

灣水碧如油，出沒身輕一白鷗，最是雨晴風滑處，悠悠，上下閒雲逐我游。　年少愛風流，今日陽春後日秋，擾擾人間渾似夢，休休，斜照江山滿着愁！

醉花陰

風急花飛帘不卷，酒惱誰爲遣？聊自理残雲，鏡裏朱顏，驚却流光換！慵添心字爐香滿，正杜鵑狂喚：底事苦銷魂？南國相思，人比天涯遠！

采桑子　　夢甜

瓊杯未舉心先醉，風力柔柔，柳嚲花羞，欵欵鴛鴦弄碧流。更苦黃鶯語，似訴春愁，難却春愁，久滯相思易白頭。

南鄉子　紫金久社南如樓即景

碧水繞紅墻，十里南風送稻香，朶朶閒雲飛過去，瀟湘，牽惹離人對夕陽。倦鳥返巢忙，青山一抹轉微茫，坐個牧童牛背穩，徜徉，橫笛山歌爲底狂？

一剪梅

帘卷清霜翠幕寒，人倚欄干，月上欄干；相思萬点雨無言，心事頻傳，淚眼頻傳。

小院蟲聲四壁喧，似怨孤單，似誚孤單；山山楓葉染朱丹，秋到人間，愁到人間！

南鄉子

微雨動輕寒，儘日無心獨倚欄。一片撩情家國恨，江山，烽火迷濛不忍看！

消息夢中傳，敵寇焚莊復刼村。百萬災黎成餓殍，人間，血淚滄桑怎得乾？

更漏子

柳飛綿，啼杜宇，依舊去年情緒。驚驟雨，惡東風，滿園飄落紅。

望鄉關，何處是？目斷碧雲無際。凝淚眼，咽孤城，一江羌笛聲。

祝英臺近

亂鶯啼，春已去，好夢渾無據。心緒淒其，欹枕聽風雨。斷腸錦繡江山，悠悠千里，却被那胡塵封住。音書阻，此日應解飄零，復仇自相許。馳騁疆場，望繡旗飄處。看他出匣青萍，騰騰飛舞，取敵寇頭顱無數。

蘇幕遮

月朦朧，營幕曉，號角悲鳴，寶劍光凝皦。鄉夢不堪聞鐵鳥，情逐雲飛，壯志杳宵小。旌旗飄，征路渺，柳絮飛花，似我仇多少！誰唱平胡傷國調？掀起春風一片聲繚繞。

唐多令

盪漾木蘭舟，閒情似水柔。悵湖山歸計難酬，望斷南天珠海路，烟霧裡，舊詩儔。　浪跡寄浮鷗，澆愁愁未休。驚心烽火徧神州，漫道狂濤聲濺急，更擊楫，向中流！

風蝶令　廿八年秋夜遊桃花洞

渺渺劉郎去，蕭騷一片生，桃源洞裡聽哀箏，洞外凄涼溪月爲誰明？　鐵騎驚天地，烟波漾洞庭，消愁羞學避秦人，夜夜江潮澎湃咽孤城！

虞美人

芭蕉滴滴窗前雨，望斷西南路。暮雲繚亂萬重山，惱煞倦飛啼鳥人還。無端畫角嚴城動，夜夜思歸夢。醒來風雨漾吳鈎，願借青萍殺盡敵人頭！

浣溪沙

畫角聲聲動壯思，城頭堞上展旌旗，少年鞍馬兩相宜。仗策出關真勇士，揮戈守土是男兒，憑君聽取岳王詞。

生查子

樽前一曲歌，歌裡涵深意，寄語出征人：勿洒傷離淚！東方殺氣騰，曖曖昏千里，壯士尚邊功，不用繫兒女！

臨江仙

重整征鞍臨驛路，黄塵赤日消初，涼風鼓角笑相呼，鋤奸肝膽壯，殺賊更歡娛。直搗黃龍真不遠，鄉親快貯酴酥，三軍勇氣足平胡，旌旗飄蕩處，狼藉敵頭顱。

望江南

營幕靜，悄立數歸鴉，四面邊聲連角起，牽愁何處不思家？心事付流霞！

二

擡望眼，搔首一長嗟，百二河山成廢土，胡塵萬里起塵沙，烽火遍天涯！

三

相奮起，揮劍斬長蛇，重整乾坤心正切，高歌策杖出懸崖，東海泛仙槎。

虞美人

狼烟烽火何時了？斷送征夫老．江山自古恨難窮，盡是漫漫黄土垢塵封。．酒杯未解愁多少，陣陣歸飛鳥．何當把劍駕長風，殺盡倭奴刀上血鮮紅。

生查子

金鞍一少年，慷慨從軍去，萬里起雄風，塞草含哀意。寸兵斷敵頭，尺組羈倭女，叱咤鬼神驚，彈落渾如雨！

一斛珠　民廿九年夏青山灣軍次偕諸友遊桃源洞

劉郎老去，蕭騷一片無情緒．落花流水歸何處，借問漁人古洞誰爲主？世事滄桑知幾許，残碑斷碣渾難數。遣愁呼伴興歌舞，添得痴心萬斛傷時苦。

減字木蘭花

青山雨歇，叠叠暮雲遮缺月。望斷澄清，濺淚驚心夢不成。　雞聲撩亂，好把乾坤隨轉換。大地光迴，明日羣花燦爛開。

十六字令

風，瑟瑟蕭蕭午夜中。驚秋夢，愁緒與誰同?!

二

塵，惱煞熙熙擾攘頻。誰個也，從不着浮身！

虞美人

琤瑽簷溜鏗聲玉，縷縷緋心曲．江山一片入迷濛，往事不堪回首此情中！　自傷顛頓蓬廬下，好劍還慵把．浮雲終竟豁然開，不信人間長此便陰霾。

減字木蘭花

蕭蕭瑟瑟，無端又過重陽節．遍地新霜，黃葉隨風飛舞狂。　江山非舊，霧罩煙籠愁宇宙．猶有香來，荆棘叢中花自開。

滿江紅　寄宗繩武軍長

夢裏江山，渾不似繁華時節．重回首，汴梁疎柳，洪都新月．世事滄桑何處認，孤鴻飄渺誰人識？記當年虎帳拜群龍，心如鐵。　今古恨，長相別．忘不了，腸中熱．縱朝朝煙雨，杜鵑啼血，三尺焦桐彈不盡，一枝禿筆難伸說。料凌風拔劍挽天河，情激烈。

鷓鴣天 余南行而則仁兄亦將他去誠恐吾回桃源不及面矣因以賦別

握手西風淚不乾，人生最苦別離間。雪泥枉自添鴻爪，月落瀟湘咽水寒。　歌未歇，酒闌珊，詩箋留取客中看。明朝各自冥飛去，浪跡煙波欲盡難。

烏夜啼 送維岳

斜風細雨襲朱扉，送郎時，暗裡一懷心事亂如絲。　吟不盡，書還忍，遣花飛，飛到天涯愁處結相思！

鷓鴣天 廿七年七月十四日與維岳結褵後一週即話別寫於漢皋

並蒂花開燦爛時，角聲驚起綉羅幃，離懷潭水難爲喻，淚向楊花折一枝。愁萬斛，酒千卮，個中滋味幾人知？今宵羞對鴛鴦錦，纔賦新歡又別離！

減字木蘭花

覆巢飛燕，杳杳天涯人不見。寫盡相思，腸斷斜陽畫角悲。江山破碎，酌酒送春春欲醉。寄語東君，我欲磨刀搏陣雲。

好事近

雨後曉寒輕，花外曉鶯啼歇。愁聽城頭鼙鼓，正聲聲淒咽。不堪回首望中原，仇恨織如結。憑得一枝村管，向東風吹徹。

望江南　寄商公總司令

分相憶，豫北識公時，躍馬橫戈看草檄，雄風萬里敵魂飛，高唱岳王詞。

二

分相憶，轉戰考城東，血湧長河殲敵騎，氣冲牛斗壯如虹，相誓飲黃龍。

三

分相憶，最憶是洪都，奪取麒麟峯上月，潯陽江底葬强胡，青史誌雄圖。

四

分相憶，駐馬洞庭西，好讓清波淘敵骨，胡兒斂跡識雄師，得意展旌旗。

思佳客　為余福定湯良秀結婚而作

並蒂花開錦綉叢，珠簾翠幕護春風，笙簫鐘鼓凝新曲，玉樹交柯滿地紅。車流水，馬游龍，歡聲浮動桂華宮，今宵羨煞邕江上，可喜藍橋路已通。

三臺令

千古風流人物，一生意氣如花，等到三春都盡，天涯雲水其家。

望江南

更漏永，起坐剔殘燈，一片歸心驚客夢，三魂常繞白雲間，臘鼓又闌珊。

臨江仙　珍以事業羈身南北奔馳感天倫聚散無定賦此自遣

自愧長安名利客，輕離輕散尋常。悽涼辜負好風光，一江秋水碧，羞見俏鴛鴦。 記得共郎分手處，飛花淚點千行。而今不忍更思量，夢迴歸路遠，空自輾愁腸！

鷓鴣天

維岳來鴻告彭君海濤以名花贈植璇園因感而賦

誰染一園春色濃，嬌花寵柳笑東風。却憐明日雙歸燕，舊棟翻疑是夢中。 蝶意喜，蜜情融，千鍾不惜醉芳叢。高歌應頌彭君子，畫出人間錦繡宮。

臨江仙

潘君新熹精歷史好詩文酒海中人也乙酉春邂逅於黔西因有同鄉之誼特賦此以贈

且賦離騷傾一醉，何年何處重逢？莫將幽恨怨絲桐，人間多少事，都在有無中。 今日逢君身是客，明朝依舊萍踪。天涯同似去來鴻，一江春水綠，倚檻笑東風。

又

莫向征塵温舊夢，且聽杜宇啼紅。人生萬事轉頭空，請君歌一曲，情付酒杯中。半壁河山今已碎，中原烽火迷濛。長戈駿馬好凌空，相看頭未白，應許飲黃龍！

三

誰識潯陽江上客，少年志氣崢嶸。深閨無計請長纓，壯懷激烈處，半向早寒生。有幸今朝逢舊雨，詩思酒興豪情。他年聯袂上蓬瀛，江湖堪作盞，一笑衆仙驚。

臨江仙

離恨已教頭髮白，那堪窗外瀟瀟。狂風佔盡世間豪，子規啼缺月，愁雨滴芭蕉。　堪歎儒冠真自誤，人生幾度良宵？斷腸心事浙江潮，夢君君不覺，醒後更無聊。

臨江仙　邕江遇梁學長繼光喜其書法大進賦此以贈

曾記南園芳草地，青梅竹馬相親，晴窗洗硯兩忘形，月明花影下，一片詠吟聲。　邂逅邕江逢舊雨，揮毫着紙堪驚，銀鈎鐵畫復懸針，籠鵝愧未備，斗酒慰離情。

臨江仙　與中大同學客次邕江抗戰勝利同伸慶祝即席而作

誰識飄零窗下客，一朝劫後重逢。喜來同唱大江東，相看頭未白，把手笑西風。　更喜長天秋色好，青雲掩却殘虹。神州萬里起雄風，蝦夷肝胆碎，一舞醉千鍾。

臨江仙 梁宗岱先生乃吾粤一代文豪乙酉秋同客桂西招飲寓中即席賦此

一笑荷風浮綠蟻，恰如蓬島仙逢。人間春色入絲桐，羨公閒似鶴，文彩古人風。 酒興詩懷誰得似，青蓮活也難同。幾回抵掌論英雄，曹劉孫項事，畢竟付江東！

少年遊 徐君福海詩人也乙酉春同避難黔西安順承贈詩多首賦此奉呈

黔中四月尚宜春，鶯蝶舞衡門。瑞氣如蘭，凝章綴句，滌我一襟塵。 香爐高詠君家事，文彩近前人。風雨同舟，傾江當酒，聊表兩情真。

減字木蘭花 陳君哲豪乃南國才女邕江邂逅旋即別去以詩相贈賦此奉酬

萍蹤相聚，聚不多時還別去。何日重來，同把金樽此地開？　怪他老柳，笑我無言頻點首。莫道多情，一曲新詞淚寫成。

阮郎歸　乙酉重陽賦寄維岳

風風雨雨重陽節，籬菊那堪折？問君何事年年別，塞外峰巒疊！　雁已過，無邊月，錦書憑誰覓？怯憐瘦影如輕蜨，倚欄燈欲滅。

浣溪紗

斗酒狂吟一座驚，此身恰似白鷗輕，東西南北任縱横。　滿目江山誰是主，一襟熱淚夢中醒，五更心事恨難平。

好事近

大地已無多，又是傷春時節。惱煞撩人鶗鴂，向花前饒舌。　誰憐無路請長纓，忍聽鼓鼙咽？安得醉眠無夢，任西樓斜月！

南鄉子

花落不須悲，紅蕊明年又結枝。最怕少年頭易白，絲絲，獨倚危欄對夕暉。惱煞子規啼，苦問行人歸未歸。一枕悽涼家國夢，難支，瘴雨蠻煙不盡思。

點絳唇 爲陸萬園何婉蘭結婚而作

蜨舞鶯嬉，春風乍扇春容好。似春知道，燕爾佳辰到。 共樂春臺，此日歌窈窕。同欣禱，鴛鴦不老，歲歲長歡笑。

浪淘沙 甲申秋海天兄來自桂林同醉數日回首漢皐感慨特甚時桂柳烽警賦此奉贈并誌鴻爪

節序忽驚秋，葉葉飀飀，相逢一笑看吳鈎。回首征塵多少恨，盡付東流！醇酒換貂裘，不醉無休，酒仙詩客傲王侯。纔吐胸前舊塊壘，又惹新愁。

二

仗子賊良謀，落日登樓，萬家烽火正悲秋。半壁東南危亦甚，誰補金甌？心事幾時休，國恨悠悠，橫戈原不爲封侯。何日得磨十萬劍，征轡同遊？

浪淘沙 甲申重陽節前一夕柳江左君志培招飲即席賦此

籬菊傲新霜，天淡雲黃，瀟瀟風雨鬥清狂。無數青山登不得，烽火茫茫。肥蟹引蒓薑，新釀醇香，左君佐客傾詩囊。着意開筵拚一醉，明日重陽。

鷓鴣天

趙君少昂粵之畫家也癸未冬自桂返柳轉渝因有四園同學之讌賦此以媢

記得當年汗漫遊，四園花底弄詩籌。羨君彩筆生靈鳳，畫出丹青冠九洲。驚烽火，苦離愁，年年魂夢逐雲浮。今朝却喜灘江水，萬里流來一舊鷗。

二

鴻雁人生不住飛，東西南北繫離絲。憐君瘦馬渝關道，又值秋風掠鬢時。雲緲緲，月依依，窺人贈遠折蘆枝。他年此景堪相憶，今夕何妨付酒卮？

點絳唇

相見空憐，許多心事難傳與。不如歸去，陣陣芭蕉雨。何事多情，情似風飄絮。天涯路，恨絲愁緒，織就相思句。

虞美人　奉和清遊會會友陳寂先生

花香不怕春光老，自有春知道。杜鵑何必喚春回？贏得一襟清淚送春哀。　早開我佛從頭說，好與春緣絶。春來風雨惱人多，端的人間解悟有誰麽？

減字木蘭花　奉和清遊會會友陳寂先生

瀟瀟踈雨，小小黄花開滿路。一味驚秋，玉笛何人倚畫樓？　亂山回眄，草木朣腥誰爲浣？我亦傷時，鷓鴣前頭莫與知。

卜算子　夜静寄維岳次廣厦兄韻

擁月夢來遲，漏静愁難静。生怕羅衿料峭寒，風漾朱簾影。　借酒强愁眠，幽恨深重省，雁也依稀塞外來，淚熱人情冷。

點絳唇 廣厦兄題杜鵑次韻奉和

一掬深情血湧心頭，淚痕點點凝珠露，滿林紅雨，幽恨憑誰訴？，似被前緣誤，傷春事，人間何處，把酒長留住？

惜分飛 儲君問鵑江南才女也承贈詩數首丙戌夏余南行有感賦此惜別

荔子灣頭商滌暑，忽作銷魂別處，君是多情雨，淚痕点点留人住。不恨相逢時已暮，恨我怱怱又去，握手更相覷，詩箋寫盡斷腸句。

臨江仙 丙戌重陽有感并示定勝定國二弟

羊城一夕無風雨，依然悶過重陽。枳籬開處菊花香，茱萸聊自插，痛惜雁分行？ 載酒江湖無一事，何曾着眼侯王？此生恰似白鷗翔，浮家秋水闊，歸夢碧天長。

喝火令 丙戌中秋次廣厦兄韻

怕見中秋月，年年別恨生。不堪長醉不堪醒，腸斷閨中思婦，腸斷漢家營。

誰爲吹蘆管，何來急暮砧？秋聲喚起萬般情，怎忍思他，怎忍卷簾聽？怎忍燒殘紅燭，怎忍寫悽清！

微塵吟草 卷上

微塵吟草卷下目錄

微塵吟草卷下目錄

微塵吟草卷下

送別

此別會何日？擎杯淚欲傾．願將身化月，萬里伴君行！

春日

閒步小橋西，黃鶯恰恰啼．落花風雨後，草色滿前溪。

對鏡

晚來西風惡，臉上幾痕新．笑對菱花語：端詳認世人！

秋夜

風漾朱簾動，灣頭一片秋．蘆花爭月色，蟲笛破人愁。

偶成

人言吟詩瘦，我却詩吟肥。盡將愁與恨，一任遣詩痴。

傷別

空有懷人淚，燈前可奈何？一樽残酒苦，孤館落花多。怕見樑間燕，羞聞子夜歌。堪憐英氣盡，身世總蹉跎！

端午書懷 湘西軍次

大好天中節，難銷家國愁。蛟龍爭角黍，風雨撼孤舟。擊楫人何在？平胡志未酬。一樽殘酒醒，起舞看吳鈎。

泛舟 青山灣軍次

江潦漲復漲，偷閑納晚涼。一帆荷葉艇，萬頃水雲鄉。漾去金波遠，飄來細柳長。狂吟催落日，明月上橫塘。

何處春光好

何處春光好？春光是處多。戰雲迷宇宙，鼙鼓動風波。弱水帆難涉，移山志不磨。樓蘭行掃滅，預奏凱旋歌！

秋夜一絶

凭闌何事笑孱顔？貪看灣頭月色閑。蟲韻風傳秋意好，幾疑身置玉臺間。

重九

重九登高眼界新，西風颯颯拂衣巾。多情最是崖邊菊，爛漫繽紛笑向人。

雨後

驟雨初晴出畫樓，溪光如鏡屋如舟·偶然拾得梧桐葉，寫就新詩付水流。

閑居

半床錦褥半床書，起臥無時得自如·薄酒纔醒歌亦歇，倚欄閑對白芙蕖。

秋日

竹院蕭蕭午亦凉，紅蕖相對門新粧·鸚哥向我殷勤問，讀到關雎第幾章？

荔灣泛棹

荔子灣頭泛棹過，夕陽虎眼起紋波。殘蟬一陣垂楊裏，似和漁人欸乃歌。

窺月

團團古鏡長空掛，一片清光玉不如。最是空庭梧葉落，卷帘怕見影蕭疏。

即景

門前溪水碧悠悠，夾岸垂楊一色秋。欸乃櫓聲搖夢去，輕舟不肯載閒愁。

秋晨

夢迴小閣篆香銷，帘卷西風倍寂寥。曉色似爭蘆色白，冷情怕見艷陽驕。

悶雨

整日瀟瀟秋雨頻，汀蘆岸蓼幾翻新·愁來欲向溪光照，生怕西風著摸人。

秋湖看月

一行鷗鷺避人驚，楊柳蕭疏野渡横·獨上漁磯遙看月，波光如鏡照心清。

自遣

閒向漁磯理釣鉤，歸來買醉柳橋頭·眼前興廢休多管，一曲高歌起白鷗！

秋夜

溪光如鏡月如鈎，点点飛螢傍畫樓。最是拒霜能解意，向人含露醉清秋。

酒醒有感

更殘酒醒玉釵斜，人去樓空賸落花。好月好風和夢渺，冷蟲聲透綠窗紗。

與黄君寳璇夜話

畫閣重簷枕碧流，柳條繫住客行舟。西窗剪燭評棋局，風雨難銷一夜愁。

二

寒蟲戚戚夜漫漫，共剔銀燈熱淚彈。君亦木蘭奇女子，誓同磨劍斬樓蘭。

看菊

籬下疏疏菊影摇，一叢深淺最難描。陶公惓戀長爲醉，我亦同君話寂寥。

二

深春不綻綻深秋，偏愛清霜洗積愁。傲世何妨稱隱逸，斜陽冷圃自幽幽。

凉夜

茜紗窗外影離離，邀月同傾酒一卮。鴈信未歸人寂寞，此情惟有拒霜知。

秋興

竹影飄蕭小院涼，蘭姨菊姊門芬芳。夢迴乍覺秋滋味，卷起湘帘對夕陽。

憶友

幽幽小閣篆煙微，魂夢無憑鴈影稀。斗酒不銷秋日恨，卷帘羞見菊花肥。

與任師啟珊遊西邨有感

重來人已似劉郎，袖裡猶携菡萏香。紅紛碧筒銷未盡，半溪流水照斜陽。

徵塵吟草　卷下　一〇

二　廣雅書院外望

夾徑槐花萬點黄，灣灣碧水繞門牆。流風未改湖山舊，耐得滄桑五十霜。

三　士敏土廠

黑煙繚繞漫蒼空，危漏能填是此翁。但願長存貫天日，不驚狂雨不驚風！

四　芣公館

蒼煙隱隱出紅牆，畫閣巍峨接大荒。莫道秦皇好奢侈，而今侯户勝阿房。

冬遊

絲絲微雨馬蹄驕，鞍上騷人賦大招。一片江山寒色暮，梅花如雪淚如潮。

病中

病中心緒怯黄昏，寂寞深閨欲斷魂。窗外梧桐疏雨滴，輕衾移傍藥爐温。

二

湘帘慵卷已連朝，舊恨新愁未易銷。鷗鳥不知人意冷，沙汀猶自弄新潮。

晨早採梅

残粧未整出蘭房，爲愛冰魂一縷香。寒露霑泥鞋印重，翻嫌蜂蝶趁人忙。

二

溪邊幾樹罨流霞，疎是枝條濃是花。騷客未來春已到，板橋西畔阿誰家。

憶西湖　廿三年當惠陽女子師範教席

記得當年汗漫遊，六如亭畔弄扁舟。朝雲暮冷花何似？湖月湖風又一秋！

二

湖畔飛鵑氣象雄，幾回痛哭弔哀鴻。劇憐一片丹楓樹，映出斜陽作血紅！

三

步月閒閒岸上過，鱷湖柳影弄清波。寺堦玉砌寒如水，隱隱鐘聲度隔河。

四

回思景色意偏幽，紅蓼青蘋洲外洲。羸得詩人翻異案，鉛華澹抹勝杭州。

夜看梅花

幾枝踈影罨寒溪，玉骨冰肌倚檻西。風月凄清誰作伴？笛聲驚起翠禽啼。

梅

雪壓風摧不住開，枝疎幹瘦亦遒哉！澹粧不與夭桃比，自有清香出世才。

燈蛾

銀釭吙吙最相親，爲愛虛榮誤却身。自撲飛蛾還自笑，古來解悟有誰人?!

除夕

紛紛絃管鬧昇平，火樹銀花不夜城。爆竹未曾除舊恨，那堪新恨更環生！

瓶桃

洞裏移來瓶裏栽，迎春萬朶競相開。粉痕凝血緣何事？惹我花前繞百迴。

春晨

橫塘十里曉寒新，楊柳青青已似春．露濕薔薇初日裏，倚欄低喚賣花人。

春日賞花

花底傾杯花影嬌，鶯聲柳外感魂銷．狂蜂浪蝶頻相妒，觸斷芳鬚落酒瓢。

春日旅行 藏霞洞

林木蕭疎古刹中，輕雲嫩日映青葱．置身此地疑非世，靜聽泉流百慮空。

二 大雄殿下

殿下寒梅萬樹開，暗香浮動月華來。神仙若解憐春意，應許飛花入玉壘！

三 洗心潭

洗心亭畔洗心潭，樹影森森山影藍。舀水一瓢狂自飲，消除百慮舌餘甘。

四 飛來寺澄碧泉

碧水一池似鏡平，山光掩映倍澄明。世間萬象終歸濁，惟此泉流亘古清。

五 灩江泛棹

綠水青山足遣懷，春風一櫂把詩裁。漁翁欵欵憐騷客，捕得肥魚佐酒杯。

從化百丈飛瀑

銀河倒瀉成飛瀑，如此江山入畫圖。噴雪濺珠吹不散，煩襟一滌一塵無。

謝寶璇姊贈字

一字由來貴比金，銀鈎鐵畫倍堪欽。蓬廬有幸頻添色，愧乏籠鵝報子心。

春曉即景

春濃怯倚小欄干，一片嬌花帶露寒。飛過水田雙燕子，教人翻作兩雙看。

春江泛棹

珠江江水碧如油，打槳嬉春古渡頭。脫口新歌紅豆曲，一行鷗鷺起沙洲。

有感

霏霏微雨欲成泥，日影如煙逐馬蹄。惱煞行人行不得，落花多處鷓鴣啼。

與諸友遊羅浮

風馳電掣復雷鳴，萬樹千山競送迎。知有鮑姑雲裏笑，落花呼出鷓鴣聲。

二 夜宿明遠樓

鳥道猿梯路百盤，樓臺高處不勝寒。老人峰上團圞月，遙掛青松作鏡看。

三 華首臺

盤空華首白雲飛，此日鐘聲似昨非。悽絕斜陽殘跡在，相尋流水浣征衣。

四 登撥雲絕頂

笠影聯翩上翠微，春風帶露灑征衣。層雲礙路憑誰撥？且立峯頭悟妙機！

五 冲虛觀送別

客中送客難爲別，愁裡添愁倍覺痴。野寺鐘聲催急雨，目窮車影立多時。

即景 時避險於紫金最坑村

蟬聲何處曳高枝？樓小窗虛透日遲。眠睡時多行坐少，昏燈一卷子才詩。

無題 豫北軍次

城樓暮鼓催殘日，沉醉沙場賦此詩。把劍渾忘飄泊恨，人生幾度立功時！

即景 卄八年四月一日青山灣軍次

漫漫長夜一燈昏，銷盡如絲幾縷魂？屋漏移床飢鼠跳，狂風和雨打柴門。

月夜泛舟

忽驚衣帶近來寬，鼓櫂臨風夜氣寒。烽火淒迷湖上月，沙場沉醉幾回看?!

桃花洞夜遊有感

百折廻環一洞天，不知今夕是何年。携樽欲問秦時事，流水桃花亦惘然。

二

晚霞似錦一通津，夾岸芳英眼底新。欲繼漁人來借問，可能容我避胡塵?

答鄉人問訊

自上桃花源上路，愛眠貪醉喜吟詩。欲將此意憑雙鯉，報與茶陽風月知。

偶成

懶拈拙筆書閑事，一櫂隨風逐渺波。兩岸蘆花吟不盡，鷗光帆影起婆娑。

重遊青山灣

青山灣上一重遊，鳥樹雲煙舊侶儔。底事年來未消瘦？吟詩偏解破人愁。

題千秋喜鵲紅梅圖

枝頭喜鵲自徘徊，驚喿姮娥化杏腮。一縷暗香魂欲絶，霜風吹酒上顔來。

驛中題壁

巾英豪志幾時成！別母離夫至此行。杯酒不堪窮裡問，遣懷惟有讀書聲！

與維岳玩月

蟲聲陣陣透窗紗，語至嬌羞鈿影斜。猛覺兎兒雲裏出，人間偷看並頭花。

二

秋風曳樹散冰寒，爲愛嫦娥仔細看。躑躅花陰嬌不勝，倩郎權作玉欄干。

漫興

紫薇花下記痴狂，百鳥聲聲噪夕陽。夫婿怕儂生暮感，坐懷特地畫眉長。

送別維岳

一夜悽悽未聽敢，傷春惜別杜鵑聲。庭前紅紫都憔悴，恨煞垂楊不綰人！

二

金屋蕭蕭自剔燈，思量無計阻征鞍。今朝魂逐輪蹄去，特地爲君護客寒。

洞庭舟次

幽幽湖鳥喚羣聲，似是離人惜別情。默禱廻瀾多着力，樓船得教轉西行！

寄外

春未來時君已去，花開那識得歸無？五更起坐魂銷盡，其奈聲聲泣夜烏！

二

苦恨無由伴遠行，夢中驚起馬嘶聲。分明小別還惆悵，却笑春蠶自縛情。

三

浮生聚散苦情多，三載纏綿奈汝何。此去花朝明月夜，與誰同唱採菱歌?!

四

密意穠情仔細尋，素書遙寄且沉吟。憑君珍重憐花意，孅娜柔條怕冷侵。

五

芭蕉瑟瑟雁聲低，一片蕭疎意欲迷。兩地鴛鴦今夜冷，不堪重上小樓西!

六

枝上黄鶯一曲歌，教人慵起畫雙蛾。夢中唱盡銷魂句，醒後翻添別恨多！

七

不堪錦字問征夫，可有相思似妾無？一日九廻腸斷盡，夢中猶自倩郎扶。

八

悔教夫壻覓封侯，羞畫娥眉懶上樓。縱使柳條無艷色，江楓如錦不勝愁！

惜別 民卅一年春余由柳赴邕因寄維岳

匆匆上馬太瑯璫，不聽驪歌也斷腸。今夜夢魂何處去？莫將苦況報檀郎。

二

客裏怕聞驟夜雨，那堪窗外有芭蕉！聲聲滴入愁人夢，夢亦離君更寂寥！

三

西風一夜剪芭蕉，心似錢塘八月潮．八月潮生潮復落，離人苦憶未能銷。

四

好夢生憎鷄報曉，衿寒怕見月光斜．蟲吟未盡相思苦，雁斷衡陽泣暮笳。

五

菊黃楓紫謝深秋，帘幕生羞上玉鈎。但願夢君君見我，兩情繾綣不相休！

六

聲聲腊鼓逼殘年，一顆歸心百紉牽。今夜若教身作月，應將密意照君前！

别柳江西遷有感

甲申冬月桂柳烽警家人避難大煌江口維岳警備柳江璇獨西行

八桂煙塵眼底生，縱橫敵騎逼孤城。此身願繼梁紅玉，擂鼓軍中破賊營！

二

國破家亡鬢漸皤，蕭條行篋似頭陀。芒鞋踏碎千山雪，那識愁人涕淚多！

三

荒煙四合望迷津，瑟瑟輪蹄响未停。大地似憐行脚苦，特教風雨作哀聲。

四

拋雛別母更離夫，來作空山泣夜烏。一本離騷吟不盡，挑燈和淚看輿圖。

五

八桂名城亦壯哉，誰教胡馬動風雷？可憐萬里黔南路，盡是啼鵑帶血來！

六

覆巢飛燕遍山河，壯士何心泣楚歌？恨我未能如寶劍，長隨夫婿斬妖魔！

詠瓶梅并寄維岳

一枝疏玉傍粧臺，粉臉撩人故故開。客裏相逢權作伴，無勞夫壻妒他來。

寄維岳 壬午冬維岳以自來水筆鉛筆各一相題寄此用誌不忘

誰將彤管合鴛鴦？萬里傳來用意長。應是姮娥留指爪，與儂描繪紫薇郎！

二

張敞當年憑此筆，描成佳話古今傳。我來重寫同心字，留與人間帶笑看。

維岳相遇安順翌日即赴百色

重逢戰後一傾杯，乍合仍離倍可哀。此去春風揮劍影，憑君馬上把詩裁。

二

貔貅十萬率雄師，應是囚車繫虜兒。他日燕然欣返旆，並肩同詠凱旋詩。

紅豆一握維岳寄自百色賦此以酬

青鳥飛來正早春，口銜紅豆斷人魂。不知誰授殷勤意？特向東君仔細詢。

題小照寄維岳

年年歲歲花相似，歲歲年年人不同。小影寄來無別意，倩郎擱住好春風！

大風雨感作

晴空霹靂雨瀟瀟，憑盡長欄賦大招。忍看景物年華改？肯讓中原虎豹驕？殺敵刀光明似雪，憂時熱血湧如潮。四萬萬人同躍馬，櫻花踏碎二重橋！

聞洪都失陷

潯陽江上陣雲遮，日落洪都咽暮笳。戰士爭鋒傾熱血，將軍失策走輕車，已看勝地成焦土，忍聽殘黎泣故家？安得橫磨十萬劍，長驅三島踏櫻花！

感懷

滿江春水萬重波，未似家愁國恨多。無語新亭皆血淚，覆巢飛燕遍山河。漫云滄海塵難掩，自有雄心刧不磨。舞劍莫辭傾一醉，臨風何必獨悲歌？！

冬日書懷同勉維岳 安順旅次

猶是胡塵遍九洲，金甌殘缺怯登樓。幾回淚向干戈洒，到處情同草木愁。劍俠知君憐作客，柳絲牽我怨封侯。山城日落三冬暮，又見菱花笑白頭。

二

卅八無聞祇暗悲，歲寒徒具雪松姿。自慚幼未嫻弓劍，那得長隨射虜兒。詩酒生涯原不奈，鬚眉志氣可堪期？千金願覓丹青手，爲寫中原躍馬時！

甲申除夕有感

爆竹無聲畫角哀，（除夕安順禁放爆竹）悽涼除夕起徘徊。桃符異地驚新樣，樽酒經年憶舊醅。北闕萱花何處望？西樓鴈字幾時回？板輿倘遂相迎養，願學慈烏返哺來！

從軍行

政府徵兵事八方，壯男壯女列戎行。曉度關山隨鐵騎，夜聞羌笛咽瀟湘。瀟湘潋灩倭奴血，鬼哭神號魂斷絕。可憐賊骨無人收，腥風捲起驚啼鴂。憶昔離家話別時，姊贈金刀弟贈衣。爹娘十里親相送，情自纏綿意自痴！別來身世說如何？醉卧沙場尚枕戈。雪耻復仇心正切，撼天一片木蘭歌！

李久芸撰

玉露詞

民國三十八年（一九四九）鉛印本

提要

李久芸《玉露詞》

《玉露詞》一卷，李久芸撰，民國三十八年（一九四九）成都播文印書局鉛印本。前有楊潤六序，目録一份，收詞五十七闋。

李久芸，生卒年不詳，民國初年肄業四川省立第一女師校。於歸劉明揚，夫妻唱酬相得。「三十年間，明揚執教蓉渝，服官京滬，久芸無不與偕。紉佩芳悰，屬雲懋賞；咀宮含徵，一發乎詞。想翦巴江雨窗之燭，答寒山霜夜之鐘；上去同研，凌犯互校，其樂當不減歸來堂賭茗徵書時也！」（《玉露詞》序）

《玉露詞》作品應主要撰於民國年間，期間雖經歷了抗戰、國共内戰，然詞中詞境相對單一，主要以傷春悲秋和相思離别爲主，基調平和。儘管據楊潤六所序，婚後李久芸一直追隨劉明揚輾轉蓉渝和京滬，但從詞中較多的相思之作來看，其間當有短暫的分離，因此産生一些别離之作。同時這種相思離别也指向其子女，如《六州歌頭》小序中有句云「時丁亥秋暮，内戰方殷；敏兒赴美，秀兒留漢未歸」，大概因爲時局之故，親人間離分兩地，由此産生無盡思念。這些作品詞風清麗，情思婉轉。當然，她的詞作中也並非没有時局的痕迹，如《浣溪沙》：「無奈情懷非去日，可堪鼓角動深愁。烽煙處處幾時休？」又如「烽火又聞近蜀山，米珠薪桂下炊難。可憐薄俸只戔戔」等詞句，表達了在戰亂中詞人困於生計的憂心及其對和平的渴望，只是這類詞數量上較少，詞集總體上以平和之詞風見長。

玉露詞

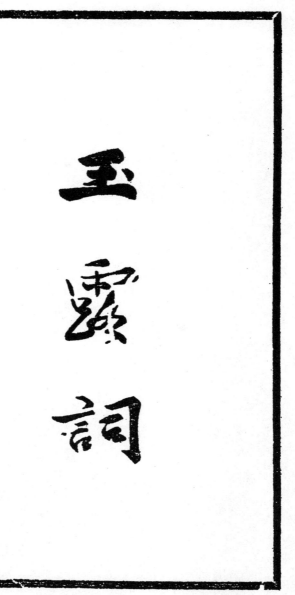

序

久芸女士，民國初年肄業四川省立第一女師校，與余妹勵昭以文字訂心交，酬唱殆無虛日。余因得讀久芸所作詞，喜其清婉，爰爲紹介，適余至友劉明揚君。勵妹旋亦于歸蕭君中侖，中侖固一時名士。明揚於讀史論政之暇，兼研藝事，考法書碑帖，能窮厥源委，書法尤瘦硬入神。余竊喜久芸與勵妹，聯珠儷璧，殆可方仲姬之與松雪，易安之與明誠矣。嗣是以還，三十年間，明揚執教蓉渝，服官京滬，久芸無不與偕。紉佩芳悰，屬雲懋賞，咀宮含徵，一發乎詞。想翦巴江雨窗之燭，答寒山霜夜之鐘，上去同研，淩犯互校，其樂當不滅歸來堂賭茗徵書時也！今年冬自京返蜀，明揚出久芸玉露詞一卷示余，將付剞劂，屬爲弁言。當茲嗷鴻遍野，烽燧彌天，盥誦之餘，覺曩時叒庋聯吟，薇天鬥韻，文酒之歡，恍如昨夢。居今緬昔，殆如天上人間，不禁感慨係之！而中侖既嬰末疾，余復棲心內乘，勵妹則米鹽淩雜，意興闌珊，無復曩時情趣。獨久芸能從容藝苑，樂以忘憂，格益工，境益邃。此稿殆駸駸欲步漱玉後塵，又不禁羨與佩俱。質之久芸，當有同感也！民國三十七年十二月崇慶楊潤六正芳序於竹室

玉露詞目錄

醉花陰一首
踏莎行一首
一翦梅一首
鵲踏枝二首
探春慢一首
一萼紅一首
玲瓏四犯一首
六州歌頭一首
水龍吟一首

玉露詞

李久芸著

如夢令

翠被曉窗紅淚，欲把離情深祕。寄語不言愁，生怕動伊歸思。無寐！無寐！風雨滿樓秋意！

酒泉子

秋水潾潾，兩岸蘆花風起。碧雲天，黃葉地，黯銷魂！怕聽簾外芭蕉雨，寒螀相對語。鬢蟬敧，眉葉聚，夢初醒。

浣溪紗 薛濤井

冷雨淒風罨畫樓，捲簾人自惜殘秋。香箋漫憶舊風流。露浥幽篁憐翠袖，潮生遠渚夢歸舟，黃昏誰與話清愁？

又 秋海棠

霧鬢風鬟絶世姿，可堪淺淡畫雙眉，玉堦烟雨太淒迷。一片馨香紅玉軟，滿襟幽恨翠鈿低。含情凝睇怨阿誰？

又

帶剩香羅淚濕衣，春寒惻惻睡偏遲。玉愁花瘁未教知。秀句吟成添悵惘，歸期細數總參差。何時攜手說相思？

又

轉轂驚雷逐雁飛，排雲漸遠漸迷離。含情凝望不勝悲！惆悵臨歧珍重意，恨無雙翼共徘徊，畫屏思夢兩相違。

又

誰信秋來恨轉賒，空庭古木噪昏鴉。山重水闊憶交加！涼夜無心敲玉局，秋堦漫步踏落花。醉凭山枕夢天涯。

又

透樹穿窗映碧紗，畫堂人靜月初斜，彎環眉樣不爭些。一片清輝憐玉臂，數叢丹桂着繁花，露濃香泛憶仙家。

又

雨後斜陽映地紅，黃蘆白葦又秋風。霧巒烟岫一重重。離菊自開還自落，塞鴻嘹唳漫書空。幾年相憶夢魂中！

又 宿天師洞

迎面溪山隱翠櫳，浮嵐一抹白雲封。洞天何處訪仙蹤？明月半珪升樹杪，流螢幾點墜疎桐。畫樓深處與誰同？

又 夢中得首二句，醒後續成之。

樓外垂楊舞袖拖，數枝紅豔欲凌波。倚欄凝盼自吟哦。紫燕無端穿繡幕，黃鶯何事擲金梭？小窗疎雨釀愁多。

又 寄秀敏兩兒

鴉噪寒林破曉眠，夢中情味總茫然。沉思往事淡于烟。秋水溶溶帆帶雨，碧雲渺渺草連天。人間何處話團圞？

又

黯淡銀河不見星，牆陰點點閃流螢。秋花猶似去年馨。鎮日凭欄無可語，一簾烟雨伴伶俜，最難消遣此時情！

又

未覺西風透碧紗，鳴蛩淒切夜初賒。笙歌隔院正諠譁。幾許閒愁隨夢斷，更無情思憶年華。小窗銀燭試新茶。

又 後湖泛舟

花正開時月正圓，金波銀漢水連天，飄飄疑化羽衣仙。簫鼓何心發翠苑？冶遊如夢不思還，聞歌殢酒意闌珊。

又

爲愛斜陽步步遲，黃昏獨上翠虹堤。波光雲影漾胭脂。輕櫂緩搖蕎荇水，晚風吹冷薄羅衣。拌將凉夜寫新詞。

又 以下七首金陵秋感

芳樹殘紅一片秋，蕁絲蔓野塘幽。水風漠漠不勝愁！故國情隨斜照遠，飄零人似浪花浮。可堪回首憶前遊？

又

濃霧陰霾翳碧空，新魂舊鬼哭西風。中原戰亂一重重。人海徬徨何計是，離懷黯淡夕陽中。安排今夜醉千鍾。

又

細雨斜風落葉天，年來多在別離間。擁衾欹枕淚汍瀾！魂斷子規歸未得，夢迷蝴蝶化應難，愛聞蜀語立窗前。

又

底事石城未足留？鍾山凝翠孝陵幽。新晴好放後湖舟。無奈情懷非去日，可堪鼓角動深愁。烽烟處處幾時休？

又

畫筆吟箋並酒卮，安排還又費遲疑。亂鴉衰柳也應知。壘壘危巢憐幕燕，紛紛羈旅慟離披！元戎鎮日議鴻機。

又

逝水東流無盡期，蘆花漠漠雁飛遲。每隨明月望天涯。漫笑春蠶甘自縛，休嗟孤傲未合時。一生哀樂寸心知。

又

烽火又聞近蜀山，米珠薪桂下炊難。可憐薄俸只戔戔。多病總因貧作累，不眠都爲別愁牽。人間何處話團圞？

減字木蘭花 秀伯兩兒赴嘉州後作

離心暗繫，轉轂驚雷塵掩翳。遊子天涯，伴汝春城萬樹花。吹殘紅杏，寂寂一庭涼月影。悵望音書，阿母猶疑夢裏呼！

采桑子 董家山觀落日

寒山瑟瑟雲林畫，瘦石枯枝，緩步尋詩。偏憶春風二月時。溶溶落日明疎柳，野水漣漪，一片霞緋。恰似仙娥舞袖垂。

又

晚來雨洗秋光盡，零落芙蓉，零落芙蓉。一瓣愁心到砌蛩。

蘭釭影淡天微曙，怕聽征鴻，怕聽征鴻。淚濕鴛衾睡不濃！

又

綠窗深閉昏和曉，那見斜陽，花月荒涼。鸞鏡空悲鬢有霜。迴廊繞遍閒吟苦，又是昏黃，獨立蒼茫。莫道相思不斷腸？

又 以下八首詠木芙蓉

蘆花飄盡枝頭雪，雲淡風微，玉膩紅緋。正是新妝照水時。江城當日繁華事，付與斜輝，獨自凝思。玉露泠泠上繡衣。

又

嬌香膩玉誰能惜？盡日西風，獨倚梧桐。一樣清愁細雨中。無端芳豔垂垂發；點綴秋容，比似春濃。嫩綠叢中着意紅

又

不眠偏自憐長夜；山枕頻移，小雨霏霏。蘭燼挑殘遠夢回。畫屏獨倚愁無那！淚濕胭脂，幾度搴帷。還對銀瓶看折枝

又

宿妝猶帶朝霞豔；睡眼惺忪，笑靨生紅，春夢淒迷醉醒中。

枝南枝北開將徧，只怕西風，吹落嬌容。一片繁華逐轉蓬。

又

閒將彩筆描纖影，粉黛低垂，雲鬟霞披。憶向西池夢見伊。鶯鶯燕燕無尋處，蝶老蜂稀，雁陣來時。腸斷江城玉一枝！

又

裊烟浥露愁無奈，水碧羅衣，淡淡胭脂。却待檀郎細畫眉。臨流不惜迴環照，心事誰知？珍重芳時。一夜西風損絳蕤。

又

曲欄低映垂楊影，新月如眉，手撚芳枝。未覺宵涼損玉肌。海棠零落梧桐老，菊蕊開遲，惆悵東籬！誰與花前醉一巵？

又

風姿綽約神仙侶，玉佩逶迤，翠蓋朱旗。憶別江皋惹夢思。亭亭背立斜陽影，誰與同歸，露冷苔滋。欲寫閒愁總費辭。

又

新都桂湖楊公升庵故宅雙桂堂，有公手植雙桂；惜爲傖夫砍伐作薪，此二百餘年之古樹，遂不復見。尚有榴花一株，偃臥庭中，亦公手植；枝老花繁，極絢爛可愛。

楊公故苑今何似？遊女如雲，燕語鶯嗔。誰解吟詩舊主人。依稀雙桂堂前路，佬木爲薪，斲喪斯文。奈有榴花尚可捫。

菩薩蠻 以下五首效花間體

深宵靜聽簾纖雨，漫挑蘭燼吟愁句。寶枕繡鴛鴦，思君憐薄妝。無言窺鏡影，鏡裏屏花冷。數得漏如年，夢殘聞杜鵑。

又

茜桃含露嬌烟陌，枝枝似向離人泣。對景惜華年，夕陽無限山。嫩寒侵翠袂，照影臨潭水。連卷綠雲鬆，恨深雙頰紅？

又

清夢獨對梨花影，半床殘月窺人醒。斷續憶紅窗，羅帷留舊香。　垂楊低翠縷，欲繫青春住。春去自年年，惱人情萬端！

又

露桃臨水嬌無力，妝成低壓雲鬟側。蘭麝嬾重薰，眉山鎖日顰。　鵑聲驚曉夢，悄悄春寒重。又到落花時，忍教相見稀？

又

香消玉靨塵生鏡，呢喃燕子穿芳徑。烟雨爆愁紅，海棠春睡中。衣寬憐帶窄，千里關山隔。歸夢正淒迷，滿園蝴蝶飛。

又 以下三首題仇十洲擫笛美人圖

畫樓昨夜相思極，玉關千里音書隔。愁綰綠雲鬟，任他眉黛攢。凝情還獨坐，慵理花間課。擫笛轉無聲，粉香和淚痕。

又

小園春去風吹綠，倚屏慵理相思曲。斷續不堪聞，羅衣有淚痕。盈盈垂繡帶，淺淺描雙黛。此恨有誰知？迴文強賦詩。

又

妝成猶自羞鸞鏡，花枝玉面交相映。凝睇送斜暉，畫梁雙燕歸。無聊拈鳳管，芳草天涯遠。字字總關情，終朝曲未成。

虞美人 七夕

新妝初試霞生面，還憶初相見。背人羞怯不勝情！悄向花陰月底拜雙星。往事悠悠如逝水，無限悲歡味！夜深涼露漸沾襟，留取渺茫一片少年心。

又 丁亥夏，素秋由蜀中故里返京居；旋因事赴蜀，近又東歸。

寒蛩淒切傷秋老，菊淚迎清曉。千山紅葉豔于花，幾度和烟和月夢天涯。小窗已慣瞢騰睡，識徧愁滋味！從今日日憶巴山，聞道西飛燕子又東還。

西江月 曲會即事

簾外絲絲細雨，樽前嫋嫋歌聲。一時佳會盡豪英，更有詞仙詩聖。腕底橫枝欹玉，坐中談笑忘情。踈狂一任世人驚！乘興莫辭酩酊。

醉花陰 甲申春暮爲外子壽

乳燕穿簾春晝永，麗日明槐影。對酒且持觴，蕉綠櫻紅，玉貌添輝映。風流文彩無人省，未許豪情騁。漫自寫烏絲；

都把高懷，付與霜毫勁。

踏莎行

淡淡寒雲，絲絲冷雨，漫天雪意迷荒渚。玉梅縱好不勝簪，晚風吹夢無尋處。 望裏山川，樓頭鼓角，傷心千里江南路！歲華黯黯去無聲，離情繞徧天涯樹！

一剪梅 秋思

金井梧桐颭晚風；吹月朦朧，吹鬢蓬鬆。擬將幽思付鳴蛩；醒與誰同？寐與誰同？漸覺新涼透翠櫳；花惜飄紅，草惜飄蓬。泠泠玉露點秋容；人也愁濃！影也愁濃！

鵲踏枝

楊柳千絲花萬樹，舞白飄紅，悄悄重樓暮。竟日尋春春竟去；輕寒惻惻愁風雨！　蝴蝶雙雙飛又住，似解多情，故傍芳菲路。綠滿枝頭聞杜宇，殘香惹夢知何處？

又

昨夜嚴霜侵翠被；凍雨寒雲，已有霏微意。誰剪瓊花飄素蕊？玉梅纔透先春喜！　桂酒盈樽休惜醉，火煖紅爐，人在重帷裏。塞外征笳吹滿地，符堅未許渡淮水。時倭寇侵獨山

探春慢 元夜

風捲微雲，霧迷平野；淡月低籠寒樹。山徑尋梅，郊原走馬；慢憶江南羈旅。歎寸心多感，渾不是年時情緒！惟將一尊

幽芳，伴人深夜淒語。惱恨東皇不解；還點綴枝頭，紅豔如故。滿目京塵，無邊烽火；遮斷桃源仙路。莫道鷗盟誤，應笑我紛紜朝暮！甚日相攜，載花持酒歸去？

一萼紅 庭梅初放，憶二十六年冬與素秋同遊萬縣西山公園。

夜淒清；正霜華欺夢，繞睡又還醒。皓月當窗，苔枝亞戶；巡簷忍負伶俜。似故人乍逢未款，耿無言相對惜惺惺！簾外疏花，牆腰淡影，天半寒星。　尚憶西園勝賞；有豪朋仙侶，呼酒籠燈。宮粉勻粧，素裳照水；台榭無限香凝。問何時重攜尊俎，邀盟鷗同醉舊山亭？只恐年來潘鬢，見了須驚！

玲瓏四犯 弔朱青長先生

冷雨驚秋，任滴碎蕉心，清淚如洗。倦雁孤飛，黯淡水天無際。太息月隕星沉，數屈宋祇今餘幾？憶謦欬酒後高談，衰鬢滿生春氣。　浮生何事易憔悴？倚危欄愁牽心痗！猿鶴但怨西風急，那更征笳頻起。寂寞畫水蓉江，酹酒持花何地？恨暮蟬凄咽，騷雅絕，誰爲繼？

六州歌頭

憶西湖舊遊。時丁亥秋暮，內戰方殷；敏兒赴美，秀兒留漢不歸。

登臨往事，一一記年時。攜手上，南峯望；白雲低，去帆稀。縱目烟波晚；垂柳岸，呼漁伴；櫂輕轉，菱蘋亂；斷橋西。傍水樓台，隱隱笙歌起；白鷗驚飛。月浸池，衣染露；無言偎依。舊夢凄迷，總情癡！　天涯倦侶；吟懷苦！傷秋暮；幾徘徊。淚暗揾，消瘦盡，有誰知？悵東籬，冉冉殘陽下；帶烟雨，菊花肥。悲楚調，思幽窅，怨離披！稚燕嬌鶯，一任分飛去；景物非。更聲聲角鼓，催白鬢邊絲；怕對瓊卮！

水龍吟

當年空說江南，而今惆悵江南道！長堤翠柳垂陰，畫舫笙歌繚繞。幾許圓荷？幾行鷗鷺？幾痕殘照？有歸心一點，隨風飄蕩；碧雲深，江天小。誰與芳園載酒？殢吟魂花啼月惱。蕈絲老矣，京華遊倦；故山夢杳。舊約無憑，清歡難再。愁隨秋到！念竇珠量米，牽蘿補屋；暮寒淒峭！

王季婦溫夫人行述

夫人姓溫氏諱匋字彝罍其先粤之嘉應州人也祖考蔗青先生以燠寄上元籍筮仕長興僑居湖郡遂爲吳興人考德蓀先生其璋官兩浙長亭場大使光緒二十四年戊戌二月二日夫人生於官廨厥後二十年貴筑姚茫父先生因作與亞聖同日生六字篆印貽之比長從吳門孔海門布衣暨姑丈趙芸蓀大令讀名師指授學已早成秉性嫻靜篤好文學藝術屏絕鉛華尤嫉時下新妝巧飾之習丙辰年十九來歸時余方讀律滬濱夫人事姑孝處仲姒和家庭之內雍雍如也戊午余修志良鄉

明年志成旋里輯長興詩存長興金石志長興叢書伊闕石刻考夫人爲余繕校蒐羅材料糾正訛謬孳孳不倦家藏古器物如編仁壽堂吉金漢安甋廎專錄泉園藏泉撝庵古陶留暇鋑碉石墨目泉園藏印等書摹拓考訂尤多賴其助焉歲庚申余宦游北平攜與俱公餘每過琉璃廠隆福寺搜求善本書籍旁及古玩苟見希物夫人輒慫恿購買時値匱乏雖典質從之毫不吝惜遇書籍之力不能有者則漏夜傳寫間得明以前殘本則橅瘦金書補成完帙往往用以自豪余則遜謝無能爲役夫人固夙崇奉易安者癸亥得郙先輩奚虛白先生寫本漱玉詞因用多本校定刻之

遂顔所居曰拜李樓旋又得易安居士遺象詡有古緣買絲繡之以誌景仰後送美國費城博覽會陳列得獎焉回首當時仿佛趙氏歸來堂情景也喜作畫從涿鹿胡佩衡貴筑姚茫父師習山水性之所近涉筆成趣不逾年已卓然成家癸甲之交朝鮮權進士相銖客余寓齋夫人諮諏有人因緣編朝鮮藝文志余亦方輯箬溪藝人徵略長與先哲遺著徵競賭成稿多寡爲笑相對鈔纂每自侵晨逾午夜今藝人徵略雖已草草刻成而先哲遺著徵海東藝文志均以余蹉跎時日猶未板行眞愧對地下人也乙丑夫人省親南旋是年夏余亦倦游南返侍親避兵滬上僦舍洋場聊

爲市隱夫人厭囂塵戶無俚以朱彊邨宗伯湖州詞徵國朝湖州詞錄爲藍本輯長興詞存歙縣黄賓虹先生爲作序風塵稅駕坐席未煖丁卯之夏避謗走杭圖書器物及古銅印三百餘事又踵故宅仁壽堂書籍圖器同遘掠毁夫人繼挾刼餘書籍而來卜居錢王祠畔柳浪聞鶯之右或棹輕舟或命巾車朝夕領略湖山勝景方欣然自得以爲從此可以洗滌塵煩相娱白首孰料天不憖遺夫人遽以産難亡棄余永逝生男子四傅僑任俠女子二俟伉琴書依舊帳冷帷空况復老母在堂羣兒繞膝仰事俛畜一旦内助無人能不令余悽然腸斷耶痛定之餘檢點賸篋得手輯魏

星杓長興志牘輯存鄭元慶湖錄經籍考輯存吳興閨秀詩總服虔通俗文網佚顧應祥崇雅堂集輯存等凡十餘種半未卒業而詩文殘稿亦有存者爰爲輯次拜李樓畫質一卷雜稿一卷彝罍詞一卷錢唐唐健伯先生詠裳序其詞許爲清婉可誦慰我哀思未覺其溢美矣又有詒莊樓藏書目五六本初癸亥冬余與夫人以慈闈春秋高擬作歸計夫人乃以所有書畫書籍及其他長物編次簿錄意非箸述俾便稽核歸裝寧知刼後詒莊樓藏書亡佚泰半轉賴有此泥爪以資印證言念舊侶覩物愴懷十四年來奇文欣賞疑義與析夫婦不啻友朋昔日戲言每以易安哭德父

爲誰何期生死不同慟哭相反懟彼蒼蒼弄人顛倒眞攜泪無從

庚午重九長興王修述

彝琴詞

温匋撰

民國時期鉛印本

提要

温匋《彝罍詞》

《彝罍詞》一卷，温匋撰，民國時期鉛印本。國家圖書館、浙江圖書館等有藏。前有辛未年長興王修題簽，彝罍三十一歲小像一幀，庚午年王修撰《王季婦温夫人行述》，錢塘唐詠裳序，另有辛未年天虚我生（陳栩）序。詞一卷，共十四闋。集末有庚午冬長興王修題記。

温匋（一八九八—一九三〇），字彝罍，祖籍廣東，隨父宦居浙江湖州，年十九歸湖州長興王修。秉性嫻静，摒絶鉛華，好文學藝術，曾從畫家胡佩衡、姚茫父學山水畫，卓然成家。喜吟詠，命所居曰拜李樓。夫婦和樂，志趣相投，奇文欣賞，疑義與析，有歸來堂之樂。後以難産殁。《彝罍詞》外，著有《拜李樓畫質》一卷（未刊）、《雜稿》一卷（未刊），輯録《長興詞存》《湖州閨秀詩總》《長興志賸》等。性喜易安詞，小詞頗有易安風，詞作清婉可誦，「其《桃園憶故人》一詞置作尾聲，實堪壓卷」（唐詠裳序），「《浣溪沙》云：『清磬已沈山畔閣，夕陽猶戀柳邊橋。』若置《漱玉詞》中，亦爲出色當行，未可多得也」（天虚我生序）。

彝器詞序

康熙雍正間鮑西岡大令以山右名士兩知長興縣著循績合室能文女公子及女孫皆有詩集適聞人談者羨之道光之季烏程汪上舍延澤屈於抱關孺人趙宜姞著濾月軒集尤長古文偶塡詞字字協律荔牆先生母也光緒朝上元溫蕉青貳尹佐長興亦

名士之屈簿書者流風餘韻與鮑大令汪上舍同予
嘗與遇於菱湖王氏酒座時貳尹已解組流寓湖州
叶屬有晉人風昔唐崔斯立之丞藍田也曰丞負余
余不負丞昌黎表之予於貳尹亦云舉酒相屬歡若
平生今年余客長興王君季歡又邑名士也出其德
配溫彝罍女士詞索序受而讀之則貳尹女孫也濡

染家學宜有淵源詞雖不多類清婉可誦不落纖凡使天假之年所詣必不止是女士生光緒二十四年存年三十有二季歡抱奉倩之戚手葺遺著長短句而外曰拜李樓畫質曰長興志剩曰湖錄經籍考輯存曰長興詞存曰湖州閨秀詩總著錄其目以閨襜而談文獻不愧名家女才人婦異日與季歡所刻長

興詩存長興叢書合伉儷纂述哀作一家言知聲價
當在金石錄夫婦上往會稽孫寄龕前輩與修長興
縣志志縣閨秀十有四人玉臺之選精當不膚不以
寥若晨星令人觖望而女士存詞之數適與埒遂爲
光緒長興閨秀之殿豈偶然哉抑予尤重女士者以
謝庭詠絮之才抱西山采薇之志其桃源憶故人一

詞置作尾聲實堪壓卷非第若南渡之末令汪水雲傾倒黄慧清一詞亦且湖山偕隱日夫耕於前妻鋤於後可附義熙之民宜季歡悽絶於零縑斷紙商量聲病時也夫

太歲上章敦牂閏荷花生日錢塘唐詠裳序時年六十有四

彝器詞序

彝器詞一卷爲長興女士溫匋遺著僅存小令十四闋而佳句頗有可采如虞美人云桃源那有避秦人半是當年未死獨孤臣踏莎行云谿山管理本來忙王侯不事非高尚浣谿沙云清磬已沈山畔閣夕陽猶戀柳邊橋若置潄玉詞中亦爲出色當行未可多

得者也女士崇拜易安有素故顏所居曰拜李樓寢
饋其間乃得神似宜矣尤工山水畫惜不永年在世
僅三十二歲其夫壻爲王生季歡曩在丙辰之歲季
歡以文字請贄於余而女士適於是歲歸王生伉儷
至篤於金石文藝有同嗜結褵凡十四載其寶貴光
陰大都銷磨於考訂編輯中故其著錄之書則有長

興詞存及湖州閨秀詩總長興志牘湖錄經籍攷等十餘種而詩文殘稿中所存詞僅只此數亦可哀矣但古今作者往往纍千萬言而傳誦不過一二雖多亦奚以爲就予觀之則彝器之詞但取淸磬一聯已足抵聲聲慢之長調一闋以視所畫山水都十六幅而有色有聲有情有景亦無過此一十四字吾謂季

歡宜於湖上寓廬鐫此一聯於柱神與金石同壽當
較勝於刊其遺著多矣
辛未六月天虚我生識於西泠

彝罍詞　長興溫匋彝罍

醉花陰 題畫

寂寞暮雲迷古道碧水羣山繞秋雁正南歸舉目荒涼兩岸經霜草　扁舟一葉中流棹笑子陵漁釣對月酒盈樽醉宿前灘一覺東方曉

憶江南

春易老簾外舞殘紅分付翠藤春綰住呢喃燕子罵
東風心事幾人同

南鄉子

春睡海棠濃等是無聊笑阿儂燕子花間來去也匆
匆鎖日簾前舞碎紅　無賴罵東風偷入冰簾又幾
重好夢初回眞也否疏慵偎枕由他寶髻鬆

虞美人

連天烽火頻年擾憂患何時了偶來卜築此山中却
喜遠巒如畫列屏風　松濤鎭日虬龍吼只爲狂吟
瘦桃源那有避秦人半是當年未死獨孤臣

點絳唇

莫凄涼道人間無此淸閒境瘦松寒影不管秋風冷

塔影鐘聲月皎黃昏靜傷清磬陡驚殘夢世事何
時醒

踏莎行

巖壑棲身江湖放浪許由巢父先多讓溪山管理本
來忙王侯不事非高尚　豁目岑樓寫憂小舫塵緣
俗慮都相忘人生何必姓名傳襟懷原在羲皇上

減字木蘭花

玲瓏窗戶怕聽聲聲啼杜宇獨守香閨愁煞三春只自知　桃花依舊往事空教呼負負若道消魂除却巫山不是雲

更漏子 閨怨

錦衾寒鴛枕擁幾度梅窗孤夢烘獸炭譜璇璣重吟

蘇蕙詩　鐙花卜對銀燭細數瓶笙斷續霜月冷計
征程倚樓無限情

南歌子

曲檻憐殘菊疏窗問瘦梅閒情玉枕翠牀偎好等檀
郎如約及時回　喜把燈花卜痴望斷夢迴鄰家偏
有遠人歸恨煞今宵明月獨徘徊

江南春

新綠暗落紅稀樓高人獨倚簾捲雙燕飛侍兒但說
香殘早莫問春於何日歸

點絳紅

待雨薔薇多時紅坼開偏慢柳棉飄倦落在臨窗硯
匝地清陰忽被風吹亂堪留戀○○○○可惜無

人管

浣沙溪

颭定溪灣兩岸高聞歌漸到木蘭橈客歸應趁晚來潮清磬已沉山畔閣夕陽尚戀柳邊橋一聲牧笛嶺雲遙

更漏子

紫薇陰斜日暮獨坐蒼苔覓句蛛結綱蝶揹花年華纔破瓜　池波沓嬉雙鴨笑道情歡意洽羅帕淚舊啼痕相思縈夢魂

桃源憶故人　戊辰閏月七日偕楊弁放棹孤山於山陰采蕨盈握歸齋之以佐酒而甘之

商量一棹孤山路道是梅花深處花謝我來已誤憑吊小青墓　偶思濁酒無從酤小徑崎嶇緩步爭采

蕨拳無數莫認夷齊墓

拜李樓主人既殁余傺侘無聊翻盡篋檢賸墨藉以塞悲主人平居好為小詞不自珍惜假未留稿宜存者稀今輯存一卷視斷腸詞數僅得半倘於破紙堆中嗣有所獲將入之雜稿庶不歧於唐健伯先生序所言　庚午冬仲長興王修識